冬天的恶魔

[美] 丽莎·克莱帕丝　著
顾翰倩　译

Devil in Winter

人民文学出版社

著作权合同登记:图字 01-2011-5754 号

Lisa Kleypas
DEVIL IN WINTER

图书在版编目(CIP)数据

冬天的恶魔/(美)克莱帕丝著;顾翰倩译.—北京:人民文学出版社,2011
(壁花系列)
ISBN 978-7-02-008758-7

Ⅰ.①冬… Ⅱ.①克… ②顾… Ⅲ.①长篇小说-美国-现代 Ⅳ.①I712.45

中国版本图书馆 CIP 数据核字(2011)第 203729 号

特约策划:邱小群
责任编辑:马爱农
封面设计:汪佳诗

出版发行	人民文学出版社
社　　址	北京市朝内大街 166 号
邮政编码	100705
网　　址	http://www.rw-cn.com
印　　制	山东新华印刷厂德州厂
经　　销	全国新华书店等
字　　数	196 千字
开　　本	890×1240 毫米　1/32
印　　张	9.5
印　　数	1—10000
版　　次	2012 年 7 月北京第 1 版
印　　次	2012 年 7 月第 1 次印刷
书　　号	978-7-02-008758-7
定　　价	26.00 元

献给

克里斯蒂娜、康妮、莉斯、玛丽和泰瑞，

你们的友谊让我的心歌唱，

永远爱你们。

第一章

伦敦，1843

塞巴斯蒂安·圣·文森特男爵睁大眼睛盯着眼前这个年轻女人，看着她手忙脚乱地闯进他的伦敦住所。突然，他幡然醒悟，上周不该在石子庄园绑架那个女继承人，实在是选错了人。

尽管塞巴斯蒂安做过的不法之事数不胜数，但绑架这种勾当也是最近才上手的，现在想想第一次做得实在有些鲁莽。

回想起来，上周选择莉莲·鲍曼实在很愚蠢。不过塞巴斯蒂安也是进退维谷，他生活不稳定，经济困窘，而莉莲乍一看绝对是完美人选：她家境富裕，是个有着一头深色秀发的美女，还信誓旦旦夸口自己床上功夫了得。可是，这个生性活泼的美国女继承人脾气太火爆，在被未婚夫韦斯特克里夫老爷解救出来之前一直抗拒着他的计划，因此他觉得下次一定得找个文静点的。

此刻他面对的是伊万杰琳·詹纳小姐，她像小羊羔一样腼腆，和莉莲·鲍曼截然不同。塞巴斯蒂安望着她，竭力掩饰着对她的不屑，暗暗地在心里衡量着他所知道的有关她的一切。伊万杰琳是伊沃·詹纳的独生女，伊沃是伦敦一个臭名昭彰的赌馆老板；而她母亲，当年和她父亲私奔，不久后回了头。虽然伊万杰琳的母亲出身名门，她的父亲却无异于社会渣滓。撇开这样的出生问题不谈，伊万杰琳倒还能配得上他。只可惜她太羞羞答答，说起话来口吃，让人不知所云。

曾有男人正儿八经地对塞巴斯蒂安说，他们宁死也不跟伊万杰琳这种女人讲话。自然，塞巴斯蒂安也尽可能离她远点。这点做起来倒也不难。腼腆的詹纳小姐像是很愿意把自己藏在角落里。他们两人从没正面说过话——这倒也遂了双方的心愿。

不过现在没办法避开她了。不知怎地，詹纳小姐觉得未受邀请深夜造访塞巴斯蒂安倒也无妨，尽管这足以变成一桩丑闻。更糟的是，她身边也没个侍女陪着，要知道跟塞巴斯蒂安单独呆在一起哪怕超过半分钟也足以毁了一个女孩子的名声。他放荡不羁，不讲道德，桀骜不驯，并引以为傲。对于自己所选择的职业——堕落的感情骗子——他得心应手，他所设定的那些职业标准没有多少情场老手能望其项背。

此刻他正懒洋洋地靠在椅子上，用那种带着欺骗性的散漫态度望着伊万杰琳慢慢靠近。图书室里的光线昏暗，只有壁炉里生着火。火光轻轻地在这女人的脸庞上摇曳。她看上去顶多二十岁，青春的面容，眼睛里透着纯真。这纯真屡屡让塞巴斯蒂安鄙视不已。他从不欣赏纯真，觉得毫无价值。

他知道一个绅士此刻应站起身来，不过他认为这种礼貌的姿态在这种情景下根本毫无意义。所以，他随意地挥了一下手，示意她坐到壁炉边的另一张椅子上。

“你还是坐下吧，”他说，“不过如果我是你，绝不会呆很久的。我很容易无聊，而你也不健谈。”

他如此无礼，伊万杰琳却毫不胆怯。塞巴斯蒂安禁不住好奇，这女孩子究竟受过何等教育，竟能忍受这样的怠慢？换作其他女孩子，怕早就面红耳赤，痛哭流涕了。好吧，这样看来，她要么是个傻丫头，要么就是胆大包天。

伊万杰琳脱下斗篷，挂在扶手椅的天鹅绒靠背上，坐了下来，既不优雅，也毫无美感。“壁花”，塞巴斯蒂安暗忖道。他想起她和莉莲·鲍曼、莉莲的妹妹黛西，还有安娜贝尔·亨特都认识。这四个年轻女人上一季去了无数舞会呀，聚会呀，永远像一排壁花，无人问津。不过，她们的厄运好像出现了转机，安娜贝尔终于找到个老公，莉莲·鲍曼也称心地找到韦斯特克里夫老爷。塞巴斯蒂安不禁怀疑，难道她们的好运也会降临到这个笨拙的小东西身上？

尽管塞巴斯蒂安很想问问她来访的目的，不过要是一问起来，怕是要忍受她永无止境的口吃，两个人都要活受罪。看到伊万杰琳一副欲说还休的样子，他只好强作耐心等着。沉寂蔓延开来，借着壁炉的火光，塞巴斯蒂安不无惊讶地发现她还有点吸引力。他从没正眼瞧过她，印象中她不过是个脏兮兮的红发女孩，举止又差。不过，她确实可爱。

塞巴斯蒂安望着她，身上的肌肉不觉一紧，后颈的汗毛倒竖起来。他用指尖轻按天鹅绒靠垫的软毛，让自己放松下来。他不觉奇怪，自己竟从未注意过她，她其实有点儿意思。她的头发，是他从未见过的最鲜亮的红色，汲取了火光的热量，闪烁着耀眼的光芒。眉梢和浓密的睫毛是深赤褐色的，她有着典型的红发女人的肤色，白皙，鼻子和两颊有雀斑。这些欢快四散的金色小斑点把塞巴斯蒂安逗乐了，像是有个善良的仙子一时兴起撒在她脸上的。她长着现代人不喜欢的饱满的嘴唇，天然的玫瑰色，一双又大又圆的蓝眼睛……很美却空洞无神，像个蜡娃娃。

“我听、听说我朋友鲍曼小姐现在已经是韦斯特克里夫太太了，”伊万杰琳谨小慎微地说着，“她和公、公爵去了葛、葛特纳格林，在他……处置了你之后。”

“应该说是‘把我打成肉泥’，”塞巴斯蒂安欢快地说道。他知道她一定注意到了他下巴上的几处淤青，都是韦斯特克里夫挥拳猛揍的结果，揍得有理。“我借走了他的未婚妻，他可没表现出应有的风度啊。”

“你绑、绑架了她，”伊万杰琳淡定地纠正道，“‘借走’意味着你还会把她还回去。”

塞巴斯蒂安双唇上扬，脸上第一次浮现出一个长长的微笑，真心的微笑。看来她不是个傻丫头。“好吧，就是绑架，如果你想要用词精准。这就是你拜访我的原因吗，詹纳小姐？向我报告这对快乐新人的近况？这真是个无聊的话题。你最好赶紧说点有趣的事，不然你可得走了。”

“你想、想得到鲍曼小姐是因为她是女继承人，”伊万杰琳说，“你想要娶个有钱的女人。”

“没错，”塞巴斯蒂安毫不掩饰，“我父亲，那个公爵，没能尽到他人生唯一的责任：守护家族的财产，并把它传给我。因此，我的责任就是整日无所事事，放荡不羁，消耗光阴，直到他老人家去世。我做得很好不是吗？公爵殿下呢，却没能做好。他把家族的财务搞得一团糟。眼下他穷得叮当响，简直不可原谅，更糟的是，还健康得很。”

“我父亲很有钱，”伊万杰琳平静地说，“而且就要去世了。”

“恭喜你。”塞巴斯蒂安审视着她。伊沃·詹纳经营赌馆积攒了一大笔财富，这点他不怀疑。伦敦的绅士们去詹纳赌馆找乐子，吃点好酒好菜，花几个钱搞个妓女睡一觉。那种地方挥霍舒适的气氛中混杂着三教九流。大约二十年前，詹纳赌馆只是个二流赌馆，克雷文赌馆才是一流，它是伦敦有史以来最奢华最成功的赌馆。

然而，克雷文赌馆遭遇火灾后，馆主不愿重建，詹纳赌馆因此得到了一大批有钱的主顾，这才有了后来的名声。倒不是说它可以和克雷文赌馆相提并论。一个俱乐部很大程度上反映了老板的个性和风格，这两点詹纳都没有。德里克·克雷文一直以好出风头著称。与此相反，伊沃·詹纳是个笨手笨脚的粗人，过去打过拳，总之一事无成。然而命运却奇迹般地让他成了个成功的商人。

现在伊沃的独生女就在他的面前。如果她要给的正是塞巴斯蒂安想要的，他无法拒绝。

“我不要你恭、恭喜我，”伊万杰琳反驳了他先前说的话。

“你到底想要什么，孩子？”塞巴斯蒂安轻声道，“请说重点吧。有点无聊了。”

“我想在我父亲生命中最后的日子陪伴他。我母亲的家族不允许我见他。我试过逃到他的赌馆去，但他们总能把我抓回去打一顿。这次，我不、不会回去了。我不会服从他们的计划，决不，即使要我死也在所不惜。”

“他们的计划是？”塞巴斯蒂安懒洋洋地催促道。

“他们要强迫我嫁给我的一位表兄，尤斯塔斯·斯塔宾斯。他一、一点也不喜欢我，我也不喜欢他……但他甘愿成为家族计划中一颗任人摆布的棋子。”

“那个计划是不是在你父亲死后谋夺他的财产？”

“是的。一开始我考虑过嫁给斯塔宾斯先生，因为我觉得他和我可以有我们自己的房子……我想……我远远地离开其他人，那种生活也可以将就。但斯塔宾斯先生告诉我他哪儿也不想去，只想住在我家里……我觉得我在那儿生存不了多久。”见塞巴斯蒂安沉默不语，似乎不感兴趣，她又轻轻地补充说，“我相信他们想在得到我父亲的财产后杀、杀了我。”

塞巴斯蒂安仍然凝视着她的脸，缓和了下语气说道：“他们的考虑欠妥当，但这跟我有什么关系？”

伊万杰琳没有接茬，只是坚定地注视他，这种注视源于一种内在的坚韧，而这种坚韧塞巴斯蒂安从未在其他任何女人身上发现。“我想要嫁给你，”她说，“我要你保护我。我父亲又病又虚弱，无法帮我，我也不想麻烦朋友们。因为就算他们把我藏起来，我还得加倍小心，就怕亲戚们把我抓走，强迫我任他们摆布。一个未婚女人多么无助，在社会上法律上都处于弱势。这不、不公平……以后还会遇到什么，我实在不敢想，我需要个丈、丈夫。你需要个有钱的妻子。我俩都结婚心切，因此我相信你会同意我的建、建议。这样一来，我今晚就可以去葛特纳格林，我的亲戚们现在一定正在到处找我。”

沉寂顿时显得沉重起来，塞巴斯蒂安极不友好地打量着她，思考着她的提议。他不信任她。经历了上周绑架事件的惨败，他不想重蹈覆辙。

不过，有一点她还是说对了，塞巴斯蒂安的确结婚心切。所有的债主都知道，他信奉享乐主义，要吃得好，穿得好，住得好。公爵就快给不出生活费了，尽管每月给他的那点儿少得可怜，而他自己账户上的那点钱还不够撑到月底。对一个想走捷径的男人而言，要是她当真的话，这个提议简直就是个天大的恩赐。

“对送上门来的好处我从不挑剔，”塞巴斯蒂安随意说道，“不过你父亲究竟要多久才死？有些人在病床上一拖就是好几年。我一直认为，让别人等是不礼貌的。”

“你不用等很久的，”她干脆地回答，“我听说，可能也就半个月时间了。”

“在我们到葛特纳格林之前，你怎么保证不改变主意？詹纳小姐，你该知道我是怎样的人吧，提醒你一下，就在上周，我想要绑架强暴你的一个朋友。”

霎时，两人四目相对，他的眼睛是淡淡的蓝色，而她的则是深深的蓝宝石色。“你想要强暴莉莲？”她紧张地问。

“我是威胁过她。”

“你真会那样做吗？”

“我不知道。我以前从没这么干过，但就像你说的，我心急如焚。对了，说到这儿……你是在提议一桩互惠互利的婚事，还是想跟我偶尔睡一觉?”

伊万杰琳像是根本没听到，继续道:“你究竟会不会真的强、强暴她，到底会不会?”

塞巴斯蒂安盯着她，带着明显的嘲弄神情。“如果我说不会，詹纳小姐，你怎么知道我是不是说实话? 哦，不，我不会强暴她的。这样你满意了? 好吧，你就这么想吧，如果这么想你会好过一点儿。好，下面来说说我的问题……”

“我会跟你睡、睡一次，”她说，“行我们的夫妻之实。但只此一次而已，绝不会有第二次。”

“太好了，”他低语道，“我极少和一个女人睡两次。新鲜感一过简直无聊之极。我可不会像那些中产阶级那样，整天围着自己的老婆，这只能说明他们穷到连个情人也养不起。当然，还有个问题，我得有个继承人……不过，只要你守口如瓶，我真不在乎这孩子是谁的。”

她连眼睛也没眨一下。“我想从遗产中分出一、一部分交给托管会管理。很大一部分。利息都是我的，我想怎么花就怎么花——不用向你解释。”

或许她的口吃令人误解，但塞巴斯蒂安此时对她的明智已了然于心。他知道，她早已习惯被低估，被忽略，被无视……但她总有机会巧妙地利用这一点。这令他兴趣陡增。

“要我相信你，除非我是傻瓜。”他说，“你分分秒秒都可以撕毁协议。不过，如果你相信我，就是个更大的傻瓜。要知道一旦我们结了婚，我对你造成的伤害可能你母亲的家族连想都不敢想。"

"如果真是这样，我情、情愿这伤害来自我选择的人。"她严肃地答道，"你总比尤斯塔斯好啊。"

听到这，塞巴斯蒂安粲然一笑。"你是不是把尤斯塔斯说得太不堪了？"

她没有对他笑，只是身体在椅子上略略下沉，如释重负的样子，用一种坚定的、无可辩驳的神情望着他。他们互相对视着，塞巴斯蒂安感到全身一阵激荡，好像突然领悟到什么。

受到女人的吸引对他来说不是什么新鲜事儿。他早就知道自己比大多数男人有更多情欲，而有些女人就是能点燃他心中的火种，让他欲火烧身，无法遏制。不知怎地，这个笨拙口吃的女人竟也激起了他这种感觉。他想要她。

他浮想联翩，眼前如梦似幻。仿佛看到她丰满的双腿，婀娜的身体，柔滑的肌肤，他尚未见到的一切……他想象自己的双手漫过她的腰际，感受她跷起的臀部。他要深深吸入她的体香，还要这香气弥漫全身……他要她如丝般长长的秀发撩拨他的喉，他的胸……他要深深吻她的唇，让她体会难以言喻的快感。

"那么，就这么决定了。"他低声说，"我接受你的提议。当然，还有不少要再讨论讨论，好在到葛特纳格林之前我们还有两天时间。"他从椅子上站了起来，伸了个懒腰。他注意到她偷偷地扫了一眼他的身体，便忍俊不禁。"我让人把马车准备好，我的男仆帮我准备衣服。我们这就走吧，对了，要是半路上你后悔了，我就掐死你。"

她讥讽地瞥了他一眼。“要是上、上周你绑架的人心甘情愿地跟你走，你现在恐怕就不、不会这么紧张了吧。”

“说得好。那么说你心甘情愿被我绑架喽？”

“还迫不及待呢，”伊万吉琳急促地说，像是立刻就要冲出门去。

“我最喜欢像你这样的。”他评论道，然后礼貌地向她鞠了一躬，大步流星地走出图书室。

第二章

圣·文森特男爵走出房间的当儿，伊薇颤抖着吁了口气，闭上了眼睛。男爵他根本不用担心她会改变主意。一旦约定，她想立刻上路的心比他强烈一百倍。一想到布鲁克和佩里格林姨父此刻正四处找她，她就惊恐万分。

今年夏末出逃后，她在父亲赌馆的入口处被逮住。回家的路上，佩里格林姨父在马车里狠狠地教训她，到家时她已被打得遍体鳞伤：嘴唇开裂，一只眼睛乌青，后背和手臂上满是擦伤的痕迹。之后两星期，她被锁在自己的房间里，只能吃佣人经过时送来的一点水和面包。

没有任何人完全了解她所经受的一切，即使她的朋友安娜贝尔、莉莲和黛西也不了解详情。

在梅布利克处所里的生活无异于一场噩梦。梅布利克是她母亲的家，那儿住着斯塔宾斯一家——就是她姨妈弗洛伦斯和姨父佩里格林——他们合起伙来想打破伊薇的意愿。屡屡受挫之后，他们气急败坏，却又疑惑不解……伊薇自己又何尝不是一样不解？她以前从未想过自己竟能忍受如此严酷的惩罚、轻慢，甚至是对她的仇恨，她觉得自己早该崩溃了。也许她血管里流淌了更多父亲的血，这点任何人都没想到。伊沃·詹纳曾是一个赤手空拳打天下的职业拳击手，无论是在拳击场内还是场外，他成功的秘诀不是天赋，而是不折不扣的坚韧。而她恰恰继承了这一点。

伊薇想见父亲。她急得不行，这心愿像是一块大石头那样压着她。她知道父亲是这世上唯一关心她的人了。他的关心是如此不经意，可是从其他人身上她更没得到什么。母亲生下她后就去世了，这之后父亲立即把她丢到梅布里克，让母亲娘家人抚养她。那是很多年前的事了，她明白父亲为什么要这么做，赌馆实在不是个培养孩子的地方。梅布利克家族就算不是什么显贵，至少也是正统世家。可是伊薇还是忍不住想……要是父亲早知道她会受到如此虐待，还会做同样的选择吗？如果他哪怕是听到一点点风声，这个家族把他们对小女儿反叛婚姻的愤怒全部施加到这个无助的孩子身上……可是现在想这些还有什么用呢。

母亲已死，父亲也拖不了多久了。在他离世之前，她还有很多事要问他。要逃脱梅布利克家族的魔爪，她最好的打算就是嫁给这个令人难以忍受的贵族，她已经答应他了。

自己居然能够和圣·文森特老爷沟通得如此顺畅，这点令她惊异无比。要知道他令人胆战心惊，一个男人，有着金色的头发，冬天般冰冷的蓝眼睛，最适合接吻和说谎的嘴唇。他像是个堕落天使，全身充满了只有魔鬼才有的致命的男性美。他自私，不择手段，竟然连最好朋友的未婚妻也不放过，还想绑架她。不过，她转念一想，只有这样的男人才是梅布利克家族的对手。

圣·文森特一定是个糟透了的丈夫。不过只要伊薇对他不存幻想，也就相安无事了。反正她对他毫不在乎。他的轻率，她视而不见；他的侮辱，她充耳不闻。

她的婚姻和朋友们的该是多么不同啊。一想到曾经的壁花们，她真想哭。安娜贝尔、黛西或莉莲——特别是莉莲——要是知道自己嫁给了圣·文森特，一定再也不搭理她了。她拼命眨眼睛，把在眼眶里打转的眼泪挡了回去，喉咙里像是有一大块硬物，她强忍着痛咽了下去。哭有什么用呢？在这两难的境地下，虽说这不是个完美的法子，也是她能想到的最好办法了。

要是姨妈、姨父知道她——她的财产——将永远不受他们控制，该有多么震怒啊。一想到这儿，她就觉得自己的痛苦减轻了些。为了余生不再受他们的支配，做什么都值得。更不能听凭他们把她嫁给那个不名一文、胆小懦弱的尤斯塔斯。他整天胡吃海喝，逃避现实，胖得连门都快进不了了。尽管尤斯塔斯和她一样憎恨他的父母，他可没有胆量违拗他们的意思。

颇具讽刺意义的是，是尤斯塔斯促使她今晚逃出来的。之前，他找到他，塞给她一枚订婚戒指，金制的，上面镶有玉石。“拿着，”他有些羞怯地说，“妈妈让我把它给你——你如果不带着它下来吃饭，就不准你吃饭。她说下周就要宣布我们的婚事了。”

伊薇没料到他们会出此下策。过去三个季度里，他们不停地替她张罗，想帮她找个贵族丈夫，但无一成功。最后他们只好认命，看来想通过她结交权贵是不可能了。反正她就要继承遗产了，他们私下计划把她嫁给她的表兄，这样他们就可以把财产据为己有。

听完尤斯塔斯的话，伊薇浑身气血上涌，她又惊又怒，双颊潮红。尤斯塔斯居然对她嘲笑起来，“天哪，你脸红起来真是一道风景线，你的头发这样看起来成橘红色了。”

伊薇想挖苦他一句，但话到嘴边又咽了下去。她必须强忍着让自己镇定。她心里有太多话，杂乱无章，千头万绪，字字句句像暴风雪中的树叶那样在她心中盘旋俯冲。她费劲地将它们一一拾起，拼凑在一起，努力连贯地说：“尤斯塔斯表哥……如果我答应嫁给你……你会在你父母面前替我讲话吗？你会允许我去看我父亲，让我照顾他吗？”

尤斯塔斯的脸一下子僵住了，原先的微笑不见了。他直直地盯着她灰蓝色的眼睛，鼓起的两颊垂了下去。他的眼神移向别处，躲闪地说：“如果不是你倔强得像一头牛，他们怎么会对你如此苛刻？”

伊薇失去了耐心，无法控制地口吃起来，“你、你们会抢走我的钱、钱，然、然后就不管我了——”

“你要钱有什么用？”他讥讽地问道，“像你这样胆小如鼠，只配在角落里窜来窜去……你不需要任何华丽的衣服和首饰……你又不会讲话，姿色又平庸，根本没人想碰你，你简直一无是处。你得好好感激我居然愿意娶你，不过你笨得连这点也领悟不了！”

“我、我、我，”挫折感深深刺伤了她，刺得她连句话也说不了。她无法替自己辩驳，只能怒视着他，挣扎着，喘着气，想缓和一下再和他理论。

“你真是个没完没了的傻瓜。”尤斯塔斯不耐烦了。一阵震怒下，他的手臂重重一挥，猛地把戒指扔在地板上。戒指弹跳了几下，滚到沙发下不见了。“看，现在戒指没了。这都是你的错，谁让你惹我发火的。你最好找到它，要不然你就饿着吧。我这就去告诉我妈，我该做的都做了。”

伊薇根本没去找戒指，而是赶在晚饭之前手忙脚乱地把衣服打包，装在一个小行李箱里，她从二楼的窗子爬了出来，顺着雨槽往下滑。双脚一落地，她就飞奔起来，穿过院子。幸运的是，她一跑出大门就拦到一辆出租马车。

这可能是最后一次见尤斯塔斯了，对此伊薇很满意，一想到这个人，她就感到不悦。他不常在社交场合出现。随着身躯日渐肥硕，他愈加躲在梅布里克不出来了。不管以后会发生什么，她绝不后悔逃婚。尤斯塔斯未必会和她做爱……他身上似乎不具有那种，那种文人常说的“动物的本能冲动”，而是把热情完全倾注于美酒佳肴。

与他相比，圣·文森特老爷引诱和抛弃过的女人不胜枚举。或许很多女人觉得这样的丰富经历很吸引人，伊薇却对此完全不感兴趣。不过有一点毋庸置疑，一旦结婚，所有的人都会认为他俩交欢无数。

一想到这儿，她的心头猛然一紧。她魂牵梦萦的男人，她想嫁的男人应该既和善又细心，带点儿男孩子气。他绝不会嘲笑她口吃，而是温柔地爱着她。

塞巴斯蒂安和她的梦中情人截然不同。他既不和善,也不细心,更谈不上男孩子气。他像一头猛兽,对待猎物毫不手软,会在杀死它们前好好把玩。此时望着这张空空的椅子,他坐过的椅子,伊薇想起圣·文森特在炉光映照下的样子。他身材颀长,体格完美,衣着简洁高贵,恰到好处地映衬出他淡褐色的皮肤,显得英俊无比。他的头发是那种中世纪圣像的古金色,浓密,略带点卷儿,几缕淡琥珀色的头发相间其中。他淡蓝色的眼睛熠熠生辉,如同古代皇后项链上罕见的钻石发出的耀眼光芒。尽管他微笑时美目并未传情,可单单这微笑足以让任何人心跳停止……这令人情欲迸发的嘴唇总是诉说着愤世嫉俗的言辞,洁白的牙齿熠熠闪亮……哦,圣·文森特老爷是个耀眼的男人。他自己也很清楚这一点。

奇怪的是,伊薇并不怕他。圣·文森特如此聪明,决不会用暴力使她屈从。他根本无须费周折,寥寥数语便能刺穿人心。伊薇更怕的反倒是那不学无术、鲁莽暴虐的佩里格林姨父和总是用恶毒的手煽她、拧她的弗洛伦斯姨妈。

伊薇发誓,再也不让他们这么对她了,她一边想着,一边心不在焉地用手拂去裙子上的污泥。这一条条的黑道儿都是刚才爬下水管道时弄上去的。她想从带来的小行李箱里找条干净的裙子换上,箱子刚才留在门口了。不过一想到舟车劳顿,换上的裙子一定也搞得满是灰尘,皱皱巴巴,觉得还是不换了。

门口一阵响声引起了她的注意。她抬起头看到一个女仆。女仆有点害羞地问她要不要去一间客房里梳洗一下。像她这样的单身女人,身边不带侍女出现在这屋子里,女仆却感到司空见惯，想到这儿，伊薇不觉有些懊悔，不过还是由她领去了楼上的一个小房间。这个房间和她见过的这房子里的其他房间一样，装潢精美，设施齐全，收拾得很整洁。墙上贴有淡色的墙纸，上面饰有手绘的中国飞禽和宝塔。与房间相连的前厅里有一个水斗，水龙头的手柄巧妙地做成了鬼头刀鱼形状，看到它伊薇兴奋不已。离水斗不远处是卫生间，旁边就是壁橱。

从卫生间出来，伊薇到水斗边洗洗手和脸，然后大口大口地喝完银器里的水。她走进卧室想找把梳子或刷子什么的，发现没有，便只好用手将挽起的头发理顺。

四周一片寂静，更没有人声，伊薇心中却突然荡起一阵波澜，感到房里有人。一阵惊奇之下，她想转身逃跑，竟发现圣·文森特站在房里。他显得很放松，微斜着头望着她。此时她全身涌起一阵奇怪的感觉，那是一种温热，好像一阵光掠过水面。突然间她浑身瘫软。她意识到，自己真的累了。一想到接下来的一切——到苏格兰的长途奔波，仓促的婚礼，之后还要行夫妻之事——太折磨人了。她挺了挺肩，开始往前走，可没走几步就眼冒金星，她赶紧停下，身体剧烈地摇晃着。

她拼命摇头想看清楚些，慢慢地，她意识到圣·文森特就站在她身边。他的手攫住了她的两只手肘。她从未如此靠近过他……他的气息迅速地充满了她的感官……一抹淡淡的昂贵古龙水香味，细亚麻混纺毛织品包裹着干净的肌肤，散发阵阵体香。他浑身洋溢着健康的气息和男人的阳刚之气。她惊慌失措，眨着眼睛抬头望着他的脸庞，他比她想象的高多了。她惊讶地意识到他竟如此高大健硕——原来只有靠得这么近才能感受到。

“你上次吃东西是什么时候?”他问。

“昨天早、早上……我想是吧——”

他抬起了一条淡褐色的眉毛。“你不是要说你家里人想饿死你吧?”见她点头,他眼睛便向上一翻,“这件事变得越来越令人伤感了。我这就让厨房准备一篮三明治。来,挽着我,我扶你下楼。”

“我不需要你帮忙,谢、谢谢你——”

“挽着我,”他重复了一遍,悦耳的声音像铁一般不容抗拒。“我绝不会让你还没上马车就摔断脖子。单身女继承人可不是那么容易找的。找个人代替你可是个大麻烦。”

伊薇觉得自己一定比料想的虚弱,两人才走到楼梯口,她便开始庆幸有他扶着。他们下楼的当儿,圣·文森特的手臂不知不觉地绕过她的后背,握着她另一只手,小心翼翼地拥着她走完台阶。他的指关节上还有些淤青和擦伤的痕迹——显然是和韦斯特克里夫老爷打架时留下的。一想到这个娇生惯养的贵族要和剽悍的佩里格林姨父展开肉搏,伊薇不觉打了个寒颤,真希望他们已经到了葛特纳格林。

感到她在发颤,圣·文森特在下最后一级台阶时把她搂得更紧了。“你冷吗?”他问道,“还是害怕了?”

“我想、想离开伦敦,”她答道,“在我亲戚找到我之前。”

“他们会想到你来找我吗?”

“噢,不、不会的,”她说,“没有人会想到我会来找你,除非我神经错乱了。”

即使她并不感到头昏目眩,他露齿一笑间的灿烂也足以使她如此。“幸好我自我感觉一向良好，要不然我的虚荣心早就被你打击得体无完肤了。”

“你过去经历了那么多女人，我相信她们一定把你捧、捧到天上去了。不用再多我一个了吧。”

“亲爱的，再多也不够。这是我的一大毛病啊。”

他把她带回图书室，让她在壁炉前坐下休息，几分钟后她正要打瞌睡，他又回来把她带了出去。她东倒西歪地跟着出来，看到门口停了一辆发亮的黑漆马车。圣·文森特把她轻巧地扶上车。车内全部用乳白色天鹅绒装潢，极尽铺张奢华之能事。还装有一盏小灯，在柔和的灯光下，天鹅绒闪着微光。伊薇靠着一个丝绸包边的软垫坐下，感到从未有过的舒适。她母亲的家族一直以来都按照一套清规戒律生活。任何东西，哪怕一点点奢侈，都被他们弃如敝屣。对圣·文森特而言，奢侈就是常态，尤其对于物质享受。

地板上放着一只细皮条编的篮子。她试着摸了摸，发现里面放着几个三明治，用餐巾包着。三明治是用厚厚的黄油牛奶面包做的，里面塞满了切成细片的肉和奶酪。熏肉的味道顿时勾起了她强烈的饥饿感。她狼吞虎咽地吃了起来，顷刻间两个下肚，差点噎着。

圣·文森特进马车后，在她对面的位置坐了下来，将长长的腿收在座椅下面。他面带微笑地看着伊薇舔着手上三明治剩下的碎屑。“感觉好点了吗?”

“是啊，谢谢你。”

车厢隔间的门很巧妙地做在马车的内墙里，圣·文森特打开门,用力从里面取出一个水晶杯和一瓶白葡萄酒,是一个仆人事先放进去的。他倒满一杯递给她。她小心翼翼地尝了一口,知道是名贵的葡萄酒,冰凉清甜,便大口大口地喝起来。年轻女子极少被允许喝酒精度极高的葡萄酒……一般都是喝加大量水稀释过的。喝完后她还没张口要,杯子里又倒满了。马车微微一斜启程了,在路上颠簸起来,伊薇的牙尖撞击着水晶杯的边缘。她担心把酒洒出来,弄脏乳白色的天鹅绒,便猛地喝了一大口,圣·文森特在一边暗笑。

"慢慢喝,宝贝。我们的路还长着呢。"他倚着靠垫,向后倒去,看起来就像黛西·鲍曼钟爱的炽热的爱情小说里的军官,"告诉我,如果我不同意你的提议,你会怎么办?还会去哪里?"

"我想我会去找安娜贝尔和亨特先生,和他们呆、呆、呆在一起。"逃到莉莲和韦斯特克里夫老爷那儿去可不好,他们还在蜜月期呢。去找鲍曼一家肯定也不行……就算黛西强烈要求留下她,她父母也肯定不想和这件事扯上关系。

"为什么你不先去找他们呢?"

伊薇皱起眉头。"要亨特一家留下我,不让我舅舅把我要回去,这行不通,就算能行也一定困难重重。比起做别人的房客,做你的妻子安、安全多了。"酒让她有种舒适的眩晕感,她又将身体往椅子下沉了沉。

圣·文森特细细地打量着她,靠过来帮她脱鞋子。"脱下鞋子会更舒服,"他说,"天哪,别躲开呀。我又不会在马车里诱奸你。"松开鞋带后,他用丝绸般的嗓音继续说,"就算我真想这样做,你又能怎样,我们马上就要结婚了。"见她迅速地移开穿着长筒袜的脚，他粲然一笑，又去脱另一只脚上的鞋。

伊薇听任他脱另一只鞋，强迫自己放松下来。他的手指轻轻滑过她的脚踝，使她全身涌起阵阵波澜，有一种奇异的热热的感觉。

“你最好松开胸衣束带，”他建议道。“这样你路上会更舒服点。”

“我根本没穿胸、胸衣。”她说，没有看他。

“你没穿？上帝啊。”他仔细地打量了她一番，像是专家在鉴赏一幅作品。“身材很棒，是个快乐的小荡妇！”

“我可不喜欢这个词。”

“荡妇？请原谅……习惯成自然了。我总是把淑女当做荡妇，把荡妇当做淑女。”

“你是不是觉得这样很好？”伊薇怀疑地问。

“噢，是的。”他带着欢快的高傲神情回答，她忍不住笑了。

“你真是个坏、坏男人。”

“没错。不过现实是，坏男人所得到的往往远远多于他们应得的。可是像你这样的好人呢……”他指了指伊薇和她的四周，好像眼前的情形就是对这一理论的最好诠释。

“也许我没有你想象的那、那样好。”

“希望如此。”他沉吟道，仿佛话中有话，淡淡的、闪着微光的眼睛眯了起来。伊薇注意到了他的睫毛，颜色比头发更深一些。对一个男人而言，这睫毛简直长得过分。尽管体格高大，肩膀很宽，他身上竟有一种猫科动物的气质……像一头透着慵懒，却能使人丧命的狮子。“你父亲究竟病到什么程度了？”他问。“我听到一些谣言，不过不太确定。”

“他有肺结核，”伊薇低语道，“六个月前诊断出来的——从那时起我就没见过他。我从、从未连续那么久不见他。梅布里克的人过去还允许我去赌馆看看他，那时他们觉得也没什么不好。不过从去年开始弗洛伦斯姨妈觉得要是我再和父亲来往就找不到丈夫了，因此要我远离他，假装他不存在。”

“这太奇怪了，”他低声讥笑，双腿交叉，“可现在你为什么突然那么关心他，在他临死前嘘寒问暖，是想确认他把遗产传给你吧？”

他话中带刺，伊薇并不理睬。她想了想要说的话，从容答道，“在我小时候，他们还允许我经常看望他。那时我们很亲近。他曾是——现在仍然是——唯一一个关心我的男人。我爱他，所以不想让他一个人离开。如果嘲、嘲笑我让你感到愉悦，你大可这样做。我无所谓。你怎么想对我没有任何意义。”

“别激动，宝贝。”他被逗乐了，温柔地说道，“我看你像是发脾气了，这一点一定是继承了你爸爸。我见过他大发雷霆时眼里怒火冲天的样子，就跟你现在一模一样。”

“你认识我父亲？”她惊讶地问。

“我当然认识他，所有耽于享乐的男人都去过詹纳赌馆，找各种各样的乐子。你父亲是个有担当的男人，只不过他是个火药桶，一点就燃。我总是禁不住想——到底梅布里克家的人怎么会嫁给像他这样的人？”

“撇开别的原因不谈，有一点很重要，我觉得母亲把他当作逃离家庭的跳板。”

"就好像我们现在一样,"圣·文森特淡然地评论道,"两者有相似点,不是吗?"

"我,希、希望相似点到此为止,"伊薇回答道,"你知道他们结婚不久,母亲就怀了我,可她在生我时去世了。"

"只要你不想,我就不会让你大肚子,"他表示同意,"不想怀孕还不容易……可以用避孕膜、避孕套、冲洗法,你还可以看我施展一下那银色喷泉的魅力——"看到她的表情,他停了下来,禁不住大笑,"我的上帝啊,你的眼睛瞪得跟银盘似的。我吓到你了? 你可别告诉我你的那些已婚朋友们从没告诉过你这些。"

伊薇慢慢地摇了摇头。虽然安娜贝尔·亨特偶尔也会说说婚姻生活中的奥秘,不过她可从来没有讲过如何避孕。"我怀疑她们也没听说过这些,"她说,他又笑了起来。

"等我们到了苏格兰后我会好好教你的。"他嘴角微微上扬,笑了起来,这微笑一度使鲍曼姐妹为之疯狂……不过她们没能看到他眼中狡黠的光芒。"我亲爱的,有没有想过也许你会很享受跟我行夫妻之事,觉得一次根本不够呢?"

他总是出言不逊惹毛她。"不,"伊薇坚决地说,"绝不会。"

"嗯……"他喉咙里传出猫咪的"呜呜"声,"我就喜欢挑战。"

"我可、可能会喜欢跟你做爱。"伊薇说,坚定地盯着他。即使这长久的凝视使她的脸愈发红了,也不愿将目光移开。"我倒希望会这样想,但我不会改变这个决定。因为我了解你的所作所为——知道你是什么人。"

"亲爱的……"他近乎温柔地说,"你还没看到我的邪恶面呢。"

第三章

上周从韦斯特克里夫的汉普夏郡庄园离开，路上二十小时已经把伊薇折腾得够呛，这次去往苏格兰，沿途四十八小时，无异于一场折磨。要是他们走得慢些，可能还好过点。可是伊薇自己一再坚持，要径直去往葛特纳格林。中途只是停下来换车夫和马匹，每三小时一次。她担心万一自己的亲戚知道了她的动向，就会紧紧地追上来。想到圣·文森特和韦斯特克里夫老爷打斗的结果，伊薇觉得一旦他和佩里格林姨父对抗起来，取胜的几率简直微乎其微。

马车性能很好，马具也齐全，不过以这样惊人的速度前进，也难免颠簸摇晃，伊薇觉得恶心起来。她疲惫之极，怎么躺都不舒服。头总是撞在墙上。每次刚刚打起盹儿来，不出几分钟又惊醒了。

圣·文森特不像伊薇那样苦不堪言，不过一路上舟车劳顿，他看上去也不那么整洁了。先前还有些话谈，不久便渐渐沉寂了，他们就在这种隐忍的沉默中一路同行。奇怪的是，对于这折磨人意志力的苦刑他似乎也毫无怨言。她意识到他和她一样急切地希望赶到苏格兰。两人尽快完婚对他的处境更有好处。

马车持续不断地颠簸，每每遇到崎岖的路段，有好几次差点儿把伊薇从座位上甩下来。她总是刚刚打会儿盹儿，又很快被惊醒。每次圣·文森特打开车门，跳下车去找新马队，刺骨的寒风便刮了进来，冻得伊薇在角落里直哆嗦。

夜晚逝去，伴随白昼到来的是刺骨的寒冷。圣·文森特领着伊薇穿过一家小旅店的院子，蒙蒙细雨打湿了她的斗篷。他把她带进了一间单人房，她在那儿喝了碗温热的汤，用了下便桶，而他自己则去找下一次用的马和车夫。一看到床，伊薇便想疯狂地扑上去。不过想想还是晚点睡吧，等到了葛特纳格林，永远逃离了家人的掌控再说吧。

他们在这小旅店呆了总共不到半小时。回到马车上，伊薇努力脱下湿鞋子，免得把烂泥弄到天鹅绒上。圣·文森特也接着爬上车，看到她脱鞋，就弯下腰来帮她。他帮她松开鞋带，把鞋子从她冻得痉挛的脚上拽下来。伊薇默默无语地把他头上被雨水浸透的帽子摘下来，丢到对面的座椅上。他的头发看上去又浓密又柔软，一簇簇卷发色泽斑驳，从琥珀色到香槟色不一。

圣·文森特直起腰来坐到她身边，看着她饿瘦的脸，他伸出手来抚摸她冻得有些凹陷的脸颊。“我这么说吧，”他低语道，“要是别的女人在这儿，早就哇哇乱喊，叫苦连天了。”

“我不、不、不可以抱怨，”伊薇说，她颤得厉害，“是我自己要求径、径直去往苏格兰的呀。”

“我们已经赶了一半路了。再有一个晚上，一个白天。到明晚我们就完婚了。”他嘴唇微微上扬，露出个怪笑。“毫无疑问，世上最急着想上婚床的女人就是你了。”

伊薇用颤抖的双唇挤出一个微笑，算作回答。她知道他话里的意思——她急着上床是因为困了，不是想要做爱。两人的脸贴得很近，她直勾勾地盯着他的，惊讶极了，困倦和黑眼圈竟使他看上去更吸引人了。也许是因为此时他看上去像个普通人，不再是一尊铁石心肠、完美无瑕的罗马神像。他身上的贵族傲慢退去了大半，当然等他休息好了仍会重现。不过就现在而言，他显得很放松，很随和。这段地狱般的旅程似乎使他们建立起了脆弱的友谊。

她的感触被一阵敲门声打断了，圣·文森特打开门，一个女仆站在雨中，身上淋湿了。“你好，老爷。”她身穿一件斗篷，头上的斗篷帽子滴着水。她递了两件东西给他，眼睛朝斗篷外张望着。“这是你要的酒和热砖。”

圣·文森特从马甲口袋里掏出一个硬币给她，她眉开眼笑地接过钱飞奔回旅店躲雨去了。圣·文森特递给伊薇一个锡釉的陶制杯子，里面盛有冒着热气的液体，她惊讶地眨着眼睛问："这是什么？"

"它可以让你心里觉得暖和点儿。"他举起一块用层层法兰绒包裹的热砖，"这个暖暖你的脚。把脚放在上面。"

换作其他时候，伊薇绝不允许他这样随便地对待自己的脚。此刻她却没有任何反抗，任他撩起她的裙子，把热砖放在她脚下。"噢……"一股舒适的暖流从她冻僵的脚底涌向全身，令她通体舒畅，"噢……我从、从没觉得那么舒服过……"

“女人总是对我说这样的话，”他的声音里有一丝笑意。“来，靠着我。”

伊薇听从了，将一半身体靠在他身上，由他的双臂圈着，把头枕在他结实的胸膛上，感觉很舒服。她把陶制杯子举到唇边，试着喝一口这温热的饮料。里面含有某种酒精成分，掺了水，还有糖和柠檬的味道。她慢慢地喝着，全身渐渐温暖起来，于是长长地、满足地舒了口气。这时马车突然向前一晃，圣·文森特调整一下姿势抱着她，好让她更舒服地贴紧他的胸膛。伊薇不明白地狱如何顷刻间变成了天堂。

她从来没有如此靠近一个男人。更糟的是，她居然很享受这种感觉，任何一个有知觉的人都无法否认这一点，因为这个坏家伙身上拥有太多上天赐予的无法言喻的男性美，惹得她只好拼命忍耐，不让自己更深地钻进他怀里。他的衣服全是用精致面料做的：外套是细羊毛的，马甲是重丝绸的，衬衫的用料是如黄油般柔滑的缎子。他浑身弥漫着衬衫浆洗后的气息，昂贵的古龙水味，洁净的皮肤散发出淡淡咸味。

她担心热酒一喝完他就会放开她，就故意喝得很慢很慢。遗憾的是，这杯酒还是见底了。圣·文森特接过陶制酒杯，把它放在地板上，然后又重新把她搂进怀里坐好，伊薇这下放心了。只听他在她头上打了个哈欠，轻轻地说：“睡吧，离下次换马队还有三个小时呢。”

伊薇用脚趾钳住热砖，半转过身来，更深地依偎在他怀里，任自己沉沉地睡去。

剩下的旅途是在断断续续的摇晃、疲惫和惊醒中度过的。

伊薇越疲倦就越依赖圣·文森特。每次换马队时,他总是想法儿给她弄来一杯热茶或一碗热汤。只要能找到壁炉,他就把热砖拿去加热。他甚至不知从哪儿搞来了一条带被褥的毛毯,还冷冷地让伊薇别问从哪儿弄来的。伊薇对自己说,要不是他,自己早就冻僵了,所以打消了一切顾虑,只要他在车上就倒在他怀里。"我、我可不是在勾引你啊,"她边说边平倚在他的胸口,"我只是取、取暖而已。"

"随你怎么说,"圣·文森特懒懒地说,一边把被褥盖在自己和伊薇身上掖好,"不过,就在刚才的一刻钟时间里,你不断地抚弄我身上的某一部分,从前可没人敢碰啊。"

"我可、可没有。"她又往他的大衣里钻了钻,含混地说,"我看你那部分在福特纳姆和梅森两地早就被别人玩了个够吧。"

"那可是要出大价钱的,这样免费的可不行。"他身体突然一缩,把她放在自己的大腿上,"亲爱的,别把膝盖放在那儿,要不然,行房事的计划恐怕要泡汤了。"

她打起盹儿来,到下次换马队时已快睡熟,圣·文森特把她轻轻摇醒。"伊万杰琳,"他耳语着,一边温柔地整了整她散乱的头发,"睁开眼睛,我们要换马队了。该进旅馆休息会儿了。"

"我不想去。"她咕哝着,不情愿地推开他。

"你要去的,"他温和地坚持道,"我们还有很长一段路要赶。这里有家旅店,你可以好好休息会儿,再有这样的机会又要等好久了。"

伊薇正要抗议说不去,又突然觉得想去,可一想到外面灰蒙蒙的天空,想到要站起来走进刺骨的雨中,几乎哭了出来。她弯下腰，用力把粘湿肮脏的鞋子拖过来，笨手笨脚地拨弄鞋带。圣·文森特见状，一把拨开她的手，帮她系鞋带，接着又把她扶下马车。一阵冷风袭来，伊薇冻得牙齿咯咯作响。外面天寒地冻。圣·文森特把她的斗篷帽子往下拉了拉，好多挡着点儿她的脸，然后又伸出手臂环着她的肩膀，扶着她穿过旅店的院子。“听我的，”他说，“在这儿多呆几分钟总比以后停在路边强啊。你知道我了解女人，照顾她们是我的职责——”

“我能自己照顾自己，”伊薇有点恼火，“不需要你费心。”

“当然。原谅我多嘴了——我只是想让自己清醒着点儿。你也是啊，别忘了。”

伊薇抱着他紧致的腰，拖着脚吃力地走在冰冷的泥地上。为了分散自己的注意力，她想起了尤斯塔斯，庆幸自己没有嫁给他。她再也不用和梅布里克的人住同一屋檐下了。这想法让她有了点力气。一旦她结婚，他们对她就无能为力了。老天啊，这一刻能不能再快点到来啊。

安排好了小憩的房间后，圣·文森特扶着她的肩膀，细细地打量起来，“你看上去快要晕倒了。”他如实说，“亲爱的，你完全可以在这里休息一两个小时，我们有时间。你干吗不——”

“不，”她断然打断他，“我要继续赶路。”

圣·文森特看着她，明显有些不悦，不过也并没有生气，只是问她，“你总是这样倔强吗?”他把她带到楼上的房间，提醒她等他走后要把门锁好。“可别在便桶上睡着了。”他关切地提醒道。

回到马车上，伊薇继续他们持续到现在的模式，自己脱下鞋，再由圣·文森特把热砖放在她脚下。他两腿分开夹着她，一条穿着长袜子的腿搁在热砖旁边，另一条还放在地板上保持平衡。圣·文森特握着她的一只手，抚弄冰冷的手指。她顿时感到血流上涌，血管扩张，心跳加速。他的手如此温暖，手指如天鹅绒般柔软，指甲修剪得又短又光滑。虽是一只有力的手，却毫无疑问属于有闲阶层。

圣·文森特把他们的手指搅在一起，用大拇指在她掌心画着一个个小圆圈，然后将手指轻轻滑出，贴在她的手指上。尽管面容白皙，但他的皮肤属于暖色调，极易吸收阳光。最后，圣·文森特不再把玩她的手指，任它们卷曲在他手中。

天哪，这难道是她——壁花伊万杰琳·詹纳——独自跟着这个危险的浪荡子，疯狂地往葛特纳格林赶？看看我都干了些什么啊！她晕眩地想，转了转靠在他胸口的头，把脸贴在他的细亚麻衬衫上，昏昏欲睡地问："跟我说说你的家，你有兄弟姐妹吗？"

他用嘴唇亲抚着她的卷发，片刻后抬起头回答："我家只剩下我和父亲了。我不太记得我母亲——她在我还是婴儿时染上霍乱去世了。我曾有过四个姐姐。作为家里最小的孩子，又是男孩子，我被宠得不成样子。可是好景不长，几个姐姐在我还很小时纷纷染上猩红热，其中三个相继离开了我……还记得她们患病时，我被送到了乡下的庄园。等我回来时，三个姐姐已经不在了。唯一存活下来的姐姐——我的大姐——后来结了婚，可是跟你母亲一样，她也难产而死。孩子也没能活下来。"

伊薇一动不动地听他陈述往事，尽量放松地依偎着他，心里强烈地同情起这个曾经的小男孩。母亲和四个溺爱他的姐姐相继从他的生命中消失，就是大人也很难承受这样的打击，何况一个小孩子呢。“你有没有想过，”只听她问道，“如果你母亲在世会怎么样？”

“从没有。”

“我常常想，如果母亲在的话，会给我什么人生忠告。”

“你母亲最后嫁给伊沃·詹纳那样的粗人，”圣·文森特不无嘲讽地说，“我要是你可不会信赖她的人生忠告。”他停了一下，想看看她有什么反应。“他们到底是怎么遇到的？一个受过良好教育的女人可不太有机会遇到詹纳这样的人的。”

“没错。当时我母亲和我姨妈坐在马车里——那是一个冬天里的中午，伦敦下着大雪，只能看见几码以内的东西。马车一个急转弯想绕过一个街头小贩的手推车，结果把我父亲撞倒了，当时他就站在附近的人行道上。在我母亲的一再坚持下，马夫下车看看有没有把他撞伤。还好只是轻微擦伤，并无大碍。我想……我想母亲一定是对他很感兴趣，因为第二天她写了封信，问候他的健康状况。然后他们就开始通信往来了——我父亲的信都是请人代写的，他自己并不识字。其他的事情我就不清楚了，只知道他们后来私奔了。”一想到梅布里克家族获悉后的震怒，她的嘴角微微上扬，露出了满意的笑容。“她去世时才十九岁，”她若有所思地说，“我二十三岁了。”她在他臂弯里扭动了一下身体，抬起眼睛望着他的脸。“你多大了，我的老爷？三十四？三十五？”

“三十二。不过此刻我觉得自己仿佛一百零二岁了。”他好奇地望着她，"孩子，你怎么不口吃了？从蒂斯河谷到这儿的一路上你的口吃好了。"

"是吗？"伊薇有些奇怪地问，"我想……一定是我和你在一起觉得很自在。和有些人在一起我就不那么口吃了。"真奇怪啊——从前只有和孩子她才能完全自如地说话。

他猛地一阵大笑，胸膛在她的耳朵下起伏着。"还从来没有人说过跟我在一起自在，我还真不喜欢这说法。看来我得做些恶毒的事来扭转你对我的看法。"

"对此我毫不怀疑。"她闭上眼睛，重重地靠在他身上，"我看我一定是太累了，没力气口吃了。"

他把一只手移到她头上，轻轻地抚摸她的头发和脸颊，用指尖轻揉她的太阳穴。"睡吧，亲爱的。"他低语道，"我们就快到了。如果你觉得越来越冷，那么离目的地就越来越近了。"

这话果然不错。越往北走天气越冷，伊薇冻得不行，心想如果魔鬼此刻从地狱送来肉汤，她也愿意喝。葛特纳格林村就在邓弗里斯郡郊外，位于英格兰和苏格兰之间的北部边境。出于对英格兰苛刻婚姻法的不满，成百上千对男女一路颠簸，从伦敦，途经卡莱尔来到葛特纳格林，他们有的徒步，有的骑马，有的坐马车赶来，只为寻求庇护，希望在这里宣读结婚誓言，结为夫妻之后再回英格兰。

一对男女一旦过了萨克河桥就正式进入苏格兰。在苏格兰境内，他们可以在任何地方结婚，只要在证婚人面前宣誓就行。于是，在葛特纳格林兴起了婚礼买卖。当地居民竞相在自己家里、旅馆里，甚至是户外提供婚礼服务。最著名——也是最臭名昭著的结婚地点是一个打铁铺，有很多婚礼都是在那里匆忙举行的。其数量之多使人们把所有在葛特纳格林举行的婚礼（不管在哪儿）都称为“铁砧婚礼”。这个传统是从十八世纪开始的，当时一个铁匠从众多争当牧师的同行中脱颖而出，成为第一个主持婚礼的铁匠。

终于，圣·文森特的马车抵达目的地，停在那家打铁铺旁边的小旅店门口。两人站在小旅店严重磨损的接待桌前。圣·文森特见伊薇疲惫不堪，怕她晕倒，便用一只手臂紧紧地搂着她。

旅店主人名叫芬德利，一听到他们私奔而来便眉开眼笑，他一边使劲地眨眼睛，一边向他们保证，说店里任何时候都备有房间，供他们这样的恋人使用。

“你们要命白，止到你们如了同房以后，结婚才有肖，”他说话的口音令人费解。“我们有一次坎到一个姓娘从大铁普后门套进去，来抓塔门的人瓶名敲前门。塔门追岛房间里的时候，法线新娘、新郎两个人在床上，新娘海船着靴子！不过塔门该做的都做了。”他边说边毫不顾忌地哈哈大笑起来。

“他说了什么？”伊薇伏在圣·文森特肩头咕哝着。

“我也不知道，”他对她耳语道，“我真不愿意去揣测。”他抬起头，对店主说：“给我们准备好浴盆和热水，我们从打铁铺回来后要用。”

“有数了，老爷。”店主满心欢喜地从圣·文森特手中接过几个硬币，给了他们一把老式钥匙。“老爷，你们要不要用点完饭？”

圣·文森特用询问的眼神看了看伊薇，她摇了摇头。“不用了，”圣·文森特回答道，“不过，明天早上早餐要丰盛些。”

“啊，老爷，你们现在要区大铁普吗？啊，抬好了，在葛特纳妹有比帕斯里·麦克菲更好的牧师了。他又文化呀，婚礼上他会、会办事，给你们置办一份证书。”

“谢谢你。”圣·文森特用手臂挽着伊薇走出旅店，径直向隔壁的打铁铺走去。顺着马路扫了一眼，马路两边是两排整洁的村舍和店铺，屋内点的灯照亮了傍晚越来越浓的夜色。走到石灰刷白的房子门前，圣·文森特轻轻地说：“再坚持一下，亲爱的，就快结束了。”

他轻轻叩门，伊薇等着，身体完全倚着他，一半脸藏在他的大衣里。

不一会儿，从门里探出一个壮硕男人红润的脸，络腮大胡子和茂密的鬓须连在一起。好在他的苏格兰口音不像刚才那个店主那样重，伊薇还能勉强听懂。

“你是麦克菲先生吗？”圣·文森特简略地问道。

“是的。”

圣·文森特快速地做了介绍，说明了来意。铁匠听后爽朗地笑了起来。“你们是来结婚的吧，请进。”他喊两个女儿出来见客，一个叫芙洛拉，另一个叫格维尼亚，两个小姑娘都是圆脸黑头发。接着把伊薇他们领进了铺子，铺子和住所是相连的。麦克菲一家和芬德利店主一样热情洋溢，伊薇之前常听人说苏格兰人沉闷得很，看来这种说法不靠谱。

“您要不要我的两个丫头站在这儿当证婚人？”麦克菲提议道。

"好的,"圣·文森特说着环顾了一下铺子,里面放满了马蹄铁、马车器械和农具。灯光射在他的髭须上一闪一闪。"你一定看得出来,我和……"他顿了一下,好像在考虑到底要怎样称呼伊薇。"……新娘……都很累了。我们大老远从伦敦赶过来,一路上马不停蹄,所以想要一切从速。"

"从伦敦来的?"铁匠询问道,明显带着愉悦的神情,冲着伊薇满脸堆笑,"姑娘,你怎么会来葛特纳呢? 你父母同意你来的吗?"

伊薇无精打采地冲他笑笑。"这个恐怕说来话、话长了。"

"来这儿的人都有故事。"麦克菲表示同意,一本正经地点点头。"不过我要提醒你,小姐……即使你想要一切从速……一旦说了苏格兰结婚誓言,就永远不能反悔,你们要保证是真心相爱,然后才——"

为了避免他像父亲似的唠叨个没完,圣·文森特干脆打断了他,"这不是什么两情相悦,这婚姻只是一场交易。这里真要冻死人了,请继续吧,我们已经两天没有好好睡觉了。"

屋内一片沉寂,麦克菲和他的两个女儿似乎被这粗暴的打断吓到了。铁匠浓密的眉毛往下一沉,纠结在一起。"我不喜欢你。"他大声嚷嚷道。

圣·文森特恼怒地望着他。"我未来的新娘也不喜欢我。即使这样她还是要嫁给我,所以,也请你继续吧。"

麦克菲转而用同情的眼神凝视着伊薇。"这姑娘还没有花呢,"他惊呼一声,决定为这场婚礼增添点浪漫色彩,"芙洛拉,快去拿点白色石楠花来。"

“她不需要花，”圣·文森特厉声说，不过那女孩还是蹦蹦跳跳地跑远了。

“在我们苏格兰有个古老的习俗，新娘子结婚手里得拿着白色石楠花，”麦克菲向伊薇解释说，“想不想知道为什么？”

伊薇点点头，觉得很有趣，禁不住偷笑起来。她拼命忍着不笑出声来，尽管很疲倦了——或许正因为如此——看着圣·文森特强压着怒火的样子，竟有种病态的快感。此刻站在她身边的这个胡子拉碴、脾气乖戾的男人和去年韦斯特克里夫汉普夏郡住所派对上那个洋洋自得的贵族简直判若两人。

“很久很久以前……”麦克菲开始了，不顾圣·文森特的低声抱怨，“有个女孩叫玛尔维亚。她和奥斯卡订婚了。奥斯卡是个勇士，他衣着华丽，赢得了她的心。他准备出去碰碰运气，要女孩等他发大财回来。可在一个黑色的日子，玛尔维亚听说他的爱人战死沙场。他将永远在烈士山里安息……长眠于地下……”

“上帝，我真羡慕他。”圣·文森特有感而发，他揉了揉自己发黑的眼圈。

“玛尔维亚的泪水落在草地上变成了露水，”麦克菲继续说，“而她脚下紫色的石楠花就变成了白色。因此，所有苏格兰的新娘在结婚的日子都手持白色石楠花。”

“这就是那个故事？”圣·文森特问道，怀疑地皱起眉头。“石楠花起源于一个女子怀念死去情人哭泣时的眼泪？”

“对啊。”

“我真搞不懂，这怎么反而成了好运的象征呢？”

麦克菲张开嘴刚要回答，芙洛拉拿着一支干枯的石楠花回来了。伊薇轻轻地道了声谢，由铁匠领到店铺中间的铁砧面前。“你为姑娘准备戒指了吗？”麦克菲问圣·文森特，他摇摇头。“我替你们想到了，”铁匠有些自鸣得意地说，“格维尼亚，去把戒指盒拿过来。”他凑近伊薇，解释说：“除了打铁之外，我还焊接贵金属。这可都是上好的工艺，都是用苏格兰金子做的。”

“她不需要——”看到伊薇抬起头瞪了他一眼，圣·文森特蹙着眉，止住了话头。他严肃地叹了口气，“好吧。随便选一个，快点吧。”

麦克菲从戒指盒里拿出一块方形羊毛料，平摊在铁砧上，然后取出六枚不同的戒指，小心翼翼地放在羊毛料上。伊薇凑近观赏起来。这些戒指形态花纹各异，戒圈是纯金做的，做工精细。令人不敢相信竟是出自这个身材剽悍、手指粗壮的铁匠之手。“这一枚是蓟缠结的图案。”麦克菲说着，把一枚戒指举起来让她细看，“这枚是钥匙形的，还有这枚，像谢德兰岛的玫瑰。”

伊薇拿起一枚最小的戒指，在左手无名指上试戴了一下，大小正合适。她举起手，凑近脸仔细打量着。这是最简单的设计了，一个打磨好的金圈，上面刻着“My Love is Upon You”。“这是什么意思？”她问麦克菲。

“意思是，‘你是我的爱。’”

此时，圣·文森特一动不动，一声不吭。

这沉寂叫人尴尬，伊薇的脸噌地红了。她赶紧把戒指从手上退了下来，后悔自己对戒指产生了兴趣。对这仓促的婚礼而言，这句话简直不合时宜，好像在无情地嘲讽这场利益交换。“我看我不需要戒指，”她小声咕哝着，把这枚小小的戒指放回到羊毛布料上。

“就要它了，”圣·文森特不顾伊薇的惊讶，把金圈拿了起来。见她还瞪着眼睛，便简短地解释道，“只是几个字而已，不算什么。”

伊薇点点头，又垂下了头，脸红得像火烧。

麦克菲皱着眉头看着他俩，扯了扯自己右边脸上的鬓须，像是下了个决心，对自己的两个女儿说道，“姑娘们，现在你们得唱歌了。”

“唱歌——”圣·文森特正要抗议，伊薇拉了拉他的肩膀。

“让她们唱吧。”她小声说，“你越反抗，时间拖得越久。”

圣·文森特一边低低地诅咒，一边眯着眼睛望着铁砧。两个女孩开始低声齐唱，一切似乎早就事先排练过。

> 呵，我的爱人像一朵红红的玫瑰，
> 蓓蕾初放正值花季；
> 呵，我的爱人像一首甜甜的乐曲，
> 旋律奏响最合时宜。
> 姑娘，如此娇好美丽，
> 我怎能不深深爱你！
> 我将爱你直至永远，亲爱的，
> 纵使天下的海水销声绝迹。

铁匠满脸放光，骄傲地欣赏着自己两个女儿的歌唱。最后一个拖长音结束后，他大大夸奖了她们一番。接着转过身走到铁砧边，郑重其事地对这对新人说，“现在我必须问你们一个问题：你们两个都是未婚吗？”

“是的。”圣·文森特简短地说。

“你为这位姑娘准备戒指了吗？”

“你不是才——”圣·文森特一开口便看到麦克菲浓密的眉毛抬了起来，这才低低地骂了一句，不再做声。显然，想要尽快结束这一仪式，就必须顺着铁匠的指示。“准备了，”他嘟哝着，“就在这儿。”

“那就给姑娘戴上，把你的手和她的贴在一起。”

站在圣·文森特面前，伊薇感到有些莫名的晕眩。戒指滑上手指的那一刻，她心潮澎湃，心跳急剧加快，这感觉既非渴望也非恐惧，而是一种全新的、难以言喻的情绪，它激活了她所有的感官，让她有些把持不住。两人的手平贴在一起，他的手指长出她许多，手掌光滑而温暖。她紧张极了，心继续飞速地腾跃着。

他的头微微倾斜，挡住了她的脸。尽管面无表情，一丝红晕却爬上了他的脸颊，越过了鼻子。他的呼吸比以往急促。伊薇不觉惊讶，难道自己与他已如此亲密，连呼吸的节奏都已经了解，她有意避开了他的凝视。见铁匠从女儿手里接过一根白色丝带，她不禁畏缩了一下，铁匠用丝带紧紧地绑起两人的手腕。

伊薇感到耳朵一阵发痒，原来圣·文森特正用另一只手轻抚着她的脖颈，把她当做一只惊魂未定的小动物。她放松下来，任他的指尖轻柔地在她的肌肤上滑动、触碰。

麦克菲终于把丝带在他们的手腕上绑好。“现在我们说结婚词吧，”他一挥手，“跟我说，姑娘……‘我愿意做你的妻子。’”

“我愿意做你的妻子。”伊薇轻声说。

“老爷?”铁匠催促道。

圣·文森特低下头看着她，眼神镇定，闪着钻石般的光芒。尽管没有任何表示，她知道到他也感到了那种莫名的渴望。这感觉如电闪雷鸣般强烈地在两人之间积聚。

他的声音低沉而安静，“我愿意做你的丈夫。”

麦克菲满意地说:“在上帝和证婚人面前，我宣布你们成为合法夫妻。上帝成全了你们，任何人不能将你们分开。一共是八十二镑，三克朗，外加一先令。”

圣·文森特猛地将目光从伊薇身上移开，盯着铁匠，抬起了一条眉毛。

“那枚戒指是五十镑。”麦克菲知道他想问什么。

“一枚没有钻石的戒指要五十镑?”圣·文森特讽刺道。

“那可是苏格兰金做的，”麦克菲说道，对圣·文森特质疑他的开价感到极为恼怒，“都是从罗泽山里开采出来的——”

“那其他的钱呢?”

“仪式三十镑，店铺使用费一镑，结婚证一镑一先令，明天做好，每位见证人一克朗——”铁匠停了停，指指他两个正咯咯笑着行礼的女儿，“还有一克朗是花的钱——”

“那束干枯的野草也要一克朗?”圣·文森特气急败坏地问。

“唱的那首歌可没收你钱，”麦克菲自如地坦言道，“噢，还有丝带要一先令，你们一定要行完房事才能解开啊……要不然噩运会从葛特纳一直跟着你们的。”

圣·文森特张开嘴还想争辩几句，可一瞥见伊薇疲倦的脸，就将手伸进大衣里取钱。动作不免有些笨拙，毕竟惯用的右手被绑着，只能用左手。他掏出一摞子纸币和一些硬币，仍在铁砧上。“拿去吧，”他粗声粗气地说，“不用找了。都给你的两个女儿吧。”——接着又讽刺了一句——“算我给那首歌的赏钱。”

麦克菲和他的女儿们一齐连声道谢，两个女孩子兴高采烈地把他们送到门口，又唱了一段婚礼曲。

我将爱你直至永远，亲爱的，

纵使天下的海水销声绝迹……

第四章

离开铁匠铺时雨下得更大了,瓢泼大雨如银色的雨柱子一般跌落下来,打在他们身上。伊薇加快脚步,用仅剩的一点力气走回旅店。她觉得自己仿佛走在梦中。所有的一切都不对劲——她的眼神无法集中,脚下的泥地似乎在疯狂地晃动。令她更为不悦的是,到了门口,圣·文森特居然不准她进去,让她站在滴水的屋檐下。

"怎么了?"她麻木地问。

手腕还被丝带绑着,他举起手来想解开那个结。"我想把它解开。"

"不,等等。"她手忙脚乱地阻止他,斗篷上的帽子从头上落了下来。她用手抓住他的手指,令他一时动不了。

"怎么了?"圣·文森特不耐烦地问道。他低下头望着她,雨水从帽檐上滴落下来。夜幕降临,唯一的照明是噼啪作响的路灯发出微弱的光,反射在他淡蓝色的眼睛中熠熠生辉。

"你刚才也听到麦克菲的话了——解开丝带是不吉利的。"

“你真迷信。”圣·文森特对此并不相信。伊薇抱歉地点点头。

他的脾气被某种力量制止了，这力量远胜于手腕上丝带的拉力。他们一同站在这漆黑寒冷的夜中，举着绑住的手臂，难受极了。他用绑着的手抓住她的，给她送去唯一的一丝温暖。

圣·文森特从未如此耐心，要不是见她疲惫不堪，思维迟缓，他绝不允许她反对。“你真的想就这样进旅店吗？”

这样做的确不太明智，不过伊薇已疲倦到无法理清思绪了。她只知道这一生的噩运已经够多了，不想再添麻烦。“这里是葛特纳格林。没人会说什么的。我还以为你不在乎外表呢。”

“像乞丐流氓什么的我是无所谓，但总不能当傻瓜吧。”

看到圣·文森特又去解那个结，伊薇赶紧说：“不，不要。”她攫住了他的手，两人的手指纠缠在一起。突然，他的嘴压住了她的，把她推到墙根，用身体压着她，令她动弹不得。他用另一只手拨开了她的湿头发，搂住了她的颈背。被他温润的嘴唇压着，她感到全身每一处都活跃了起来。她不知道如何接吻，不知道要怎么做，只是疑惑着，颤抖着，用紧闭的双唇压着了他的，一颗心狂跳不止，四肢瘫软无力。

他想要的，她不知如何给。他感到了她的疑惑，便缠绵不绝地吻她，胡须轻轻刮着她的脸。手指爬上了她柔软的下颚，扭动她的下巴，拇指巧妙地拨开她的唇。那一刻，她张开了嘴，他将舌头伸了进去，锁住了她的口。她用舌头感受着他，一种细微的摄人心魄的感觉攫住了她，仿佛服用了某种异域的春药。他的舌头在她口中推挤着，一下一下地试探着，触碰着……见她毫不反抗,便越探越深。

在一阵热烈的试探性的接吻之后,他稍稍退后一些,两人嘴唇轻触,呼出的气混在一起,在寒冷的夜空中清晰可见。他半张着嘴轻吻她,一下又一下,轻柔的呼气注入她的口中,接着嘴唇轻轻掠过她的两颊,慢慢滑向她玄秘的耳孔。他伸出舌头舔着她柔软的外耳,牙齿微微咬住她小小的耳垂,她喘起来,扭动身体,尽量回应他。热烈的感受涌向她的双乳,继续向下聚集于私处。

她紧紧地靠着他,搜寻着他滚烫的、充满诱惑力的唇,那如绸缎般柔软的舌。他找到她的唇,温柔而淡定地吻她。她举起未绑着的手臂,勾着他的脖子,好让自己不要滑下去;他另一只手腕紧紧地贴着墙;绑着的手臂上两人的脉搏在一起跳动着。又是一个热吻,既野性又温柔……他轻啄着她的唇,将舌头伸进她的嘴,舔舐着,试探着……这奇妙而美好的感受封锁了她的全部意识。怪不得……她晕眩地想着,怪不得有那么多女人屈服于这个男人,弃身份名节于不顾……照谣言所说,那些女人不惜以自杀相威胁,只为不被他抛弃,看来这些都是真的了。他就是性感的化身。

他直起身体,身体稍稍远离她。伊薇很惊讶,自己居然没有崩溃,瘫倒在地上。他的呼吸同样急促,甚至比她更急促,胸膛平稳地上下起伏着。他再一次伸手去解丝带,两人皆默不作声。他的蓝眼睛冷冷地、全神贯注地盯着丝带,手颤抖着,尽量不看她的脸。她不知道他究竟是不想看到她的表情,还是不想让她看到他的。白色丝带落下的一刹那,伊薇觉得他们好像仍然被绑着，手腕上还残留着被束紧的感觉。

最终圣·文森特鼓起勇气瞧了她一眼，暗暗担心她会反抗。她沉默不语，抓住他的手臂，从旅店门口走了进去。她觉得天旋地转，几乎完全没有听到芬德利先生雀跃的祝福声。在黑暗中登上细窄的台阶，她觉得双腿如灌了铅一般。

最后她只得咬紧牙关，一步一步地向上挪，好让自己不要从台阶上坠下来。他们登上二楼的过道，来到一扇小门边。伊薇双肩下垂，靠着墙壁，望着圣·文森特手忙脚乱地开门锁。只听钥匙“咔嚓”一声，门开了。她踉踉跄跄向房里走去。

“等等。”圣·文森特弯下腰想要抱起她。

她立刻倒吸了一口气。“你不必——”

“鉴于你生性迷信，”说着，他轻而易举地抱起了她，像抱一个小孩儿，“我看还是遵守这最后一项传统好。”他侧过身来，把她抱进了门，“新娘在门槛上绊倒可不是什么好兆头。看看你，三天三夜狂欢后的醉鬼走起路来都比你稳当。”

“谢谢。”他把她放下时，伊薇轻声道。

“这是半个克朗。”圣·文森特答道。这嘲讽的话语令她想起了付铁匠钱的情景，不禁莞尔一笑。

她环顾起这间虽小但还整洁的房间，笑容渐渐淡去。床很大，可以容纳两个人，看上去很软很干净。床罩经过无数次熨烫之后显得很陈旧。床架是黄铜和铁制的，球形尖顶式。床头柜上搁着一盏油灯，红宝石色玻璃灯罩，透出玫瑰色的亮光。衣服上溅得满是泥，又被冻得浑身僵硬，伊薇一声不吭地盯着壁炉跟前放着的一只旧木边锡桶。壁炉很小，里边的炉火轻轻地摇曳着。

圣·文森特拴上门，走到她跟前，伸出手来解她的斗篷。见她疲倦地发抖，他脸上浮现出类似同情的神色。“让我帮你脱。”他轻声说，把斗篷从她肩头褪了下来，挂在壁炉边的一把椅子上。

伊薇强忍着疲倦，努力绷直软得要弯曲的膝盖。她扫了床一眼，心里一阵发冷，害怕极了。“是不是我们等会儿就要……”她问道，声音变得沙哑。

圣·文森特开始解她的长裙。“是不是我们等会儿就要……”他重复了一遍，顺着她的眼神看到了床。“天哪，不。”他的手指迅速地在她的上衣上移动，解开一排纽扣，“亲爱的，你的确招人喜欢，不过我太累了。我一生中从没说过这话——不过这会儿，睡觉比干事儿更有吸引力。”

伊薇如释重负，颤抖地呼出一口气。他把松开的礼裙拉下她的臀部，这推力迫使她紧紧地抓住他以保持平衡。“我可不喜欢那个词。”她含糊地说。

“呵呵，你最好习惯它，”他挖苦地回答，“在你父亲的赌馆里，人们常常说这个词。天知道你怎么会没听过。”

“我听过，”她愤怒地说，从脱下的礼裙中跨了出来，“我只是刚明白它的意思。”

圣·文森特弯下腰去解她的鞋带，宽阔的肩膀不停地颤抖着，突然发出了一阵上气不接下气的喘气声。起先伊薇担心极了，怕他突然病了，后来才明白过来，原来他是在笑。她第一次听到他笑成这样，那是真正的大笑，真不明白什么事那么好笑。她站在他面前，皱着眉头，手臂在胸前交叉，身上只剩下内衣内裤。

圣·文森特仍然乐得直哼哼。他一次一只脱下她的鞋子，扔到一边，接着麻利地将她的长筒袜从腿上卷了下来。“宝贝，去洗个澡吧。”他终于说道。“今天晚上我不碰你。我只看看，不碰你，去吧。”

伊薇长那么大，从未在一个男人面前脱下衣服。她解开胸衣的带子，觉得浑身滚烫，烫得发红。圣·文森特知趣地转过身，端起一罐早就放在壁炉边的水，拿到盥洗盆边，接着又去取衣箱里的刮胡工具。趁这当儿，伊薇笨拙地脱去内衣裤，爬进澡盆里。水很热，棒极了。她将身体完全沉到盆底，热水仿佛伸出无数根针刺入她冰冷的脚。

浴盆旁边的凳子上放了一块凝胶状的肥皂，闻上去酸酸的。伊薇用手指挖了一些，抹在胸口和手臂上。手指好像突然变得笨拙起来……根本使不上劲，她把头浸在水中，又伸出手取肥皂，差点把它推下凳子。洗头时一不小心把肥皂弄到眼睛里，痛得哇哇叫，拼命用手撩水往脸上浇。

听到呼喊以及水花四溅的声音，圣·文森特提着水罐快步向浴盆走来。“头像后转，快点儿。”他把罐子里最后一点干净的水泼在她满是肥皂的头发上，灵巧地拿过一条粗糙却还干净的毛巾吸干她脸上的水，向她伸出手，她顺从地抓着站了起来。这是伊薇第一次赤身裸体地站在一个男人面前，按理该觉得害羞，可极度的疲倦使她终于连这点礼节也顾不上了，只觉得瘫软无力，浑身发抖，任他扶出浴盆，替她擦干身体。除了无精打采地站着，她什么都做不了，至于他是否在看她，她既不关心，也不在意。

圣·文森特比哪个侍女都勤快，从她的行李箱里找出一件白色的法兰绒睡裙，手脚麻利地替她换上。他用毛巾绞干她的头发，把她领到盥洗盆边。伊薇毫无表情地看着圣·文森特从她的行李箱中翻出牙刷，把牙粉撒在刷毛上。她有一下没一下地刷牙，漱口，将水吐在乳白色的盥洗盆里。牙刷从失去知觉的手指上滚落下来，咔哒一声掉到地板上。“床在哪儿?”她轻声问，合上了眼睛。

“来，亲爱的，拉着我的手。”圣·文森特把她领到床边，看着她像一只受伤的小猫爬上床。床很干很温暖，柔软的床垫，被单和羊毛毯不轻不重地盖住她酸痛的四肢。她把头埋在枕头里，彻底放松下来，发出一声叹气般的咕哝。突然，她感到头皮在动，原来圣·文森特在梳理她头发上的缠结。她默默地接受他的侍奉，任他把自己翻过来，又梳理另一边的头发。梳毕，他离开床洗澡去了。她努力不让自己睡着，撑开肿胀的眼皮，借着壁炉光看一眼他颀长、闪着金色的身体，直到他跨进浴盆，才合上眼睛……他坐下时，她早已熟睡。

这是个寒冷的秋夜，在这苏格兰小镇里，她睡在柔软的床上，四周一片漆黑，什么也看不见，只剩下深沉而甜美的寂静。她一夜无梦，只在黎明时分动了几下，嘈杂声从窗外传了进来……卖糕饼和收破烂的快乐地吆喝着，牲口拉着车从街上经过。她的眼睛睁开了一条缝，晨曦从黄褐色窗帘的缝隙中透进来。在这暗淡的日光中，她惊讶地发现身边竟睡着一个男人。

圣·文森特，她的丈夫，上半身一丝不挂地俯卧着，两只光滑的、肌肉发达的手臂扣着枕头，背肩部粗犷的线条堪称完美，如同一尊用白色波罗的海琥珀雕刻而成，再经磨砂抛光后完成的雕像。熟睡时他的脸看上去柔和了很多……狡黠的双眼合着，放松的嘴唇呈现出柔和自然却无比性感的线条。

伊薇闭上眼睛沉思起来。她现在已经结了婚，很快就可以见到父亲，想跟他一起呆多久都行。看来圣·文森特并不过问她做什么，想上那儿去，所以，她应该是自由的。虽然有些担忧，她还是隐约感到快乐。叹了口气，她又睡了过去。

这一次，她做了个梦，在梦中，她徜徉于一条阳光明媚的小道，两边栽满了紫菀和秋麒麟草。这是一条她曾来过很多次的汉普夏郡小道。穿过潮湿的、长满黄色绣线菊和夏末茂盛杂草的田野，她独自漫步在向下倾斜的小道上，走近许愿井。她和其他的壁花们曾把别针扔进翻滚的井水中，一起许愿。她总是害怕不敢靠近水井，因为传说中井底下住着个妖怪，一直在等待年轻女子路过，好拖到井底做夫人。然而在梦中，她却毫不畏惧，甚至大着胆子把脚伸进浑浊的水中。奇怪的是，水一点也不凉，而是温温的，很舒服。

她俯下身体靠近水井，光着的双腿在温热的水中晃动着。她抬起头来，面朝太阳，突然觉得脚踝被什么东西轻轻地碰了一下，便努力一动不动。尽管感到有东西在水中移动，她仍然丝毫不畏惧。那东西又碰了她一下……那是一只手……长长的手指触摸着她的脚，舒缓地按摩着，揉搓着她酸痛的脚背，直到她舒服地呻吟起来。这双雄性的大手向上滑动，轻按着她的小腿和膝盖。突然，妖怪庞大而光滑的身体从井底浮出水面，变成了男性的身体勾引她。他伸出双臂环住她，散发出奇特而诱人的气息，她紧紧地闭着眼睛，生怕一睁开眼他就会消失。他发烫的肌肤如丝般光滑，背部的肌肉在她的指尖起伏。

她的梦中情人拥着她，在她耳边喁喁细语，诉说情话，双唇轻抚着她的喉，指尖所及之处无不使她心旌荡漾。“你愿意跟我走吗?”他低语道，小心翼翼地褪下她的衣裙，将她的肌肤裸露于日光、空气和井水之中。“别怕，亲爱的，别……”她闭着眼睛抱着他，哆嗦着。他开始亲吻她的喉、她的胸，用舌头舔她的乳头。双手游走于她的上身，慢慢滑向双乳的两侧，将它们聚拢来，半张开的嘴吮吸另一头涌起的乳头。他不断用舌头一下又一下地轻击着有些酸痛却散发芳香的红色肉体，直到她喉中发出呻吟声，手指滑入他浓密的头发。他张开嘴，咬住她的乳头，轻轻地拉动着，用舌头轻抚着，推挤着……以一种温柔而巧妙的节奏舔舐吸吮着它们。她弓起身子，气喘吁吁，不由自主地张开双腿，任他在两腿之间向上挪动，越来越紧地贴着她……接着……

伊薇猛地睁开双眼，在一团迷雾和欲望中醒来。她感到晕眩，透不过气来。梦境已渐渐远去，自己原来不是在汉普夏郡，而是在葛特纳旅店租来的房间里；潺潺的水声并非来自许愿井，而是外面的瓢泼大雨；梦中的阳光原来是壁炉里新点着的火，烧得正旺；压在她身上的不是井中的妖怪，而是一个温热的、活生生的男人……他的头靠着她的上腹部，嘴懒懒地游走于她的肌肤。伊薇身体僵了一下，惊讶地呜咽了一声，她意识到自己一丝不挂……而文森特正在与她做爱，已经有一会儿了。

圣·文森特往上瞥了她一眼，他的颧骨微微发红，眼睛显得比平时颜色淡，却更有神了，嘴角浮现出放松而诡异的微笑。

“你可真能睡。”他用沙沙的声音说，又低下了头，一只手轻抚着她的大腿。她有些震惊，随即发出一声嘶哑的反抗，不安地在他身下动来动去，他用手安抚她的腿和臀，让她在床垫上重新躺好。“躺着别动。你什么都不用做，亲爱的。让我来就好了。对，就这样。你可以碰我，如果你……唔，就这样……”他呜呜叫着，她的手伸进他闪光的头发，抚摸他的脖颈和结实的肩头。

他继续挪动身体，长满毛的双腿搓着她的大腿内侧往下移。此时他的脸就在她的私处上方，眼睛盯着她呈一片三角形的红色阴毛。这使她感到羞愧难当，下意识地用手遮住私处。

圣·文森特低下头，用勾人魂魄的嘴亲吻她的胯部，在她细腻的肌肤上微笑着。“你不该这样，”他轻声说，“你越是藏着掖着，我越想要。说实话，你搞得我现在满脑子都是些淫荡的想法……宝贝，快把手拿开，不然我可要不客气了。”她颤抖着移开了手，他将一只手指伸进这丛粘湿的毛发，小心翼翼地搜寻那块柔软的肉体。“这就对了……要听丈夫的话。”他坏坏地低语着，手指伸得更深更远，直到分开一簇簇卷毛。“尤其是在床上。看看你有多美。亲爱的，张开双腿，我要进来了。不，别害怕。要不我先亲亲？躺好别动……”

伊薇呜咽着，感觉他的嘴在她呈三角形亮红色的毛发中耐心地探寻着。终于，温润的舌头找到了她小小的半掩着的进深处，纤长而敏捷的手指滑了进去，她惊得猛一抽动，令他又失去了方向。

圣·文森特伏在她略微浮肿的身体上轻轻安抚着，又一次将手指滑入她体内，这一次滑得更深。“亲爱的，你太纯洁了。”

他喁喁细语，用舌头舔舐起一处，撩拨得她难以遏制地呻吟蠕动着。与此同时，他的手指在她体内一下下，不紧不慢地来回移动。她试图保持安静，把牙齿咬得紧紧的，可喉咙里仍持续不断地发出呻吟声。“我要是一直不停，”他慵懒地说，“接下来会发生什么……”

两人的目光在她颤抖的腹部上方相遇。伊薇的视线模糊起来，她知道此刻自己的脸一定扭曲发红……每一寸肌肤都燃烧起来。他似乎在等待答复，而她却无法将话语挤出发紧的喉咙。“我、我不知道。”她虚弱地说。

“我们试试好吗？”

她无法回答，一动不动地看着他将嘴伸入那片红色阴毛中，感到惊讶极了。她向后倒下头，他的舌头在她的悸动的肉体上娴熟地舞蹈着。她心跳加快，剧烈地狂跳不止。他将第二根手指伸进她的私处，将它又撑大了一些，令她感到些许疼痛。他吸吮着她的私处，起初很慢，感到她扭动起来才逐渐加快速度。随着她的节奏，他长长的手指有控制地一下一下地推挤着。嘴唇和舌头发动着无法抗拒的攻势，直到愉悦感像潮水一般向她涌来，越来越快，一浪接一浪，终于她大叫一声，喘着粗气，完全无法动弹，弓着身体，私处紧贴着他的嘴，又是一声大叫。他的舌头继续灵巧地挑逗着她，只是这次轻柔了许多，趁性欲尚未退去继续激荡她，温润的舌头一下下地安抚撩拨得她全身剧烈地抖动着。

尽管极度疲劳，她的身体仿佛喝醉了似的，感到恍若神游仙境般的愉悦。她已无法控制自己的四肢，只是不断地蠕动着，全无反抗地任由圣·文森特将她翻转过来，用手分开她的双腿，手指又一次进入了她的身体。私处有些酸痛，充满了粘液，她羞愧难当，而他却无比兴奋，伏在她的敏感的颈背上急促地喘着气。手指在她的体内抽动着，他顺着她的背一路亲吻。

伊薇感到他的性器官在她腿上摩挲着……这滚烫的东西已充血变硬。对他身体的这番变化，她倒不感到奇怪……安娜贝尔曾告诉过她男人做爱时的许多生理变化。可安娜贝尔并没有告诉她其中千千万万的隐秘的细节，正是这些细节使得这一过程不仅仅是一次身体的历练，更是一次灵魂的洗礼。

圣·文森特的身体环绕着她，用手摩挲引诱，直到她渐渐翘起臀部。"我要进来了。"他低语道，亲吻她的脖颈。"这次是真的进来了……我会很温柔的，亲爱的……要把你先翻过来，再……天哪，你真是太可爱了……"他让她平躺着，在她张开的两腿中找到位置，断断续续地低语着，声音颤抖起来。"甜心，抚摸我……把手放这儿……"她的手触碰到他阳器的一刹那，他猛吸了一口气。伊薇犹豫地抚摸着他，听他的呼吸越来越急促知道他很享受。他闭上眼睛，长长的睫毛盖在脸颊上，呼吸急促，嘴唇翕张着。

她有些别扭地攫住他变硬的阳器，把它放到两腿之间。龟头轻轻摩挲着她粘湿的私处，圣·文森特呻吟着，仿佛很痛苦。原来没有找准位置，尽管仍然不确定，伊薇又试了一次，这一次找准了，他轻轻地却极有力地直入她体内的小港湾。撕裂般的感觉远远超过他的手指进入的疼痛，她收紧身体。他用手臂搂着她，身体强有力地向里推进，一下又一下，直到完全进入了她的身体。她痛苦地扭动着，恨不得逃脱这番撕裂般的煎熬，然而每一次尝试只引得他越进越深。

身体的入口已被打开，扩张，填满，伊薇只好强迫自己一动不动地躺在他的臂弯里，抱着他的肩膀，手指嵌入到他结实的肌肉中，听凭他用唇和双手安抚着自己。他低头亲吻她，灿烂的眼睛被厚重的眼皮挡住。她迫不及待地寻找他光滑的舌头，笨拙地吸吮着。他低低地惊叫了一声，颤抖了起来，阳具在她体内剧烈地有节奏地痉挛。他的胸膛剧烈地起伏着，紧咬的牙齿里传出嘶嘶的呼气声。

她的手滑到他结实的胸膛上，抚摸着淡金色的胸毛。圣·文森特一动不动地紧贴着她探寻的双手，两人的身体依然相连。伊薇抚摸他的两侧，他拱起的、坚硬的肋骨和绸缎般的后背。他的蓝眼睛大张着，身体在她体内深深地、猛烈地一推，头垂倒在她身旁的枕头上，全身无法控制地剧烈抖动，被一阵前所未有的狂喜激荡着。

带着原始的贪婪，他用嘴紧贴着她的。她将双腿更张开，不顾疼痛用力扯他的后背，让他再压上来，更深更有力地进入她的身体。他用双肘支撑着身体，以免压碎她，头枕在她的胸口，呼气温柔而炽热，气息缠绕在她的乳头上。脸颊上的胡碴和如丝般的睫毛轻扰她的皮肤，令她收缩起乳头。激情渐渐退出相连的身体，他一言不发地从春梦中醒来。

伊薇同样一声不吭，用手臂搂着他的头，手指缠绕于他美丽的头发中，他转过头。用冒着热气的嘴舔舐着她的乳头，嘴唇紧紧地贴着它，舌头慢慢绕着外围的乳晕舔舐着，一圈又一圈，直到她在他体下烦躁不安地蠕动起来。他将这柔软的肉体继续含在嘴里，温柔地，一下下地舔着，欲火在她的双乳和腰腹中燃烧起来。在热望的洪流中，疼痛感消失殆尽了。他又移向另一只乳房，专注地触碰，轻抚着，好像在汲取她的愉悦感。他努力保持平衡，停留在她身体上方，将手滑入两人之间，又一次狡猾地钻入那丛粘湿的毛发中，找到了她微微颤动的性器官，娴熟地挑逗着。她觉得自己渐渐升入另一个高潮，饥渴的身体紧紧贴着他滚烫的肉体，他的手指越入越深。

圣·文森特喘着气，抬起头凝视着她，仿佛她身上聚集了所有他从未见过的生命特征。“我的老天。”他低声说，脸上没有满足，而是某种震惊。

第五章

塞巴斯蒂安下了床走到盥洗盆边，双腿仍不停地颤抖。他感到目眩神驰，不辨方向，仿佛他才是那个刚刚失去童真的人，而不是伊万杰琳。长久以来，他一直以为没有什么能给他任何刺激了。然而这次他错了。他以为，凭借他无数次的性经历，做爱纯粹变成了模式化的东西，只是技巧和动作的结合而已。然而，使他着实震惊的是，这一次，无限的欲火在体内无法遏制地熊熊燃烧，他被激荡得不知所措。在最后一刻他曾想放弃，然而燃烧的欲火令他抛弃了这想法，完全丧失了对身体的控制力。见鬼，这可从未发生过。

他站在盥洗池边，慌乱地摆弄着干净的亚麻毛巾，想用自来水把它弄湿。尽管呼吸已经恢复正常，他却无法平静下来。在经历了这一切后，他理应获得数小时的满足感。然而，他还不满足。尽管刚刚经历了生命中最长、最激荡的高潮体验……他还想要她，将她打开，把自己深深埋进去。这真是疯狂。可是为什么，为什么是她？

她的身体充满了女性魅力，是他一直欣赏的类型，紧致，肉感十足，丰满的大腿紧紧地夹着他，皮肤如熨烫后的天鹅绒般光滑，分散在身上的金色雀斑像是烟花爆竹绽放时撒落的火星。她的阴毛……如头发般火红而卷曲……是的，简直令人无法抗拒。然而伊万杰琳·詹纳所有的身体美都无法解释她对他产生的奇异的影响力。

欲火又一次攫住了他，搅得他心神不宁。塞巴斯蒂安用冰冷的毛巾使劲地搓干自己，又伸手拿起另一条，回到卧室里递给伊万杰琳，她侧着身蜷缩在床上。处女膜的破裂并没有让她流泪或抱怨，这让他很安心……她直直地凝视着他，仿佛在破解一个谜团。他小声地哄她，让她翻过身来，帮她拭去两腿间的血迹和粘液。

要伊万杰琳全身赤裸静静地躺在他面前并非易事……塞巴斯蒂安发现她脸上顷刻间涌起了一阵红晕。他很少遇到在他面前光着身体会脸红的女人，他总是选有经验的女人，对雏儿不感兴趣。倒不是因为道德感的驱使，而是因为处女在床上总是很无趣。

塞巴斯蒂安把毛巾扔到一边，两手撑在伊万杰琳的肩膀两侧，手掌深深地陷入床垫中。他们好奇地细细打量着对方。他意识到伊万杰琳似乎很习惯这沉默，而不像其他女人那样急于用话语填补。这样很好。他向她靠过去，仍然凝视着她的眼睛……刚低下头靠近她就听到一阵咕噜声打破了沉寂。原来是她的肚子叫唤起来，抗议着要食物。伊万杰琳的脸红得不能再红了，赶忙用手盖住腹部，好挡着这咕噜声。

一丝笑容滑过塞巴斯蒂安的脸，他迅速俯下身子吻了吻她的腹部。“甜心，我这就叫人送早饭上来。”

“叫我伊薇，”她低语道，伸手将毯子拉上来盖住胸口，“父亲和朋友们都这么叫我。”

“我们现在终于可以用名字相称了吗？”他的嘴角闪着挑逗的笑容。“叫我塞巴斯蒂安。”他轻声说。

伊薇慢慢地向他伸出手，好像他是头野生动物，一受到惊吓就会狂奔而去，她用手指轻轻地触碰他前额的卷发，将散乱的头发拂到一边，低声说：“现在我们是真正的夫妻了。”

“是的。上帝保佑你。”他垂下头，任她的手指触摸他的头发，享受极了，“我们明天启程回伦敦好吗？”

伊薇点点头，“我想见父亲。”

“你介绍我时最好字斟句酌，”他说，“现在我成了他的女婿，我怕他知道了会一命呜呼。”

她缩回手，“我想要尽快。如果天气好转，我们还能再快点儿。先去父亲的赌馆，接着——”

“我们会很快到那儿的，”塞巴斯蒂安平静地说，“但不能像来苏格兰时那样拼了命赶。至少得在路边旅店里呆一个晚上。”见她张开嘴要反对，他以不容置疑的口吻说：“要是你赶到赌馆累得半死不活的，你父亲见了病情更要加重。”

好吧——他开始行使做丈夫的权威了，作为妻子有义务服从自己的丈夫。尽管伊薇想同他理论一番，有鉴于此，还是选择了沉默，不满地盯着他。只听他温柔地说：“看来你得辛苦一阵了，伊薇。做我的妻子已经够不容易了，还要照顾一个肺结核晚期病人……你得保存着体力啊，别还没到那儿就把自己搞得筋疲力竭了。”

伊薇怀着又一阵愤怒盯着他，令他很不舒服。她的眼睛闪着光，仿佛灿烂的阳光反射在重重蓝玻璃上。“你会关心我?”她问道。

他镇定地凝视着她，用嘲讽地语气说:“当然了，宝贝。还没拿到你的嫁妆之前，我要让你活蹦乱跳的。”

伊薇很快发现，对圣·文森特——塞巴斯蒂安——而言，穿不穿衣服没有任何区别。他大大方方地在房间里走来走去，一丝不挂。她努力装作毫不在意，可还是忍不住偷窥了几眼，直到他从行李箱里取出一套衣服。他四肢颀长，身体瘦削，皮肤光滑，浑身的肌肉紧致，这得益于贵族绅士的日常锻炼，什么骑马啦，搏击啦，还有击剑。他后背和肩膀的肌肉很发达，从紧致的皮肤下凸显出来。更令人惊异是他的前身，胸膛上长着胸毛，这点和大理石像或铜像可不一样。他的胸毛——还有身上的其他毛发——令她惊讶无比。异性身体的这一秘密，伴随其他众多秘密，如此直观地呈现在她眼前。

伊薇可不愿像他那样光着身子在房间里大摇大摆，她拉过亚麻床单裹在身上，向行李袋走去，从里面拿出一条干净的棕色厚羊毛的礼裙，内衣裤，最棒的是，还有干净的鞋子。另一双鞋满是污泥，又粘又湿，一想到这些她就浑身发抖。更衣时她感到塞巴斯蒂安正注视着她，于是赶紧一把拉下内衣遮住自己逐渐泛红的上身。

“伊薇，你很美。”他温柔地评论道。

从小到大，亲戚们没少批评她那一头过于炫目的头发和密布的雀斑，因此，对他的赞扬，伊薇抱以将信将疑的一笑。“弗洛伦斯姨妈总给我去雀斑的美白乳液。不过根本没用。”

塞巴斯蒂安向她走来，慵懒地笑着，双手扶着她的肩头，用鉴赏的眼神扫了一眼她半掩半露的身体。“这些雀斑一个都不要去掉，甜心。你还真会长，有几颗的位置长得真巧，我很喜欢……要不要指给你看看？”

他的话令她不再为雀斑担心，可又着实感到窘迫。伊薇摇摇头，扭了一下想挣脱他，他不让，又把她拉回来，低头亲吻她的侧颈。“你这小东西真扫兴，”他微笑着低语，“我偏要指给你看。”说着就掀起了她的内衣。她屏住呼吸，感到他的手在她裸露的双腿之间慢慢上移。“就是刚才发现的，”他贴着她敏感的喉咙说，“你右边大腿内侧有一道雀斑，一直通向——”

一阵敲门声打断了他们的谈话，塞巴斯蒂安抬起头，不悦地嘟囔着。“是早饭来了，”他咕哝了一声，“我可不让你在早饭和做爱之间做选择，你一定会打击我的自信心。好吧，穿上裙子，我要去开门了。”

看她手忙脚乱地穿戴好，他便打开了门。门外站着两个女仆，手里拿着几盘食物，用盖子盖着。一看到这长着天使般面庞、有着成熟小麦色头发的英俊房客，两个女仆无法遏制地喘起粗气，咯咯大笑。见他衣服只穿了一半，裤子下光着两只脚，白色衬衫领口大开，脖子两侧还垂着一条真丝饰带，她们笑得更欢了，简直笑昏了头，两次差点把托盘打翻，费了九牛二虎之力才把早餐放到桌上。见床上凌乱不堪，她们一边揣测着昨晚发生的事情，一边乐不可支地尖叫起来。伊薇恼火极了，把女仆轰了出去，猛地关上门。

她瞟了一眼塞巴斯蒂安，想看看他对女仆疯狂的行为有什么反应，可他似乎毫不在意。显然，这样的场面他见多了，根本没什么特别的。像他这样长相和地位的男人总是被女人追逐。做他的妻子，如果还爱着他，必定苦不堪言。不过伊薇才不会让自己陷入嫉妒的泥沼，整日担心他会出轨，她绝不会爱上他。

塞巴斯蒂安让伊薇到桌前坐下，把刀叉先放到她面前。桌上有燕麦粥，加了盐和黄油，苏格兰人认为在燕麦粥里加糖是一种亵渎；有被苏格兰人称作薄饼的酵母卷；大片冷的水煮培根，烟熏黑线鳕鱼，一大碗烟熏牡蛎，还有切得厚厚的吐司面包，上面涂满了橘子酱。伊薇大快朵颐起来，就着浓茶将食物吞下肚。尽管这简简单单的一餐无法跟韦斯特克里夫老爷汉普夏郡庄园丰盛的英式早餐相提并论，但也温热可口，分量充足，而且伊薇狼吞虎咽的，根本食不知味。

塞巴斯蒂安先吃完，离开桌子去刮胡子穿衣服。刮好胡子穿戴好，他把放刮胡刀的小皮卷包丢进行李箱，盖上盖子，一边对伊薇说："宝贝，把你的东西理好，我下楼去看看马车准备好了没有。"

"别忘了去麦克菲先生那儿拿结婚证——"

"知道了。我走后别忘了锁门。"

大约一小时后，他回来接伊薇。一个褐色皮肤的小伙计帮着把行李箱和行李袋提下楼，马车已经在那里候着了。见伊薇用她的一根丝绸饰带束起垂在颈后的头发，塞巴斯蒂安淡淡一笑。从英格兰到这儿的一路上，伊薇把发卡丢得差不多了，也没预先在行李箱里备一包。“你头发这样子，看上去真不像结了婚的人。”他小声说，“这又为我放荡的经历增添了刺激的一笔，我喜欢。”

对他时不时地疯言浪语，伊薇已经习以为常，只隐忍地看了他一眼，跟着他走出房间。到了一楼，他们与店主芬德利先生互道了再见，向门口走去，芬德利兴高采烈地叫了一声：“祝您一路顺风，圣·文森特太太。”

伊薇结结巴巴地道了声谢谢，突然意识到自己已经是子爵夫人了。

塞巴斯蒂安扶着她走到马车边，马跺着脚，扭动着身体，翕张的鼻孔里呼出白色的气。“对了，”他讥讽地顺着话头说，“尽管我这头衔已经被玷污了，但你现在也有一半。”他扶着她走上移动台阶，走进马车，“还有，”他钻进马车坐在她身边继续说，“有一天我们的地位还会上升，我是公爵爵位的第一继承人……不过，我劝你在我还没成公爵前先别激动。非常遗憾，我们家族的男人个个都很长寿，继承爵位的时候我们可能已经发白齿摇，也享受不了几天了。”

“如果你——”伊薇刚开口，突然看到地板上放着一大块东西，便惊讶地打住话头。这是个陶制容器，里面不知道装了什么。一头有个出口，用塞子塞着。容器是圆的，底是方的，稳稳地立在地上。她疑惑地瞟了一眼塞巴斯蒂安，用鞋底试探地碰了一下那东西，一阵强烈的暖流从脚底顺着裙子涌了上来。“暖脚壶。”她惊叫起来。陶制暖脚壶比她先前用的热砖保温效果好多了。“你在哪儿找到它的?”

“我在麦克菲铺子里看到就买下了,”塞巴斯蒂安回答说,似乎被她乐颠颠的样子逗乐了,“他自然很高兴,又可以敲我一笔。”

伊薇情不自禁从座位上半站起身来,吻了吻他凉凉的、光滑的脸颊,“谢谢,你真是太好了。”

他用手搂住她的腰,不让她离开,一使劲把她抱到大腿上,两人脸对脸,鼻子几乎贴在了一起。他低语着,呼出的气轻拂着他的嘴唇,“光说谢谢可不够。”

“只不过是个暖脚壶而已。”她小声抗议道。

他粲然一笑,“亲爱的,我必须指出一点,这东西总要变凉的……到那时,我就跟以前一样,成为你唯一的热量来源了。我的体温可不能随便跟别人分享。”

“算了吧,我听过你的谣言,你的所作所为我全知道。”自己居然和男人斗嘴了,这可是破天荒头一次。他想要的,她偏不给,挑逗他令她快乐。见他眼里闪着光,她知道他也很开心,虎视眈眈地仿佛要向她扑过来。

“我们走着瞧吧,”他说,“见鬼的暖脚壶不会一直热下去的。”

他任她爬下去,将裙摆盖住暖脚壶。马车跑了起来,她向后一仰,幸福地倒在椅背上,暖暖的热流涌入她的内裤和丝袜里,大腿上起了鸡皮疙瘩。“老爷……我是说……塞巴斯蒂安……”

他眼里闪着明亮的光芒,仿佛一面镜子,“怎么了,甜心?”

“既然你父亲是个公爵,为什么你只是个子爵?就算不能当侯爵，至少也该是个伯爵吧？”

“这个不一定。现在时兴的做法是增加一些新的低级别的爵位。按照惯例，公爵爵位越久，长子做侯爵的可能性就越小。我父亲觉得还是新做法好。千万别跟他提这个，尤其是他喝醉的时候，一定会长篇累牍地对你说‘侯爵’这个词听上去有多么奇怪和娘娘腔。他认为这个爵位屁都不是，只不过时时刻刻提醒你比公爵爵位低一等，叫人尴尬。”

“你父亲是个高傲的男人吧？”

他的嘴角浮现出一丝苦笑，“从前我以为那是高傲。现在我知道那只不过证明他对自己以外的世界一无所知。据我所知，他没为自己穿过袜子；从未在牙刷上涂过牙粉。如果没有特权，我很怀疑他能不能生存下来。说实话，就算在一个堆满食物的房间里，如果没有人把饭食送到他桌上，他照样会饿死。把价值连城的花瓶当靶子练射击，把狐皮大衣丢到壁炉里熄灭炉火，做起这种事来，他根本不加思索。你知道吗，他的庄园周围有个树林，他让人点亮手电筒和灯，把树林日夜照个灯火通明，以便他哪天晚上心血来潮想去走一走。”

“难怪你没钱了。”伊薇为这样的糜烂生活感到错愕，“希望你不像你父亲那样败家。”

他摇了摇头，“我还不至于胡乱挥霍到这地步。我很少赌博，也没有情妇。即使这样，还是欠下一屁股债。”

“你有没有想过找份工作干干？”

他茫然地看了她一眼，“干吗？”

“挣钱啊。”

“天啊，从没有，孩子。工作只会搅乱我的个人生活。我不到中午从不起床。”

“你这样我爸爸是不会喜欢的。”

“如果我活着是为了讨别人喜欢，那你这么说我真要伤心死了，所幸的是，我可不这样。”

旅途在友好的氛围中继续着。伊薇对她的丈夫感到又爱又恨。尽管他个人魅力十足，却没什么令她尊敬的。很显然，他有个聪明的脑子，可这脑子也不用于正途。还有，他曾经绑架过莉莲，还在这场交易中背叛了自己最好的朋友，这就证明他是多么不可信任。然而……然而他偶尔绅士般的善举还是赢得了她的好感。

每到一个驿站，塞巴斯蒂安总会悉心照顾伊薇，尽管曾威胁说不管暖脚壶，却还是每次都找热水灌满它。她疲倦了，他就拥她入怀；马车颠簸了，他就搂着她。在他怀里打盹儿，她隐约有种从未体验过的感受：安全感。他的手温柔地反复梳理着她的头发，天使般浑厚的声音喁喁细语，“睡吧，亲爱的，有我在你身边。”

第六章

尽管塞巴斯蒂安迫切地想赶到伦敦，好好审视一番他所面临的新情况，他却不后悔放慢回程的脚步。到了晚上，伊薇已面色苍白，寡言少语，残留的体力在过去几天的奔波中消耗殆尽了，她需要休息。

塞巴斯蒂安在路边找到一家看上去不错的旅店，选了最好的房间，付了钱，让店家把食物和热洗澡水立刻送上来。伊薇在一个倾斜式的浴盆里洗澡，这当儿塞巴斯蒂安去安排次日一早换马和供马夫休息的处所。回来后，他四下环顾了一番，房间虽小但还干净，露出线头的大块蓝色窗帘遮盖着窗户。妻子已经洗完澡，穿上了睡袍。

他慢步走到桌边，掀开遮盖盘子的餐巾，看到一份烤鸡，几棵烂了根的蔬菜，还有一块小布丁。伊薇的盘子已经空了。他揶揄地看了她一眼，问道："晚饭如何？"

"总比没得吃好啊。"

"我现在才知道，我那伦敦的厨子手艺真是一流。"他坐在摇晃的桌边，把餐巾盖在腿上，“你一定会喜欢他做的菜。”

“我应该不会经常在你家吃饭。”伊薇谨慎地说。

叉子在塞巴斯蒂安手中僵住了，停在半空中。

“我会住在父亲的赌馆里，”伊薇接着说，“我早就跟你说过了，我要照顾他。”

“是啊，你白天照顾他。晚上回来啊，回我……我们……的家。”

她眼睛一眨不眨地盯着他，“这个病又不是晚上才发作，他需要有人一直照看着。”

塞巴斯蒂安把食物扔进嘴里，不耐烦地回答：“那就请佣人啊，找个女佣人来照顾他不就行了吗。”

伊薇倔强地、坚定地摇摇头，让他更加恼火，“这可比不了亲人的照顾。”

“这能有多少区别呢，照顾他有那么重要吗？想想看他都为你做过什么。你都不知道这狗杂种——”

“我不喜欢这个词。”

“抱歉，这是我的常用词。我从不放过任何一个使用它的机会。”

“既然这样，回伦敦后少见面，这对你我都好。”

塞巴斯蒂安怒视了一眼自己的妻子。她甜美的脸庞上带着骡子一样倔强的神情，这是塞巴斯蒂安始料未及的。现在他知道，为了得到想要的，她不惜采取任何极端的手段。要是逼急了，鬼知道她会做出什么事来。他强迫自己放松握刀叉的手，继续吃饭，满脑子都想着怎样对付她，一点也没在意鸡肉的淡而无味，此刻就是上面涂满美味的法国沙司酱他也不会察觉。

最后，他关切地轻声道："亲爱的，我可不能让你呆在满是扒手、赌棍和酒鬼的地方。你一定想得到，呆在那种地方有多危险。"

"我会尽快安排你分到嫁妆，这样你就不用担心我了。"

他一向坚韧的自制力此刻像热锅里的水一样炸开了，"我不是担心你，见鬼！只是——老天，这办不到，伊薇。圣·文森特子爵夫人不能呆在赌馆里，就是几天也不行！"

"我不知道原来你那么传统，"她说，不知怎地，他怒目圆睁，双眉紧锁的样子牵起她嘴角的一抹笑意。这转瞬即逝的笑容被塞巴斯蒂安看在眼里，他一下子由怒转乐。要是被一个才二十三岁的处女……半处女……搞得晕头转向，他可就白活了。她要是觉得自己能和他对着干可就太天真了。

他觉得自己冰冷轻蔑的眼神准能吓坏她，"甜心，我知道你把自己当成天使，想好好照顾他，可是你有没有想过，在那样的地方，谁来保护你？你在那种地方睡觉就不怕被强暴？要是我跟你一起住在那儿，我的名声就完了——总不能老呆在个二流赌馆里，坐等老詹纳伸腿吧。"

"我又没让你照顾我，"她用平静的口吻说道，"没有你，我一样过得好好的。"

"你当然会。"塞巴斯蒂安嘲讽地咕哝着。突然对面前冷却的食物丧失了兴趣。他把餐巾扔在吃了一半的食物上，从桌边站起身来，脱下大衣和马甲。一路风尘搞得他很疲倦，浑身灰蒙蒙的，他想跳到浴缸里好好洗个澡，希望水能热点。

他一边脱衣服，把一件件从椅子上扔过去，一边回想着这些年来想要嫁给他的那些女人——漂亮的，嫁妆丰厚的，个个都是有钱的美女——她们愿意做任何事来取悦他，就差没去杀人了。当时他一堆荒唐事缠身，压根没想过要跟哪个结婚。如今迫于形势，无奈娶了这么个笨拙、不善交际的东西，不单出身尴尬，还一身牛脾气。

见伊薇有意避开他裸露的身体，塞巴斯蒂安嘴角浮现出一丝冷笑。他跨进一个小折叠式浴盆，身体沉到温水里，两条长腿挂在浴盆两侧，不紧不慢地洗着，一边用手一下下地捧起水冲洗手臂和胸口的肥皂，一边眯着眼睛观察着自己的妻子。看到她情绪起了波澜，他很高兴。她好像又有了兴致，目不转睛地看着床罩上的花纹。

她用食指触摸着一行花纹的线头，手上的苏格兰金戒指闪着微光，塞巴斯蒂安望着它，内心突然产生了一种奇异的感觉，几乎无法遏制地想要扑过去，把她一把按倒在床上，猝不及防地占有她。他要完全支配她，让她承认属于他。这股原始的冲动让一直以文明人自居的他错愕不已。在彷徨和兴奋中洗完澡，他抓起一条她刚才用过的湿漉漉的毛巾，快速擦干身体。这番情绪亢奋没有逃过伊薇的注意——房间另一头传来她急促的吸气声。他把一条毛巾随意往腰上一裹遮住下体，向行李箱走去。

他翻箱倒柜地找出一把梳子，拿到盥洗盆边，在湿漉漉的卷发上又拉又扯。从盥洗盆上的镜子里，他看到伊薇坐在床角正望着他。

他低低地说了一句，没有转身，“今晚我会做屠夫的狗吗？”

“屠夫的狗?”伊薇不明白,重复了一句。

“屠夫的狗不准沾荤腥,只能呆在店铺的角落里挨饿。”

“你这比喻不是在贬、贬低我俩吗?”

听到她又开始口吃,塞巴斯蒂安梳头的手不觉一停。太好了,他冷冷地想,看来她不像装得那么镇定,“你到底回不回答我的问题?”

“我、我很抱歉,不过我还、还是不想再跟你有任何亲密接触了。”

这句话不仅使塞巴斯蒂安惊愕不已,更是大大冒犯了他。他放下手中的梳子,转过身面对她。从没有女人拒绝过他,更难以理解的是,居然是在经历了今天早晨的销魂时光之后。

“你告诉过我你从不跟一个女人睡两次。”伊薇提醒他,带着抱歉的口吻,“你说过跟一个女人睡两次简直无聊之极。”

“你觉得我这样子像无聊吗?”他质问道,勃起的下体在毛巾里隐约可见。

“这得看是你身体的哪个部位。”伊薇咕哝着,低下头凝视着床罩,“老爷,我不必提醒你了吧,我、我、我们可是有约在先的。”

“这约定又不是不能改。”

“可是我不想啊。”

“你的拒绝听上去有点虚伪啊,宝贝。我们已经睡过一次了,再来一次对你的贞节有丝毫影响吗?”

“我拒绝你不是出于贞节。”一旦恢复了平静,她的口吃便完全消失了,“而是出于另一个完全不同的理由。”

“到底是什么理由，我倒是很想听听。”

“自我保护。”伊薇努力抬起脸凝视着他，“你找情人我不反对。我只是不想成为你众多情人中的一个。做爱对你来说不算什么，但对我却很重要。我不想被你伤害，所以不能继续下去。”

塞巴斯蒂安努力使自己保持镇定，欲望和怨恨交织在心头，“我不想为过去的所作所为道歉，一个男人是应该有经验的。”

“种种迹象表明，你那些经验都够十个男人用的了。”

“你为什么在乎这个？”

“因为你的……你的浪漫史，说得好听点吧，你就像一条挨家挨户讨食吃的狗，在每一道门前蹭来蹭去。我可不想做你的另一道门。你绝不会从一而终——这点你无法反驳吧？”

“没试过不代表我做不到啊？你这个乱下结论的婊子！这只能说明我还没找到愿意一心一意对待的女人。”

听到“婊子”这个词，伊薇懵了一下，“请你不要污言秽语。”

“我看这个词蛮恰当，跟你那讨食狗的比喻差不多。”塞巴斯蒂安厉声说，“不过，你的比喻并不恰当，是那些女人求我，不是我求她们。”

“那你就找她们去吧。”

“哦，我会的。”他粗鲁地说，“回伦敦后我会重新开始荒淫无度的生活，不搞出点乱子决不罢手。不过……今晚和明晚，你真要跟我就这样躺在床上，像两个外出度假的修女？”

“对我而言这并不困难。”伊薇小心地说，知道对他而言这是个莫大的侮辱。

塞巴斯蒂安简直不敢相信自己的耳朵，眼里的怒气仿佛能喷出火来把床单点着。他咕哝着，喋喋不休地骂个不停，嘴里吐出的尽是那些令她忍无可忍的字眼，接着一把丢下身上的毛巾，把灯调暗。他感到这番发作令她不安，便鄙夷地扫了她一眼。“不用担心，”他说，爬上床躺在她身边，“我绝不会碰你，从现在起，你就是一块石头。”

第七章

返回伦敦途中天气明显好转，阴雨冷湿一扫而空。车外气温回暖，车内新人之间却冰如霜冻。塞巴斯蒂安虽然还大不情愿地灌满暖脚壶，却不再把伊薇搂在怀里了。她觉得这样最好。越熟悉他，她就越确信亲近他只会带来灾难。他甚至不知道自己对她而言有多危险。

她告诉自己，一回到伦敦他们就基本分开了。她会呆在赌馆里，而他则回到自己家中，继续荒淫的生活，直到她父亲去世。那时，她很可能会卖掉赌馆，用这笔钱和她剩下的遗产填补他家空空如也的保险箱。

一想到要卖掉詹纳赌馆，伊薇就感到一丝伤感，这可是她父亲毕生的心血啊。不过，卖掉它是最好的做法。没多少人有能力管好一个赌馆。店主必须像一块磁铁那样吸引客人，还要能精明巧妙地把他们留在店里大把花钱。更别说还得有投资理念，懂得好好管理盈利。

要说前两点，伊沃·詹纳还勉强有些，第三点可就完全不行了。前一阵他刚在纽克马特输了一大笔钱。年纪大了以后，他就越来越容易受诓骗，赛马场里掮客遍布，个个巧舌如簧。好在赌馆像一架巨大的挣钱机器，还能承受如此巨大的损失。

塞巴斯蒂安曾经不怀好意地奚落说詹纳赌馆只是个二流娱乐场所，他只说对了一半。伊薇曾跟父亲讨论过这个话题，父亲直言不讳地说，在外人眼里，赌馆已经非常成功了，但还没有达到他一心想要企及的高度。他希望能像克莱文赌馆那样成功，那家在若干年前烧毁的、詹纳赌馆的劲敌。伊沃·詹纳从没能像德里克·克莱文那样才能超群，阴险狡诈。据说克莱文赚取了整整一代英国男人的钱，而在最高峰时退隐更锁定了他在整个英国社会的传奇地位。

詹纳赌馆没能像克莱文赌馆那样辉煌倒不是因为尝试不够。伊沃·詹纳把自家的赌馆从考文特花园搬到英皇街。后者曾经只是通往时尚购物中心和圣詹姆士居民区的人行道，现在已经成了一条通衢大道。詹纳把大部分街面买了下来，夷平了几幢楼，在上面盖了个规模巨大、气势宏伟的赌馆，还四处张贴广告，称它为伦敦最大的风险银行。绅士们要想玩大的就来詹纳赌馆。

伊薇仍记得小时候来赌场的情景，那时她还被允许探望父亲。对她而言，这是个设施完备、装修得过分华丽的地方。她总是兴高采烈地和父亲站在二楼楼厅里，看着主层的动静。詹纳对女儿宠爱有加，老是咧嘴笑着，带她去圣詹姆士街逛商店，那儿有香水店、帽子店、书店，还有糕饼店。糕饼师傅每次都给她一个刚出炉的热腾腾的十字面包，上面的糖衣还没凝结。

随着时间的流逝，伊薇越来越少去英皇街了。虽然她总是责怪梅布里克的人不让她去，却也逐渐意识到其实父亲也有部分责任。对詹纳来说，宠爱一个孩子容易得多，他可以把她高高地抛到半空中，再用粗壮的手臂接住，任她哇哇尖叫。他可以揉乱她跟他自己一样的红头发，在她每次离开哇哇哭闹时往她手心里塞块糖或一先令，令她破涕为笑。而现在，她已出落成一个年轻女人，再也不能当个小女孩来对待。两人的关系变得有些尴尬和疏远。"孩子，赌馆这地方可不是你呆的。"他嗓音粗哑地说，充满关爱，"你应该离我这样的粗人远点，找个富家公子嫁了。"

"爸爸，"她恳求道，口吃得厉害，"不、不要把我送回去。求、求你了，求你让我跟你在一起。"

"你这个舌头打结的小东西，你属于梅布里克。再也不要离家出走逃到我这儿了。我还会把你送回去的。"

泪水也没能打动他。接下来的几年里，父亲的赌馆伊薇去得越来越少了，几乎每半年才去一次，有时甚至更少。且不说这样对她究竟是好是坏，一种被遗弃的感觉已深深浸入她的骨髓，令她在男人面前惶恐不安，觉得自己无聊之极，一遍遍的心理暗示使这想法成了自圆其说的预言。她的口吃也加重了——越是想把话说出来就越是结巴得厉害，最后想想还是保持沉默，找个地方躲起来最容易。就这样，她很快成了专业壁花，没人请她跳舞，没人吻过她，没人同她调情，也没人追求过她。尤斯塔斯心不甘情不愿的请求是她的唯一一次被求婚。

如今命运已发生了重大转变，伊薇不禁愕然。想到过去的两个小时里，丈夫一直静默沉思，她瞟了他一眼，他也转过头眯起眼睛看她，冷冷的表情和愤世嫉俗的嘴唇看着完全不像两天前跟她同床共枕的性感坏男人。

她转过头望着窗外倏忽而逝的伦敦街景。一到伦敦就能去赌馆见父亲了，已经六个月没见面了。对可能发生的情况，伊薇已经做好了心理准备。肺结核病人命悬一线，这是常识。

整个病程就是肺组织的慢性死亡，伴有高烧、咳嗽、体重减轻和夜间盗汗。其实患者和亲人都期待死亡的到来，好终结这磨人的痛苦。伊薇无法想象强壮的父亲会虚弱到这种程度。她害怕见他，又迫切想照顾他，两股力量相持不下。她默默承受着这一切，没有告诉塞巴斯蒂安，怕他笑话她。

马车在圣詹姆士大街上滚滚向前，转过英皇街后，她的脉搏开始加快。越来越沉的日落在永远笼罩伦敦的薄雾中熠熠生辉，在红黄色的交辉掩映下，詹纳赌馆正面的长砖和大理石清晰可见。伊薇顺着车窗往外看，紧张地叹了口气。马车驶离主干道，来到一条羊肠小道，和其他几条小路一样，通往几幢大楼后的马厩和院子。

马车在后门停下来，从这儿进去比从前门走好得多。詹纳赌馆可不是正经女人来的地方。先生老爷们可能会带情妇上这儿来，甚至是让他们片刻倾心的妓女，但决不会带贵妇来。伊薇感到塞巴斯蒂安正冷静地注视着她，像昆虫学家观察一种新甲虫。他一定注意到她的脸突然发白，身体晃得厉害，可他一言不发，也没有任何安抚的表示。

塞巴斯蒂安先走下马车，接着转过身，两手搂着伊薇的腰，把她抱了下来。后巷的气息和童年记忆中的一样，一点儿没变——弥漫着肥料、垃圾、烟草和新烧的煤烟味。毫无疑问，她是伦敦特权阶级中唯一以这气息为家的小孩。她觉得这气味才好闻，不像梅布里克，充斥着烂地毯和劣质古龙水的气味。

伊薇走到门口，感到浑身酸疼，毕竟在马车里缩得太久了。从这儿一进去就有台阶直通父亲的卧室，而去往厨房的其他服务间的入口在大楼的更远处。马夫伸出拳头重重地敲了几下门，例行公事地闪到一边。

一个年轻男子走了出来，伊薇一眼认出了他，放了心。乔斯·布拉德，赌馆的引座和收债人，在这儿干了很久了。他是个身材魁梧、体格健硕的小伙子，满头黑发，子弹头，下颚厚实。他生性粗鲁，每次伊薇来赌馆，总是对她鲜有礼节。不过父亲常夸他忠心耿耿，她对他仍很尊敬。

“布拉德先生，”她说，“我是来、来看父亲的，请让我进、进、进去。”

健壮的年轻男子一动不动。“老爷没让你来。”他生硬地说，把目光转向塞巴斯蒂安，见他衣着不凡，说道，“先生，赌馆会员从前门进。”

“蠢货。”塞巴斯蒂安低低地埋怨了一声，没等再说话，就被伊薇匆忙打断。

“伊根先生在、在吗？”这是赌馆的总管，在她父亲手下干了有十年了。她不怎么喜欢这个口若悬河、脾气暴躁的总管，不过谅他也不敢不让她进去。

“不在。”

“那罗恩先生呢，”她忍无可忍地说，“请告诉他詹纳小、小姐来了。”

“我已经告诉过你——”

“把罗恩叫来。”塞巴斯蒂安厉声对年轻人说，用靴子抵住门不让关上，“我们去里面等。我妻子不能站在马路上。”

身材更高大的男人眼里透出的冷峻光芒显然镇住了赌馆伙计，他低声应着，急速离开了。

塞巴斯蒂安把伊薇领进门，瞥了一眼旁边的楼梯，“我们要不要上楼？”

她摇摇头，“我还是想先和罗恩先生说两句。他一定能告诉我一些父亲的情、情况。”

听到她的微微口吃，塞巴斯蒂安抬起手抚摸她的颈背，手指滑入她凌乱的头发中轻轻按压。尽管脸上还是冷冷的，他的手却温暖而舒适，她不由放松下来。“谁是罗恩？”

“他是这儿的一名赌台主管……从孩子时就帮父亲做事了，那时还是个跑腿的。你要是见过罗恩先生，一定会记得他。他很引人注意。”

听到这儿，塞巴斯蒂安想了想，低声说：“是不是那个吉卜赛人？”

“我知道他有一半吉卜赛血统，他母亲是吉卜赛人。”

“那另一半呢？”

“没人知道。”她警惕地望了他一眼，低低地说：“我老是在想，他会不会是我同父异母的兄弟。”

他淡淡的眼睛里闪着好奇的光芒，“有没有问过你父亲？”

“问过，他说不是。”不过，伊薇不太相信，他对堪姆总带着点家长般的关怀，她不是看不出来。父亲一向以精力旺盛自居，而且做事从不考虑后果，就算有一两个私生子，也没什么好奇怪的。她突然联想到自己的丈夫，便小心地问：“塞巴斯蒂安，你是不是也……”

“我可没有，”他说，立刻明白了她在担心什么，“我总是用‘法国信’——不单单为了避孕，还要防怪病，这种病一不小心就染上。”

伊薇听糊涂了，低声说：“‘法国信’是什么？你说的怪病又是什么？难道说，做……那种事……会得怪病？可是怎么会——”

“老天，”塞巴斯蒂安埋怨道，用手堵着她的嘴上让她别往下问，“以后再告诉你，这种事可不宜在门口讨论。”

堪姆·罗恩出现了，伊薇便不再问下去。见到伊薇，堪姆脸上露出了淡淡的一笑，向她有礼貌地鞠了一躬。尽管行为举止有些拘谨，他仍然透着蓬勃的朝气，散发着独特的魅力。初见面绝对想不到他是詹纳赌馆最好的赌台主管——毕竟他看上去像个小海盗。他大约二十五岁，浑身充满了年轻男人的灵巧。且不提那个典型的吉卜赛名字，黝黑的肤色和乌黑的头发已交代了他的出身。一直以来伊薇都很喜欢这个说话和气的年轻人，多年来他无数次证明了对主人近乎顽固的忠诚。

堪姆身着考究的深色西服，鞋子擦得锃亮，跟以往一样，他的头发显得有些太长。厚重的黑色卷发垂到白得发亮的衬衫领口上，细长的手指上戴着几枚金戒指。他抬头的一刹那，伊薇注意到一枚钻石耳钉在他耳朵上闪闪发亮——这是异族保有的习惯，对他正合适。他用金棕色的眼睛看着她，这眼神总叫人忘记隐藏在眼睛之后的敏捷的头脑，充满穿透力，似乎能一眼看穿人……仿佛在看着人身后的东西。

“嘉蒂吉，”堪姆温柔地说，这是个吉卜赛词，用来称呼非吉卜赛女人，表示友好。他的口音很特别，带着点伦敦土话的味道，但显得很有教养，还夹杂着些许异域韵律，是一种奇特的混合体。“欢迎你，”他简短地说，脸上带着令人目眩神驰的微笑，“你父亲见到你一定很高兴。”

“谢谢，堪姆。我……我很担心，他是不是已、已经——”

“不，”堪姆低语道，脸上的笑容逐渐淡去，“他还活着。”他犹豫了一下，继续说道，“大部分时间他都在睡觉，也不吃东西。我看他拖不了多久了。他想要见你。我派人去找过你，可是——”

“梅布里克的人不会允许的。”伊薇压低嗓门说，气得嘴唇有些僵硬。他们居然没有告诉她父亲曾派人来找过她。刚才乔斯·布拉德居然还骗她。“堪姆，实际上我已经结婚，跟、跟他们永远脱离关系了。我会一直呆在这儿，直到我父亲……不再需、需要我了。”

堪姆的凝视转向了塞巴斯蒂安，后者一副泰然自若的表情。堪姆认出了他，低语道：“是圣·文森特老爷。”他的不动声色让人猜不透他对伊薇婚事的态度。

伊薇碰了碰他的大衣袖口。“父亲现在醒着吗？”她焦急地说，“我能上去看他吗？”

“当然。”吉卜赛人轻轻握住她的双手。手上的金戒指传递着他的体温，“放心吧，有我在没人会打扰你们的。”

“谢谢你。”

塞巴斯蒂安突然插到两人之间，一把夺过伊薇的一只手，不容分说地环到自己的手臂上。虽然只是个随意的举动，手指上使的力却让伊薇无法挣脱。

伊薇被这充满占有欲的行为搞糊涂了，皱起眉头。“我和堪姆从小就认识，”她言词犀利地说，“他一直都对我很好。”

“做丈夫的当然希望妻子受到礼遇，”塞巴斯蒂安冷冷地说，“不过要在一定限度内。”

“那是当然的，”堪姆轻声说，转向伊薇，“小姐，要不要我带你上楼？”

伊薇摇摇头，“不用了，我知道怎么走。你去、去忙吧。”

堪姆向她又鞠了一躬，两人迅速交换了一个眼神，默默告诉对方要再找时间谈。

“你不喜欢他是因为他是吉卜赛人吗？”上楼时伊薇问丈夫。

“我很少因为不能改变的事情讨厌一个人。”塞巴斯蒂安不无讥讽地说，“总是因为别的，而且理由充分。”

她把手从他的手臂中抽出来，把裙子向上提了提。

“奇怪啊，那个总管去哪儿了？”塞巴斯蒂安把手拢在伊薇的腰际，扶她上楼，继续说，“现在是傍晚，赌房和饭厅都开着——他应该很忙才对。”

“他酗酒。”伊薇断言道。

“从这点上看，赌馆的状况可见一斑。”

任何对父亲赌馆不敬的言辞都会激怒她，搁在腰际的手也使她很不舒服，好不容易才把到了嘴边的激烈反驳咽了下去。

对这样一个养尊处优的贵族而言，批评干实事的生意人真是太容易了。要是哪天他自己管理这样一个地方——还是打消这想法吧——他一定会对父亲所做的多几分尊重。

他们登上二楼，沿着一个两层楼的艺术画廊走。这个画廊环绕二层一圈。只要站在楼厅的栏杆边就可以俯瞰主层，任何动静都能一目了然。主层是赌馆里最大的区域，全部用来放赌桌。三张椭圆形赌桌上盖着台面呢，黄色的标记牌旁边围满了人。楼下传来各种声音——骰子不时叮零当啷，投手和赌台主管低低的、紧张的惊呼，桌上的小木靶把移动钱的摩擦声——这些都是伊薇儿时最早的记忆。她瞥了一眼房间角落里的那张雕刻得极为华丽的桌子。父亲曾坐在那儿审查信用记录，发放临时会员卡，提高赌注。此时坐在那儿的是个衣衫不整的男人，伊薇并不认识。她又向房间另一头看去，是个同样陌生的总务，一边监督付款手续，一边掌控赌局。

塞巴斯蒂安在栏杆边停下，低头望着主层，脸上带着异常专注的表情。伊薇想立即见到父亲，便不耐烦地拉了拉他的手臂。可是塞巴斯蒂安纹丝不动。事实上，他好像就根本没注意到她，只顾全神贯注地关注楼下的一切。“怎么了？”伊薇问道。“你发现了什么特别情况？有什么不对劲吗？”

塞巴斯蒂安轻轻地摇了摇头，转移了视线。他环视了一下四周，墙上镶板的油漆有剥落，装饰线条也松了，地毯上的线头都露了出来。这些年来，曾经富丽堂皇的詹纳赌馆大大衰败了。“赌馆现有多少会员？”他问，“不包括临时会员。”

“过去有两千人左右，”伊薇回答，“现在的数字我不知道。”

她又扯了扯他的手臂。“我想去见父亲。如果你不能陪我——”

“你一个人哪也别想去。”塞巴斯蒂安说,立刻转过来盯着她,吓了她一跳。他的眼睛熠熠闪光,像磨亮的月长石。“你是不是想被哪个烂醉如泥、头重脚轻的酒鬼还是这里的伙计——拉进妓房——告诉你,就算被强暴了,也没人会发现。”

“我在这里安全得很,”她被激怒了,反驳道,“这儿的许多伙计我都还认识,路线我也比你熟。”

“这种情况不会持续太久了。”塞巴斯蒂安低声说,又迫不及待地把目光转向主层,“我要把这里的每个角落都细细察看一番。我要知道这里所有的秘密。”

伊薇被这番话吓了一跳,狐疑地看了他一眼,意识到从踏进赌馆的那一刻起,他的内心便发生了微妙的变化……对于他的种种奇怪言行她有些不知所措。他那通常的慵懒作风一扫而光,取而代之的是一种从未有过的激进态度,好像吸收了赌馆内骚动不安的气氛。

“你干嘛这样,又不是第一次见到赌馆。”她低语道。

塞巴斯蒂安捋着楼厅的栏杆,抬起手掌看了看,将灰尘拂去,脸上的批判表情不见了,若有所思地说:“现在不一样了,它是我的了。”

“它还不是你的呢。”伊薇阴沉地回答,他一定在盘算赌馆的价值,等不久后好卖了它,父亲还没过世他就开始盘算卖钱了。“除了自己,你有没有为别人着想过?”

这一问好像把他拉出了沉思,脸上露出不可捉摸的表情,“还真没怎么想过,亲爱的。”

两人对视着，伊薇的眼睛里写着斥责，塞巴斯蒂安的眼神依然不可捉摸。她知道要指望他有点人性简直比登天还难。无论自己多么忍耐，多么善良，也无法感化这个有着龌龊灵魂、无可救药的男人。他决不会浪子回头，决不会像黛西·鲍曼家成堆的丑闻小说描写的那样。

“我想你很快就会得到想要的一切了。”她冷冷地说。“不过，现在我要去见父亲。”她独自沿着画廊走去。他大步流星地跟了上来。

来到伊沃·詹纳的套房门口，伊薇全身的血液向上漫，害怕和渴望同时攫住了她，手心直冒冷汗，胃里空荡荡的。想开门，手却在褪色的黄铜手柄上一滑。

“让我来。”塞巴斯蒂安拨开她的手，生硬地说。他打开门，让她先进，自己跟着走进昏暗的客厅。唯一的光源来自通向卧室的走道，那儿亮着一盏小灯，散发着微弱的光。伊薇跨过第二道门槛后停下眨了眨眼睛，适应了屋内昏暗的光线后才向床边走去，几乎忘记了身边站着另一个男人。

她的父亲此刻正在昏睡中，嘴微微张开，皮肤苍白，脸上闪着奇异微弱的光，像是一尊蜡像。他的两颊如同百叶窗一样，刻满了一道道深深的皱纹。他只有年轻时一半的体重了，手臂细得吓人，身体明显萎缩。伊薇悲从中来，挣扎着想把眼前这个陌生瘦小的身体和她曾经熟知的硕大粗壮的父亲联系起来。当年那头火红的头发现在变成白发，凌乱不堪，像是初生的小鸟尚未理顺的羽毛。

房间里弥漫着蜡烛芯燃烧的味道、药味，还有病人身上的陈腐气味，看来他许久没洗澡了。这味道让人联想到疾病和死亡。房间的角落里有一堆脏床单，一团皱巴巴的手帕丢在地板上，还带着血迹。床头柜上堆满了脏勺子和各种颜色的玻璃药瓶。伊薇弯下腰，想捡起地板上的脏东西，塞巴斯蒂安一把抓住她的手臂。“你别做这个，”他埋怨道，“让女佣人来就好了。”

“我要做，”伊薇苦涩地低语道，“她们活干得真是不赖。”她把手臂猛地抽了出来，一把拾起那些脏手帕，扔到那堆丢弃的床单上。

塞巴斯蒂安踱着步子走到床边，低头望着詹纳衰弱的身体。他拿起一个药瓶，放在鼻子下闻闻，自言自语道，“是吗啡。”

不知怎地，见他站在无助的父亲身边摆弄药瓶，伊薇极不安心。“我现在有些事情要处理，”她低声说，“你还是先走吧。”

“有什么事要处理？”

“我要把房间整理一下，换上新床单，在他身边服侍他。”

他眯起淡蓝色的眼睛，“让这个可怜人好好睡吧。你得吃东西，这身路上穿的衣服也该换换了。你一个人在黑暗中坐着对他有什么好处——”见她一副桀骜不驯的表情，他顿了顿，低低骂了一句，“好吧，给你一个小时，一小时后跟我一起吃饭。”

“我要和父亲在一起。”她坚决地说。

“伊薇。”这声音尽管柔和，却透着不容抗拒的语气，她不由绷紧神经。他靠近她，扳过她僵硬的身体轻轻摇晃着，强迫她抬起头看着他。“等会儿我派人来叫你，必须来。听明白了吗？”

伊薇气得发抖。他居然给她下命令，好像是她的主人。老天啊，她从小到大受尽了姨父姨妈的支配，现在还要屈服于自己的丈夫。

不过……话又说回来，比起梅布里克和斯塔宾斯家族给伊薇造成的痛苦，塞巴斯蒂安根本算不了什么。让她陪着吃顿饭也不算不合理，更谈不上残忍。想到这，她把怒火压了下去，勉强点了点头。他扫了扫她表情僵硬的脸，奇异的光芒在眼中一闪，好像铁匠的榔头在金属熔化时擦出的火星。

“这才是我的好妻子。”他自言自语道，带着一脸嘲讽离开了房间。

第八章

有那么一会儿，塞巴斯蒂安真想把伊薇一个人丢在这儿，回自己家去，反正离圣詹姆士大街也就几步之遥。家里舒适安宁，有先进的水暖设备，餐室和储藏室堆满了食物，实在令人无法抗拒。他想在自家桌子上吃饭，穿上挂在衣橱里的那件真丝天鹅绒勾边睡袍，坐在壁炉边打盹。让那倔强的妻子见鬼去——她想做什么随便她，反正后果自负。

他谨慎地在二楼画廊里走动，努力不让主层熙熙攘攘的人群注意到，突然被一种强烈的、挥之不去的好奇心攫住了。他靠在一根立柱上，双手随意地插在大衣口袋里，观察着当班的赌台主管，总务机械地监视着赌局，掌控着赌场的节奏。三张赌桌上的赌局不紧不慢地进行着。得有人给这里打一针强心剂，让气氛活跃起来，这样赌客们才能赌得更大，下注更快。

衣着暴露的妓女在场子里闲逛，时而停下来跟男客搭话。同餐厅和楼下咖啡吧一样，这些妓女也免费供会员使用。无论是输了钱寻求安慰，还是赢了钱找人庆祝，男客们只需跟着妓女到楼上专设的房间去。

塞巴斯蒂安慢慢踱到一楼会员卡发放室和咖啡吧，仔细审视了眼前的一切。赌馆在走下坡路了，这迹象并不明显，却处处都是。塞巴斯蒂安猜想一定是詹纳生病时没来得及把赌馆托付给可信的人。他的总管克里夫·伊根要么不称职，要么不诚实，或者两样都不行。塞巴斯蒂安想看看账簿，了解开支和利润情况、会员的个人消费纪录、租金账目、抵押单据、债务、贷款和信用记录——所有能体现赌馆财务状况的情况他都要了解。

他转身走向楼梯，见吉卜赛人罗恩在暗角候着，神情自如。塞巴斯蒂安故作沉默，等男孩先发话。

罗恩一边看着他，一边陪着小心说："老爷，我能为您做些什么？"

"先告诉我伊根在哪儿。"

"他在自己的房间里，老爷。"

"他怎么了，为什么不出来？"

"他喝醉了。"

"啊，"塞巴斯蒂安轻轻地说，"他是不是经常喝醉，罗恩？"

吉卜赛人一言不发，只是斜着眼盯着塞巴斯蒂安，满怀犹疑。

"把他办公室的钥匙给我，"塞巴斯蒂安说，"我要看看总账。"

"老爷，钥匙只有一把，"罗恩回答，揣摩着他，"伊根先生总是随身带着。"

"去把它拿来。"

男孩挑起深黑色的眉毛,“您要我趁他喝醉了把钥匙抢过来吗?”

“这不是比等他醒过来省事多了吗?”塞巴斯蒂安不无讥讽地指出,“怎么是抢呢,钥匙本来就是我的。”

罗恩的脸突然僵硬起来,“我只忠于詹纳先生和他女儿。”

“我也是。”当然这不是真的。大部分时候塞巴斯蒂安只忠于他自己。伊薇和她父亲最多只能勉强排到第二、第三位,跟他自己的利益比起来差得远了。“去把钥匙拿来,要不然你就准备跟伊根一样,明天卷包袱走人。”

空气中弥漫着雄性的对抗。片刻后罗恩让步了,嫌恶地看了对方一眼,眼里夹杂着些许好奇,大步流星地走了。这么做并非出于害怕而服从,只是想看看塞巴斯蒂安下一步会怎么走。

塞巴斯蒂安叫堪姆·罗恩找伊薇下楼时,她已经整理好了父亲的房间,让一个老大不情愿的女佣换了床单。父亲夜里盗汗,所以床单是湿的。换床单时她们小心翼翼地把他翻到左侧,又翻到右侧,他微微动了动,咕哝了几声,由于吗啡的作用,依旧昏睡着没有醒来。那包裹在睡衣里的身体骨瘦如柴,着实把伊薇吓了一跳。她心中顿生怜悯,极度痛苦地把干净的床单和毯子拉到他胸口,决心尽力照顾好他,接着又找来一条毛巾,用冷水浸湿,盖在他的额头上。这时,他叹了一口气,终于微微张开了眼睛,沟壑丛生的脸上露出两条深色闪光的缝隙。他茫然地看了她许久,最后微微一笑,满是裂纹的嘴唇向两边伸展,露出了因过度抽烟而发黄的牙齿。

“伊薇,”他嗓音嘶哑,低低地唤了一声。

伊薇微笑着向他靠过去，鼻子酸酸的，眼里噙满了泪水。“我在这儿，爸爸。”她柔声说，这是她一生一直想说的话，“我在这儿，我再也不会离开你了。”

他满足地吱了一声，合上了眼睛。伊薇以为他又睡过去了，可他突然咕哝道：“今天我们先去哪儿逛？要不还是糕饼店……”

伊薇意识到，他把女儿当成多年以前的那个小女孩了，便轻声说：“哦，好的。”她飞快地拭去眼里涌出的泪水，“我要买糖衣面包……还有松饼……回来以后你要陪我玩掷骰子。”

他咯咯笑起来，喉咙里传出干涩嘶哑的声音，又咳了一下说：“让爸爸先打个盹儿，我们等会儿再去……好女儿听话……”

“好的，你睡吧。”伊薇轻声说，把他额头上的毛巾调了个个儿，“我等着，爸爸。”

看着他因药物的作用又昏睡过去，她如骨鲠在喉，倒在床边的椅子上歇着。在这个世界上，她哪也不要去，只要呆在这里就好。她不知不觉地睡着了，肩膀垂了下来，像个松了线的牵线木偶。这是她第一次感到被需要，她的存在第一次对一个人有意义。父亲的病情让她揪心，但是能在生命的最后时光陪伴他仍叫她心存感激。这点时间虽不足以了解他——彼此之间依旧是陌生的——却已远远超过了她的预期。

有人敲了下门柱，打断了她的思绪，她抬起头，见堪姆站在门口，手臂松松垮垮地交叉在胸前，摆出一个看似随意的姿势。“我猜、猜是他叫你来找我的吧。”她带着倦容微笑着。

“他”是谁自不必问。“他想在餐室里同你单独用餐。”

伊薇轻轻地摇了摇头，露出一丝苦笑，“知道了，我会去的。”

她咕哝着，摆出一副听话的妻子模样。父亲熟睡着，她站起身，将掖在他肩膀上的毯子捋平。

见她走来，堪姆仍一动不动地站在门边。他虽不如塞巴斯蒂安，但比大部分男人高多了。"你怎么会嫁给圣·文森特老爷？"他问，"他已经没什么钱了——上次我们差点不给他赊账。这场交易婚姻是不是他想出来的？"

"你怎么知道我们不是真心相爱？"伊薇避而不答。

他揶揄地瞥了她一眼，"圣·文森特只爱他自己。"

伊薇差点笑出眼泪来，她强作镇定，摆出一脸严肃，"实际上是我去、去找他的。只有这样才能永远逃离梅布里克。"一想到那些亲戚们，她再也笑不出来了，"堪姆，我失踪后他们有没有来这儿找过我？"

他点点头，"你两个姨父都来了。他们搜查了整个赌场，确定你没躲在这儿才放心地离开。"

"去他的，"伊薇咕哝道，这是黛西·鲍曼最喜欢的诅咒语。"我猜他们下一步会去我朋友那儿。亨特家，还有鲍曼家。知道我不见了他们一定会担心的。"只怕知道了事情真相他们会更担心。芜乱的思绪搅得她有些心烦，便用手理了理缠结的头发，将手臂交叉在胸前。她要派人带话给安娜贝尔和黛西，告诉她们她没事。莉莲现在在欧洲大陆旅行，一定还不知道她失踪。

明天，她想，明天私奔的消息就要曝光，一定会搞得满城风雨。她简直没有勇气派人到梅布里克取衣服……他们会允许吗？一定不会。要做的事情已经越积越多了……得赶紧置一些白天穿的裙子和鞋子。

“一旦亲、亲戚们发现我在这儿,”她说,“一定会来把我抢回去,会想方设法使婚姻无效。我……”她顿了顿,稳定了下情绪,平静地说。“要是被他们抢回去,真不知道还会发生什么,我好害怕。”

“难道圣·文森特会允许这样的事情发生?”堪姆问,伸出手轻轻搁在她隆起的肩胛骨上安抚她,虽说只是一个不经意的动作,却令她宽心不少。

“就算他在这儿,也未必清醒;就算清醒,也未必能帮得了我。”她苦笑一声,“就算,就算……”

“有我在这儿呢,”堪姆轻声说,“我会很清醒,我一定帮得了你。为什么对圣·文森特那么没有信心?”

“这婚姻只是一场利益交换。一旦得到我的遗产,他就不会常常见我了。他说有更重要的事情要做,决不会坐在一家二流的赌馆里等着……等着……”她踯躅着,回头望了一眼床上的父亲。

“我看他可能已经改变了主意,”堪姆讽刺地评论道,“他一拿到钥匙就冲到办公室,把账本全都翻出来,一页页地仔细审阅。这架势像是要把整个赌馆查个滴水不漏。”

听到这儿,伊薇瞪大了眼睛,“他到底想找什么?”她问道,更像是在自言自语。塞巴斯蒂安的所作所为实在有点古怪。他刚刚长途跋涉回来,实在没有必要那么急着了解赌馆的财务状况。等上一两天又会怎样?这时她想起他聚精会神观察主层的样子,还自言自语……“我要把这里的每个角落都细细察看一番。我要知道这里所有的秘密……”好像这栋楼里除了褪色的地毯和赌桌之外还有其他什么东西。

这实在令人费解。伊薇随堪姆穿过几个后厅和过道，抄近路去往楼下的餐室。跟大多数赌馆一样，詹纳赌馆也有数间密室，供藏身、监视、贩卖人口和走私物品之用。堪姆把她领到一间私人餐室，打开门，在她道谢时鞠了一躬。

伊薇走进房间，门在她身后轻轻地关上了。塞巴斯蒂安伸展着四肢，半躺在桌边厚实的扶手椅上，正用铅笔芯在账本页边上做记号。桌上放满了一盆盆饭菜，都是从主餐室的餐具柜里拿出来的。

塞巴斯蒂安恋恋不舍地放下账本，轻轻推到一边，站起身来，从桌子里又拉出把椅子。“你父亲怎样了？”

伊薇在他拉出的椅子上坐下，小心翼翼地回答：“他只醒了一会儿，好像把我当成小女孩儿了。”见桌上有一盆切成块儿的烤鹅肉、温室栽培的桃子和葡萄，便伸出手迫不及待地吃起来。极度的饥饿加上连日的劳累使她的手不住地抖着。见她吃得那么狼狈，塞巴斯蒂安也不吱声，把好吃的都拣出来，一点点地放到她空空的盘子里；小小的水煮鹌鹑蛋，一勺奶油西葫芦，一片奶酪，冷肉，鱼和软面包。

“谢谢。”伊薇说，她太累了，几乎不知道自己吃的是什么。她把叉子送到嘴边，吃一口，然后闭上眼睛咀嚼和吞咽，再睁开眼睛时，发现塞巴斯蒂安正凝视着她。

他看上去和她一样疲倦，蓝眼睛下面的眼圈有些发黑。颧骨上的皮肤紧绷着，略有几分红润的面容仍显得很苍白。一到晚上，胡须便疯长起来，下巴上一圈胡子茬闪着淡淡的金色。不知怎地，粗犷的他看上去更帅了。没有这层粗糙的美，他只是一尊虽完美却了无生气的大理石像。

“你还是一心想呆在这儿吗？”他问，灵巧地切开一只梨，镂空心子，将弄干净的、黄澄澄的半个递给她。

“哦，是的。”伊薇接过梨，咬了一口，酸甜的汁水顺着舌头流淌。

“我就知道你会这么说。”他冷淡地说，“你知道吗，这么做是错的。你根本不知道会遇到什么……猥亵的下流话不绝于耳……男人们馋涎欲滴的目光，更有甚者，上来又摸又捏，动手动脚。在我家都是这样，更别提在这儿了。”

伊薇不知道是该皱眉还是微笑，便好奇地望着他说：“我会照顾好自己的。”

“我相信你会的，宝贝。”

伊薇将高脚酒杯举到唇边，双眼越过酒杯边缘瞥了他一眼，“你在账本里发现了什么？”

“创造性记账的经典范例。我想你一定不奇怪，伊根一直在账上做手脚，这儿刮一点儿，那儿刮一点，每次贪污的数目都不大，所以不引人注意，可加起来是很大一笔啊。天知道他这么干有多少年了。到现在为止，我看过的每一本账簿里都有蓄意做假的痕迹。”

“你怎么能确定是有人故意这么做的？”

“这些假账像是从一个模子里刻出来的。”他翻开一个账本，推到她面前，“赌馆上周二赚了大概两万英镑。如果复查贷款记录、银行存款和现金支出，就会发现数字有出入。”

伊薇顺着他手指的方向查看页边上的记录。"看到吗?"他低声说,"这些才是正确的数字。他故意虚报了开支。比如象牙骰子的成本,罗恩说过,就算所有的骰子用一夜就扔掉,一年的成本也不应该超过两千英镑。"骰子用一夜就扔掉是赌馆的行规,为了防止有人在上面做手脚,让骰子一边变重。

"可是这里写着骰子的花费有近三千英镑。"伊薇小声说。

"正是如此。"塞巴斯蒂安身体向后靠在椅背上,懒懒地笑着,"我堕落的青年时代也曾用这方法骗父亲,他每月付生活费,可我总是入不敷出。"

"你要那么多钱干吗用?"伊薇忍不住问。

笑容僵在他的唇上,"我怕一解释起来,又要说那些不堪入耳的词了。"

伊薇用叉子叉起一只鹌鹑蛋,丢进嘴里,"你准备怎么处理伊根先生?"

他优雅地一耸肩,"等他清醒点能走路了,就让他滚蛋。"

伊薇把飘到脸颊上的一缕头发拂到一边,"可没人能接替他啊。"

"有。在没找到合适的总管之前,由我管理赌馆。"

伊薇噎了一下,仿佛鹌鹑蛋卡住了喉咙。她匆忙端起酒杯,就着酒把蛋吞下去,瞪着眼望着他,眼珠子要从眼眶里跳出来似的。他怎么会说这么荒谬的话?"你不能。"

"我总不会比伊根做得差吧。数月来他什么屁事也没管过……再这样下去,这个地方就要在我们眼皮子底下衰败了。"

"你说过你讨厌工作!"

“我是说过。不过我觉得至少得试一次，看看是不是真的讨厌。”

她一焦虑又口吃起来，“我看你玩、玩上两天就厌烦了。”

“我厌烦不起啊，亲爱的。虽然赌馆还在挣钱，但盈利日渐减少。你父亲在外面有一大堆没有收回的债务要处理。如果欠他钱的人不能筹到现款，我们就要拿地产房产、珠宝首饰、艺术品来抵债……他们有什么，我们就拿什么。我会估价，可以谈妥几笔债务清偿。还有其他问题我还没说……詹纳的几匹赛马状态越来越差，在纽马克特输了一大笔钱。他还做了几笔荒唐的投资——居然在弗林特郡一个所谓的金矿里投了一万英镑——这是个连小孩都能看穿的骗局。”

“哦，上帝啊。”伊薇轻声说，揉了揉额头，“他一直生着病——别人就占他便宜——”

“是啊。所以就算我们现在要卖赌馆，也该先整治整治。要知道，如果不这么做也能弄到钱，我绝不费这功夫。赌馆现在千疮百孔，除了我没人能把洞补上。”

“你根本不懂怎么补洞！”她大叫起来，对他的自高自大感到震惊。

塞巴斯蒂安淡淡一笑，一条眉毛微微抬了抬，算作回答，还没开口就见她用双手捂住耳朵。“哦，不要，什么也别说！”见他有礼貌地抿嘴不言——虽然眼里闪着魔鬼般狡黠的光芒——她谨慎地放下手。“要管理赌场，那你睡在哪儿？”

“当然睡在这儿啊。”他直截了当地回答。

“我睡的是赌馆里最后一间客房了，”她说，“其他的客房都有人睡了。我可不愿意跟你共用一张床。”

“明天会有很多房间空出来。我要把赌馆里的妓女都撵走。”

形势变化如此之快，她踉跄的脑子简直跟不上。塞巴斯蒂安以迅雷不及掩耳之速接替了她父亲，掌管生意和手下的伙计。她惊慌失措，认为自己把一只病猫领进门，又眼睁睁地看着它变成发威的老虎。她唯一所能做的，就是无助地站在一边看着他由着性子大刀阔斧地改革。她绝望地想，就让他任意胡为几天，等过两天他折腾够了，也就罢手了。与此同时，她只能尽量把损失降到最低。

“你想把赌、赌馆里的妓女都赶到大街上去吗？”她故作镇定地问。

“我会代表赌馆给她们发一笔可观的遣散费，作为对她们服务的报偿。”

“你还要再招新妓女吗？”

塞巴斯蒂安摇摇头，“我的道德感并不排斥卖淫——实际上还很赞成——不过人们要是把我当成皮条客我就完了。”

“皮什么？”

“皮条客，就是男的老鸨。给嫖客介绍妓女的男人。我的老天啊，你小时候是不是整天把棉花球塞在耳朵里？你一次都没听过吗？难道你从没想过为什么有女人穿着暴露，整天在楼梯上走上走下？”

“我每次都是白天来的，”伊薇正襟危坐地说，“很少见到她们拉客。后来大一点懂事了，父亲就限制我来这儿了。”

“这也许是他为你做的为数不多的几件好事之一了。”塞巴斯蒂安不耐烦地一挥手，算是结束了这话题，“再来说我们手上的事……我不光不想保留这些二流妓女，也不想她们占用我们的房间。一到晚上所有的床都被占了，赌馆的会员不得已只能去马厩里找乐子了。”

“真是这样？”

“那个马厩四处透风，刮得沙沙响。我这话错不了。”

“你——”

“好在离这里两条街以外有个很棒的妓院。我敢肯定可以和女主人布拉德肖夫人达成协议。我们的会员如需服务，就步行到她那儿，以优惠价享受服务，服务结束后再返回。”他扬起眉毛，似乎希望她能赞赏这一想法，“你觉得怎么样？”

“我觉得你这样做和拉皮条也差不多，”伊薇说，“只不过更隐蔽些。”

“甜心，只有中产阶级才讲道德。穷人讲不起，而上流社会又实在太空。”

伊薇慢慢摇了摇头，瞪圆了眼睛一动不动地盯着他，他靠过来把一颗葡萄放到她微启的嘴里。“你什么也不用说，”他微笑着低语道，“一定感激得说不出话来了吧。有我在这儿照顾你多好。”

见她双眉紧锁，塞巴斯蒂安轻轻笑了起来，“你是不是担心我哪天兽心大发，趁你身体不适把你怎么样……我倒是可以这么做，如果你求我的话。”

伊薇紧紧咬住甜美多汁的葡萄，牙齿和舌头合力把葡萄籽挤了出来。塞巴斯蒂安看着她嘴巴一动一动地吃葡萄，脸上的笑容渐渐淡去，身体向后一靠。“现在的你还太嫩，什么都不懂，我可没兴趣费那事。”他冷静地说，“我看哪，等你被哪个肯费心的男人调教过以后再引诱你也不迟。”

“你没机会了，”她沉着脸说，“我可不像那些资产阶级，跟自己的丈夫睡觉。”

他禁不住大笑起来，“我的上帝啊，为了说这句话，你一定等了很久了吧。恭喜你，孩子。我们结婚还不到一个月，你已经学会反击了。”

第九章

伊薇从不知道第一夜丈夫是在哪儿睡的，一定不是什么舒适的地方。那一夜她也睡得不踏实，忧虑像钟点一样有规律地侵袭着她，好几次跑去查看父亲的情况，给他喂水，把床单掖好，咳嗽得厉害时让他服药。每次醒来，他都像第一次见她那样惊讶地望着她问："我不是在做梦吧，丫头，你怎么会在这儿?"她抚摸着他的头发，轻言慢语地回答。

天刚蒙蒙亮，伊薇就起来洗漱，穿好衣服，用发卡把编好的辫子在脑后挽成一个发髻。她打铃叫来女佣人，让她准备热鸡蛋、肉汤、茶和其他能想到的刺激食欲的东西，父亲已经越来越没胃口了。赌馆早上一般比较安静，大部分员工这会儿都在睡觉，因为每天都要工作到凌晨。不过，一般总有几个当班的人，干点儿小零小碎的活儿。厨师不在时，厨房里会留个帮忙的女佣，谁要点些简单的饭食就让她准备。

从父亲房里传来一阵刺耳的咳嗽声。伊薇赶紧跑到他的床边，见他对着手帕一阵猛咳，痛苦地喘着气，胸膛一起一伏，伊薇觉得肺里隐隐作痛。她手忙脚乱地在床头柜上的药瓶里一阵乱翻，找到吗啡糖浆，倒了一勺，用一只手臂抵在父亲的后颈，托着又热又潮的头，让他慢慢坐起来，又一次震惊于他的孱弱消瘦。他收紧身体，努力地把一阵咳嗽压下去。结果身子又一颤，把她手里的药也震翻了，药水滴到了床单上。

“对不起。”伊薇低声说，很快用纸巾吸干了床上黏稠的糖浆，又倒了一勺，“我们再试一次，爸爸。”他努力地喝药，吞咽时青筋暴露的喉咙一动一动。喉咙里还有些残留的痰，又是噼里啪啦的一阵咳嗽，她赶紧把枕头抵在他身后。

伊薇让他舒服地靠在床上，把一块折好的手帕塞到他手里。眼前分明是个她跟本不认识的陌生人，她盯着他那瘦削憔悴的脸和斑白的胡须，想找到一丝丝父亲当年的痕迹。那时父亲脸庞饱满，面色红润，生龙活虎……每次一讲起话来，就手舞足蹈，那双会说话的手时不时握紧拳头，向天上猛击，时时刻刻表明他曾是个拳击手。现在的他只是当年那个壮汉的苍白的影子。由于体重迅速减轻，他面色灰白，脸上的肉耷拉下来。然而，他的蓝眼睛一如当年……又大又圆，那蓝色是一汪爱尔兰大海。这眼睛是伊薇所熟知的，她终于笑了。

“我已经叫人去准备早饭了，”她低声说，“很快就会送来。”

詹纳轻轻摇了摇头，不想吃。

“哦，要的。”伊薇坚持说，半个身体坐在床边靠着他，“你得吃点东西，多少吃一点，爸爸。”她拿起吸水手帕的一角，轻轻擦去沾在他嘴角胡须上的血迹。

他轻轻一皱眉。“梅布里克的人，”他用嘶哑的声音说，“她们会来找你吗,伊薇?”

听到这儿,她满足地一笑,觉得很解气,“我已经永远脱离他们了。几天前我偷偷跑到葛特纳格林结、结婚了。他们现在不能控制我了。”

“跟谁结婚了?”詹纳睁大了眼睛,简短地问道。

“圣·文森特老爷。”

女佣人轻轻敲了下门,走了进来。手上拿着个托盘,上面放满了盘子。伊薇起身帮忙,清了清床头柜上的东西。尽管饭菜很清淡,父亲一闻到味道还是向后缩,伊薇见了不由一阵心酸。“对不起爸爸,让你不舒服了。不过,你至少得喝一点肉汤。”她拿起餐巾围在他胸前,把一碗肉汤端到他嘴边。他喝了几口,身体向后倒去。她给他擦嘴,见他仔细地端详着自己,便抱歉地笑笑,该解释婚事了。她早就考虑过这件事,觉得在他面前无须假装陷入爱河。父亲是个实际的人,或许根本从未指望自己的女儿会为爱情而结婚。在他看来,人的出生无法选择,既然来到这个世界就要尽力生存。如果在人生的旅途能找到一丁点儿快乐就要好好享受,而对之后所付的代价也无须抱怨。

“还没什么人知道这桩婚事呢,”她说,“实际上这桩婚事不错,我们相安无事,我对他也没有什么幻想。”

詹纳张开嘴吃下伊薇送到他嘴边的一勺鸡蛋,细细考虑她的话,直言不讳地说:“他父亲,那个公爵,是个连斧头都没举过的软蛋。”

“不过圣·文森特老爷还是很聪明的。”

“是个冷酷无情的人。”詹纳评论道。

“是的。不过也不总是这样。有时候——”伊薇突然停了下来,脸噌地红了,想起两人在床上,塞巴斯蒂安伏在她身上的情景。他的身体温暖而结实,后背的肌肉在她的指尖突起。

“还是个寡廉鲜耻的人。”詹纳实事求是地说。

“这个我不在乎,”伊薇也同样坦诚,“我不会要他忠于我。我已经从这桩婚姻中得到我想要的了。至于他想要的……”

“啊,我会寄菜给他的。”她父亲和蔼地说了句伦敦土话,是当地人还钱时常说的,“他现在在哪儿?”

她又喂给他一勺鸡蛋。“一定还躺在床上。”

女佣人正要出门,听到这儿,在门口停了下来。“小姐,抱歉打断您……不过圣·文森特老爷一早就把罗恩先生叫醒了,把他拖到东拖到西,不停地盘问,还拿一堆清单让他看。罗恩先生现在满腹牢骚。”

“圣·文森特老爷就喜欢这样折腾人。”伊薇冷冷地说。

“什么清单?”詹纳问。

伊薇不敢承认塞巴斯蒂安擅自接管赌馆的事,怕惹父亲不悦。女儿的交易婚姻他倒还能接受,生意上出了问题可就是大事了。“哦,”她含糊地说,“一定是那块旧地毯,他想要换掉。还有就是改善一下餐具柜的食单,就这些事吧。”

“嗯。”她把那碗肉汤又端到他嘴边,他皱起眉头说:“告诉他,伊根没走以前,他什么也不许碰。”

“好的,爸爸。”

伊薇眯起眼睛,暗暗地给女佣使了个眼色,警告她别再多话。女佣心领神会地点点头。

“你不像以前那样舌头打结了，”詹纳说，“这是怎么回事，丫头？”

伊薇仔细回想着，一周以来，她的口吃的确好多了，“我也不太确定。可能是因为离开梅布里克后，我觉得……镇定多了。离开伦敦不久我就注意到了……”她简单地向他描述了怎么去的葛特纳格林，又是怎么回来的，当然省去了和塞巴斯蒂安亲热的内容。谈话间，他被逗乐了几次，对着手帕直咳嗽。谈着谈着，他的脸放松了，是吗啡在起作用。她吃了一片他没碰过的土司，喝了杯茶，把早餐托盘搁在门口。

“爸爸，”她语气平缓地说，“睡觉之前，让我帮你洗脸刮胡子。”

“不用了。”他回答，由于吗啡的作用眼里闪着光。

“让我来照顾你。”她坚持道，走到盥洗池边，女佣走之前把一盆热水留在了那儿。“我看，你洗完脸刮了胡子后会睡得更好。”

他似乎已无力争辩，只是叹了口气，又咳嗽了几声，看着她把一瓷碗水和刮胡工具拿到床边。她把毛巾绕在他的喉咙上，盖住了他的胸口。毕竟是第一次给男人刮胡子，她拿起刮胡刷，蘸了蘸水，小心翼翼地伸进一杯泡沫中。

“先用毛巾，丫头。”詹纳小声说，“把胡子搞湿，让它变软。”

伊薇按照他的指示，拿过另一条毛巾浸在水里，稍稍搅干后轻轻擦拭着他的下颚和喉咙。过了一会儿，她把毛巾拿开，用刮胡刷把泡沫涂在他下颚的一边，决定刮完一边后再刮另一边。她打开刮胡刀，有些疑惑地看了看，小心翼翼地靠近父亲。刀片还没碰到他的脸，就听到门口传来一阵讥讽。

“我的上帝啊。”伊薇一扭头看到了塞巴斯蒂安。他不是对她说话，而是对她父亲。“我不知道是该夸你勇敢还是该问问你是不是丧失理智了。竟让她拿着把刀靠近你。”他悠闲地踱着步子走到床边，伸出手。“亲爱的，把那个给我。你父亲要是一咳嗽，你准得把他的鼻子割掉。”

伊薇毫不疑心地把刀片给了他。虽然睡眠不足，她丈夫看上去还挺有精神，胡子刮得干干净净，头发洗过了，梳得油光水滑的。他身着一套裁剪合体的西装，显得更加颀长。上装是炭黑色料子做的，衬得他金色的头发越发漂亮。她昨晚就注意到，他身上凝聚着一股活力，仿佛只要呆在赌馆里就能精神焕发。眼前的两个男人形成了巨大的反差，一个年老孱弱，另一个魁梧健壮。见塞巴斯蒂安向父亲走近，伊薇本能地想把他们隔开。她觉得自己的丈夫如同一头猛兽，正要去解决无助的猎物。

“把磨刀皮带拿来，宝贝。”塞巴斯蒂安吩咐她，嘴角微微上扬，露出一个微笑。

她起身去取，从盥洗池回来时，他已经在床边坐了下来，就是她刚才坐的位置。“刮胡子前后都要记得把刀片磨快。”塞巴斯蒂安低声说，把刀片打开顺着皮带来回磨着。

“它看着已经够快的了。”伊薇有些怀疑地说。

“甜心，刮胡刀怎么快都不过分。开始刮之前把整张脸都沾上肥皂。泡沫会把胡须弄软。”他身体向后挪了挪，让她把肥皂涂到她父亲的脸上，接着用胳膊将她向外推了推，害她只能半坐到床垫上。他一手拿着刀片，问詹纳：“可以吗？”

令伊薇惊讶的是，父亲居然点点头，似乎对塞巴斯蒂安不存一丝戒心。为了看得更清楚些，她走到了床的另一边。

“让剃须刀在脸上走，”塞巴斯蒂安说，“手上不要使力。顺着胡子长的方向走，跟着它的纹理……就像这样。不要让刀片和胡子平行。从侧面的胡子刮起……然后是正面……再到脖子的两侧，看到了吧……”塞巴斯蒂安一边说一边刮着灰白的胡须，一下一下干净利落。“要经常冲洗刀片。”修长的手指轻柔地在她父亲脸上移动，不时变换着方向，让胡须刮后紧绷的皮肤得到松弛。他的手势异常娴熟，轻巧而敏捷，没有多余的动作。伊薇微微摇了摇头，简直不敢相信自己所看到的：塞巴斯蒂安，圣·文森特老爷，正熟练地给父亲刮胡子，仿佛已侍奉了他多年。

这件男性的日常工作结束后，詹纳的脸变得又光又亮，塞巴斯蒂安把他脸上残留的泡沫擦去。只有下巴上刮开一个小口子，他用毛巾在上面按了一下，小声说，“肥皂里要再加一点甘油。我的男仆做的刮胡肥皂比这个好得多……今天就让他拿一点过来。”

“谢谢你。”伊薇回答说，她看着他，胸口痒痒的，感到很温暖。

塞巴斯蒂安凝视着她的脸，不知道看到了什么，竟被迷住了。“床单得换换了，”他说，“我来吧。”

伊薇摇摇头，不想让他看到父亲衰弱的身体，她知道，这样一来父亲以后面对他就会处于弱势。“谢谢你，不过不必了。”她坚定地说，“我会打铃叫女佣来的。”

“非常好。”他瞥了一眼詹纳，“先生，您先休息吧。若您允许，我稍后再来探望。”

“好。”她父亲同意了，眼神迷离。他闭上眼睛躺下，叹了口气。

塞巴斯蒂安把刮胡刀洗干净，又在磨刀皮带上磨了磨才放回皮盒子里。这当儿，伊薇整理了一下房间。她和塞巴斯蒂安一起走到门口后停了下来，身体靠在门柱上，不无忧虑地盯着他的脸，“你把伊根先生赶走了吗？”

塞巴斯蒂安点点头，一只手撑在她头上门柱上，身体慢慢靠近。尽管他的姿势放松而随意，伊薇仍感到受压迫。不解的是，她竟觉得有一丝愉悦。“他一开始气势汹汹的，”塞巴斯蒂安回答说，“得知我已经看过账簿之后就马上变得像小羊羔一样温顺。我们没有起诉已经是他的万幸了。罗恩在帮他打点，好让他马上走。”

“你为什么不起诉伊根先生？”

“这样只会坏了赌馆的名声。任何财务危机，哪怕走漏一点点风声，都会让顾客质疑我们的经营状况。那倒还不如认亏，从今往后好好干。”见她一脸紧张的样子，他轻轻地吐出一句话，令她大吃一惊，“转过身去。”

她双目圆睁，“什、什么？干嘛？”

“转过身去。”塞巴斯蒂安重复了一遍，直到她慢慢地转了过去。她紧张极了，一颗心剧烈地怦怦直跳。他用双手环住她，抓起她的手腕，把她的手放到门柱上。“甜心，抓住门柱。”

她完全糊涂了，闭上眼睛静静等着，心里七上八下，不知道他葫芦里卖的什么药，突然心猛得一紧，感到一双大手扶上了她的肩头，手指轻揉着她后背上部，试探着，搜寻着……他似乎找到了感觉，轻轻地揉搓起她的整个背部，一下一下地按压疲劳的肌肉，减轻酸痛感，灵巧的指尖搜寻着酸痛的部位，痛得她猛吸了几口气。他手上用力越来越大，手掌从上到下不断移动，两只大拇指深深地按压她的脊椎。伊薇像猫一样弓着身子，感到羞愧难当。塞巴斯蒂安把手慢慢移了上来，发现她酸痛的肌肉都聚集在肩膀和颈部，便不断地揉搓按压，直到她喉咙里发出一声轻轻的呻吟。

面对这样一双老道的手，任何女人都会臣服的。他抚摸着她，激起了无限欲火，她酸痛的肉体感到无比欢愉。她尽量靠着门柱，呼吸变得又慢又沉。背部在他神奇的控制下好像拉长了，渐渐松弛下来。这种感觉太奇妙了，真不想他停下。

最后塞巴斯蒂安的手慢慢离开了伊薇的身体，她很惊讶，自己居然没有融化成地上的一摊水，转过身来瞥了一眼他的脸，满心期待他讥笑一声或说句嘲讽的话，可他却脸色凝重，面无表情。“有件事我得告诉你，”他咕哝道，“不能让别人听到。”他一把抓住她的手臂，将她拖出她父亲的房间，拉到隔壁的空房间里，正巧是她昨晚睡的那间。塞巴斯蒂安关上门，慢慢逼近她，仍然面无表情。“罗恩说对了，”他直截了当地说，“你父亲拖不久了。能活到明天就是奇迹了。”

“知道。我……我想这点大家都很清楚。”

“今天早上我和罗恩详细讨论了你父亲的病情。他给我看了医生上次诊断留下的病情单。”塞巴斯蒂安把手伸进口袋，从里面掏出一张折好的纸交给她，纸上印的字极小。

伊薇看到病情单最上面写着结核病新理论几个字。房间里很昏暗,只有从一扇小窗户里透出的一点光,她感到眼睛很累,便摇摇头说。“我过会儿再看好吗?”

“行。不过让我告诉你这个理论的主要内容——它是说这种结核病是由一种活的有机体引起的——这种有机体很小,肉眼根本看不到,寄居在受感染的肺里。任何健康人如果吸入病人从肺部呼出的气体就有可能染上它。”

“肺里有小的寄生物?”伊薇茫然地重复道。“这太荒谬了。患肺结核是由于先天抵抗力不足……或是在寒冷和潮湿的户外呆得太久……”

“我俩都不是医生,也不是科学家,这样讨论病情根本毫无意义。不过,安全起见……我恐怕得限制你和你父亲呆在一起的时间。”

病情单从伊薇手上滑落。这番话令她极为震惊,脉搏狂跳起来。她和父亲经历了那么多伤心的别离,现在好不容易在一起,他还想限制他们最后的几天时光——就因为病情单上那套站不住脚的医学理论?“不!”她斩钉截铁地说,感到喉咙发紧,想说的话一下子脱口而出,“这绝、绝、绝不可能。我想和他呆多久就呆多久。你压……压根不关心我,也不关心他——你只想对我狠一点,只想显示你现在有权、权利这么做——”

“我看过床单,”塞巴斯蒂安简短地说,“上面满是他咳出来的血、脓,还有鬼知道什么东西……你跟他在一起时间越长就越可能吸入让他丧命的东西。”

“我可不相信你这愚蠢的理论。我可以找到一、一打医生来证明这种说法是多么荒唐可笑——”

“我不能让你冒这个险。见鬼，难道你希望六个月以后躺在床上，眼睁睁看着自己的肺一点点地烂掉？”

“就算真、真、真要那样，也跟你没关系。”

接下来是一阵愤怒的沉默，他们互相怒视着对方。伊薇突然觉得自己的话刺伤了他，甚至比预料的更深。

“说的没错，”塞巴斯蒂安暴躁地说，“如果你也想变成结核病人，现在立刻去。不过到时候可别指望我坐在床边痛心疾首。我什么都不会为你做。那时就算你把肺咳出来，我也只会在一边冷笑，告诉你一切都是你自找的，谁让你当初犟头倔脑不听我的话！”他忿忿地两手一甩，结束谈话。

不幸的是，过去伊薇经常被佩里格林姨父这样责骂，已经分不清楚什么手势表示愤怒，什么手势是打人的征兆。她本能地畏缩着，举起双臂挥舞着护着头，觉得就要挨打了，可拳头却迟迟没有落下来，便迟疑地放下手臂，呼了一口气，塞巴斯蒂安一脸茫然地望着她。

接着，他脸色一沉。

“伊薇，”他说，声音又急又猛把她吓坏了，“你以为我想……老天。你挨过打。有人打过你——到底是谁？”他突然伸出手来抱她——实在太突然——她踉跄地朝后退了几步，重重撞到墙上。“天哪。”塞巴斯蒂安轻柔地说，表情凝重地注视着她，身体一动不动，好像在同某种强烈的情感抗争着。过了许久，他温柔地说，“我绝不打女人。我绝不会伤害你。这你知道，是吗？”

他闪亮的眼睛专注地凝视着她，她无法动弹也无法出声，由他慢慢靠近，心悸动起来。“让我靠近你。没关系。放松。”他一只手臂慢慢环住她，另一只手抚弄着她的头发。她慢慢放松下来，平稳地呼气，吸气。塞巴斯蒂安把她拉近自己，亲吻她的太阳穴。“是谁打你?”他问。

“我、我姨父。”她努力地说着。听到她的口吃，他的手在她背上不动了。

“梅布里克的人?”他耐心地问。

“不，是另、另一家。”

“斯塔宾斯。”

“对。”他的另一只手臂也慢慢移到伊薇身上。她愉悦地闭上眼睛，紧紧地贴着他的胸膛，脸伏在他的肩头，闻到了男性干净的肌肤，混杂着一丝淡淡的檀香古龙水味。

“他经常打你吗?”他接着问，“打过你不止一次?”

“我……这、这个现在已经不重要了。”

“到底是不是经常打你，伊薇?”

她意识到他一定会追问到底，便咕哝说：“不是很、很频繁，但是……有时候我惹他不高兴了，或是惹弗、弗洛伦斯姨妈不高兴了，他就会发脾气。上、上一次我要逃跑，他把我的一只眼睛打青了，还打破了我的嘴唇。”

“他真这么做了?”塞巴斯蒂安沉静了良久，然后低声冷冷地说，“我要把他大卸八块。”

“我不要你这样做，”伊薇认真地说，“我、我只是想不再受他的欺负，不受他们所有人的欺负。”

塞巴斯蒂安低下头看着她通红的脸。“没人敢欺负你。”他低声说，抬起手轻抚着她的颧骨，手指顺着淡金色雀斑越过她的鼻梁。她闭上眼睛，长长的睫毛盖在眼睛上。他抚摸着她细长弯曲的眉毛，用手掌托起她的脸。“伊薇，”他低语道，“我以性命发誓，绝不会用这双手来打你。也许不管在哪方面，我都是个糟糕透顶的丈夫……但我绝不会以那种方式伤害你。你一定要相信。”

她皮肤上细腻的神经如饥似渴地吮吸着所有的感觉……他的轻抚，他那充满诱惑力的呼吸轻轻掠过她的嘴唇。伊薇不敢睁开眼，不敢做任何事破坏这一刻。“是，”她努力地说，“是……我——”

他的唇压在她的唇上，试探地吻着，一下又一下，甜蜜而美好。她向他张开嘴，微微地喘着气。他的唇更深入地试探着，热烈似火，温柔如丝。指尖轻轻划过她的脸庞，微微调整着两人之间的角度。

伊薇身体摇晃着，好像失去了平衡，塞巴斯蒂安温柔地拿起她的一只手，放到颈后，她举起另一只手，两只手缠绕在一起，紧紧地扣着他的脖子，回应着他甜蜜的热吻。他呼吸急促，胸膛一起一伏摩擦着她的胸，令她躁动不已。突然他的吻变得更深更热烈，激情砰然迸发，她靠着他，兴奋地扭动着身体，迫不及待地想更亲密地接触他结实的男性身体。

塞巴斯蒂安喉咙里发出了一声低低的、热切的呻吟，可他却将嘴唇抽离出来。“不，”尽管他话语轻柔，这声“不”却极其刺耳，“不，等等……亲爱的……我并不想这样。我只是……该死。”

伊薇的手指紧紧拽着他的大衣，脸牢牢地靠在他光滑的丝绸领结上。塞巴斯蒂安用手托着她的后脑勺，身体支撑着重心不稳的她。“我刚才是认真的，”他把嘴埋在她的头发里说，“如果你想照顾父亲，就要照我的规矩来。让房间保持通风——我要门和窗户一直敞开。你不要和他坐得太近。还有，不管什么时候，只要你跟他在一起，就得在脸上系上手帕，盖住口鼻。”

“什么？”伊薇移开了身体，瞥了他一眼，简直不敢相信自己的耳朵，“这样做那些看不见的生物就不会飞进我的肺了？”她讽刺地问道。

他眯起了眼睛，“不要考验我的耐心，伊薇。我本来都不允许你去看他。”

“在脸上系一块手帕，真是荒唐。”她抗议道，“这样做只会伤害我父亲的感情。”

“我才不管。你得记住，如果不遵守规矩就不能见他。”

又一股怒火在伊薇心中升起，她猛地一下挣开他。“你比梅布里克的人好不了多少，”她苦涩地说，“我嫁给你是要得到自由。结果只是换了狱卒而已。”

“没有人能得到绝对的自由，孩子。就是我也不行。”

她双拳紧握，愤愤地望着他，“至少你可以决定自己想做的事。”

“还有你想做的事。”他嘲讽地说，似乎很得意自己惹恼了她，“老天啊，看看你这场无名之火，你这么激烈的反应……惹得我更想要你了。”

“你别想再碰我，”她尖厉地说，“永远别想！”

他狂笑起来，朝门走去。

第十章

晚上回到父亲房里时，伊薇知道他的大限已到。他脸色蜡黄，头颅发白，嘴唇变青，肺里已经无法吸入足够的氧气了。她真希望能替他呼吸。带着僵硬的微笑，她盯着他的脸，抓过他冰凉的手，使劲地搓着，仿佛这样能温暖他。“爸爸，”她低声说，轻抚着他稀疏的头发。“告诉我该怎么做，告诉我你要什么。”

他用温和慈爱的眼神凝视着她，萎缩的嘴唇在皱纹丛生的脸上微微一动，挤出一个微笑。“堪姆。”他轻声说。

“是，我这就派人把他找来。”伊薇焦躁不安地用手梳理他的头发。“爸爸，”她柔声问道，“堪姆是我弟弟吗？”

“啊，”他叹了口气，皱起眼睛。“不，丫头，真是这样该多好。他是个好孩子啊……”

伊薇靠近他，吻了吻他消瘦的手，起身离开床。她快步走到钟绳边，用力拉了几下。不多久，一个女佣出现了，比以往快多了。“小姐，什么事？”

“去把罗恩先生找来，”伊薇说，声音微微颤抖。她停了一下，考虑要不要把塞巴斯蒂安也找来……不过父亲并没说要见他，再说他那么冷静理性，而自己却多愁善感，两个人在一起太不和谐……还是不要了。有些时候的确得依靠他，不过这会儿不合适。“快去吧。”她低声对女佣说，说罢转身回到父亲身边。

她故作镇定的表情中还是透出了心中的些许恐惧，父亲无力地拉过她的一只手，让她靠近点。“伊薇，”他用微弱的声音说，“我就要去见你母亲了，你看到了吗……她让人帮我把后门留着……我就可以偷偷溜进天堂了。”

几滴热泪夺眶而出，她强忍悲痛，轻轻地笑着。

堪姆很快走进房间。他漆黑的头发一团乱，衣服也是皱巴巴的，完全不像以往的作风，似乎刚刚急匆匆地穿戴好。尽管表面上镇定自若，和伊薇对视时眼里分明闪着晶莹的泪光。她站起身来，退到一边，哽咽了几次才好不容易说道：“你得俯身靠近点才能听见他说话。”她已嗓音沙哑。

堪姆在床头俯下身来，像伊薇那样抓起他的手握着。“在我心中，您就是我的父亲，”年轻的吉卜赛人轻柔地说，“您平静地离开吧。上帝会给您指一条新的人生路。”

詹纳小声嘱咐着他，男孩把头靠了过去，轻轻地搓着老人的手。“是的，”堪姆欣然应允，尽管从他耸起的肩膀，伊薇看出其实他并不喜欢父亲叫他做的事，“这件事我一定会办到。”

说完后，詹纳吁了口气，闭上了眼睛。堪姆慢慢离开床边，让伊薇上前来。“没事，”他感到她在颤抖，便轻轻地说，“我祖母总是对我说，‘勇往直前，不要回头——你永远也不知道会遇到什么。’”

伊薇试图从这番话中找到安慰。视线模糊起来,喉中隐隐作痛,她坐在父亲身边,一只手臂环着他的头,另一只手轻轻放在他的胸膛上。呼噜呼噜的呼吸声沉寂了,他只是轻轻地哼了一声,好像在回应她的触碰,生命正在逐渐离开他的身体。堪姆的大手不知不觉地搭着她的手臂,轻轻握着。

房间里一片死寂。伊薇几乎能听到自己心跳的"咚咚"声。她从未经历过死亡,现在却要直面它,即将失去这世上唯一真正爱过自己的人,想到这,她心里充满了凄凉的恐惧感。隐约感到有个高大的身影,她泪眼涟涟地朝门口扫了一眼,发现塞巴斯蒂安正站在那儿,脸上带着难以捉摸的表情,她这才猛然意识到自己是多么需要他。他用月长石般明亮的眼睛凝视着她,眼神里的某种东西使她镇定下来。

伊沃·詹纳呼出最后一口气……再无声息了。

他的生命终结了,伊薇把脸靠在他的头上,合上了满是泪水的双眼。"再见了。"她小声说,泪水淌入他曾经红润的卷发里。

片刻后,伊薇感到堪姆有力的手把她往床外拉。

"伊薇,"男孩低低地说,背过脸去,"我得……我得处理遗体了。和你丈夫一起离开吧。"

伊薇点点头,想站起来,可双腿却像灌了铅一样。堪姆用手梳理着她的头发,嘴唇温柔地亲吻着她的额头。泪水模糊了她的视线,她躲开他的吻,跌跌撞撞走向自己的丈夫。塞巴斯蒂安几步走到她跟前,把一块手帕塞到她手里。她感激地握着,伤心欲绝,只顾抽鼻子抹眼泪,根本没注意,也不关心自己究竟往哪儿去。塞巴斯蒂安有力的手臂紧紧搂着她的腰,托着她的背,带着她离开伊沃·詹纳的套房。

“与其让他那么痛苦，”塞巴斯蒂安实在地说道，“还不如这样，他也解脱了。”

“没错，”伊薇麻木地吐出几个字，“没错，当然。”

“他有没有对你说什么？”

“他提到了……我母亲。”想到这儿，她的眼圈又红了，嘴角上挤出一个笑容，“说母亲为他留着通往天堂的后门。”

塞巴斯蒂安把伊薇带进卧室。她一头栽倒在床上，蜷起身体，侧身躺着，用手帕紧紧捂着鼻子。她从未像现在这样悲恸欲绝，泣不成声，喉咙里发出阵阵悲号，胸口像是被一块大石头堵着，透不过气来。她隐约感到有人拉上了窗帘，听到塞巴斯蒂安吩咐女仆去拿酒和一罐冷水来。

尽管就在房里，塞巴斯蒂安并未靠近。他来回踱了几分钟后，坐在床边的一把椅子上。很明显，他不想伊薇在他怀里哭泣，宁可避免这种情感上的亲密接触。她可以在他面前欢欣雀跃，一旦沉溺于痛苦，他却无法拥她入怀。不过，他也绝无离开她的意思。

女仆拿来了酒，塞巴斯蒂安用枕头把伊薇的头垫高，递给她满满一杯。接着，他拿起一条冷的湿毛巾，轻轻地按压着她红肿的眼睛，如此关怀备至，细心体贴，好像在照顾幼儿。

“那些伙计，”过了一会儿，伊薇咕哝起来，“赌馆，还有丧礼要……”

“这些我都会处理的，”塞巴斯蒂安镇定自若地说，“先关了赌馆，再安排葬礼。要不要请你哪个朋友过来？”

伊薇立刻摇摇头，“我不想让她们难做，也不想和任何人说话。”

“我明白。”

她喝下第二杯酒，塞巴斯蒂安仍没有离开的意思。伊薇知道他是不放心，便把空酒杯搁在床头柜上，“没事了，我要休息了。你去忙吧，赌馆还有那么多事呢。”她说话有些大舌头了。

他从椅子上站起来，仔细地打量她，“你醒了就叫我。”

伊薇醉醺醺地独自躺在半明半暗的房间里，昏昏欲睡。真奇怪，为什么总有人说，如果事先有心理准备，亲人的死便容易接受了。这并不容易啊。可能还有人会说，既然她从未真正了解过父亲，则更不必为他的离去而伤心。可事实是，正因为如此，她更觉悲痛。可以用来安抚伤痛的记忆少得可怜……毕竟他们在一起的时光屈指可数。伴随悲伤而来的还有无边的失落……甚至于，她感到有些愤怒。难道说自己就这么不值得爱，一生中只配得到那么一丁点儿关怀？难道自己生来就缺失某种必要的禀赋，根本无法吸引任何人的爱？

她意识到再这样任思绪信马由缰下去，就要跌入危险的、自哀自怜的深渊了，于是闭上眼睛，颤抖地叹了口气。

堪姆离开伊沃·詹纳的房间后，在大厅里遇到了圣·文森特。金发男人蹙起眉头，声音里有一丝冷冷的高傲：“如果我妻子听听老一套的吉卜赛说教能感到安慰，我倒不介意你跟她说说。不过，要是再让我看到你吻她，哪怕只是出于礼貌，我也会把你变成太监。”

伊沃·詹纳尸骨未寒，圣·文森特却有兴致在这里争风吃醋，换了别的男人，一定会气愤不已。可堪姆却饶有兴致地望着这位子爵大人。

堪姆有意字斟句酌，想试探一下眼前这个男人，只听他轻声说道："我要真想对她那样，根本不用等到现在。"

警告在圣·文森特冰蓝色的眼里一闪而过，流露出某种深藏着、不愿承认的情感。圣·文森特对妻子的那种无声的渴望是堪姆前所未见的。无论何时，只要伊薇出现，圣·文森特就像调音叉那样震动起来。

"关心一个女人并不意味着就要跟她上床，"堪姆指出，"不过似乎你对此并不认同。你是不是对她太痴迷了，认为所有人都跟你一样？"

"我并没有痴迷于她。"圣·文森特厉声说。

堪姆身体一侧，靠在墙上，逼视着眼前这个目光如炬的男人，通常保有的耐心所剩无几，"你当然痴迷于她，谁都看得出来。"

圣·文森特给他一个警告的眼神，"你再说一个字，"他低沉地说，"就和伊根一个下场。"

堪姆幽默地举起双手，装作自卫，"接受警告。顺便说一句……詹纳临死前提到了布拉德。在遗嘱里给他留了一笔钱……要我们给他。"

圣·文森特眯起眼睛，"他为什么要把钱留给布拉德？"

堪姆耸了耸肩，"我也说不出原因。不过我要是你，可不会违拗詹纳的遗愿。"

"这他能管得了吗？我真要违拗起来，谁也不能把我怎么样。”

“你不尊重他的遗愿，小心他的鬼魂来赌馆找你。”

“鬼魂?”圣·文森特不相信地扫了他一眼，“我的天，你不是说真的吧?”

“我是吉卜赛人，”堪姆如实回答，“当然相信有鬼魂。”

“你只有一半吉卜赛血统。我本以为，至少另一半的你还有点理性。”

“另一半是爱尔兰血统。”堪姆略表歉意地说。

“我的天。”圣·文森特又说了一句，摇了摇头大步流星地离开了。

葬礼需要安排，赌馆急须重建，场子里的生意一片混乱，按理说，这会儿塞巴斯蒂安可没那闲工夫注意伊薇。可是，伊薇很快就注意到，女仆必须时刻向他汇报她的情况，什么每天睡多少时间，有没有按时吃饭，大概做些什么事情。一听说伊薇一连两顿饭没吃，塞巴斯蒂安就叫人拿托盘把晚饭送了上来，还附了一张言辞简练的便条。

小姐，

一个小时之内托盘要送回来让我检查。如果盘子里剩下任何东西，我就亲自来把它塞到你嘴里。

祝好胃口，

塞

为了避免塞巴斯蒂安不快，伊薇服从了命令。她有些恼火，不知道这番命令出于对她的关心还是一心想要支配她。然而,这之后不久,塞巴斯蒂安做了件颇费心的事。他付给裁缝双倍的工钱为伊薇赶制了三件丧服。不幸的是,他选的面料完全不合适。

女人第一年戴孝要穿绉纱孝服,这种材料呆板、僵硬,还扎皮肤,丧服须用胶合的线缝制而成。没人喜欢穿这种衣服,因为绉纱易燃,这点就很危险。还有,它一下雨就容易起皱,要么干脆破碎不堪。塞巴斯蒂安倒好,定了一件高档黑丝绒的,一件软麻纱的,还有一件羊绒的。

“我可不能穿这些。”伊薇皱着眉头对他说,把衣服放在床罩上,轻轻抚摸着。三件孝服堆在一块儿就像午夜的花朵。

孝服是塞巴斯蒂安亲自送上楼的,一收到就兴冲冲地拿来给伊薇。他站在床脚边,身体随意地靠在雕有花纹的、厚重的床柱上,一身素服。除了白衬衫和白衣领,他从头到脚全是黑色,英气逼人可想而知。浓重的黑色更衬托出白皙的皮肤和闪亮的金发。伊薇不止一次自鸣得意地暗忖,像他这样英俊得耀眼的男人怎么会有好性格呢——谁让他一出世就被宠得不像话。

“这些衣服到底哪里让你不满意啦?”塞巴斯蒂安问,瞥了一眼丧服,“不都是黑色的吗?”

“嗯,是黑色没错,不过不是绉纱做的。”

“难道你想穿绉纱?”

“当然不想——没人想。可是,别人看到我穿其他的料子会说闲话的,那就麻烦了。”

塞巴斯蒂安扬起一条眉毛,“伊薇,”他冷冷地说,“你瞒着家人私奔，嫁给我这个臭名昭彰的浪荡子，还住在赌馆里。这些你都做了，还管他妈的什么闲话呢？”

她不经意地瞟了一眼身上穿的裙子。那晚她逃出梅布里克一共带了三条裙子，这是其中的一条。她和女佣已尽了最大努力清洗，上面还是留下了旅途的痕迹，沾到泥水的地方皱巴巴的，穿在身上痒痒的。真想穿些又软又干净的新衣服。她轻轻抚摸黑丝绒的褶皱处，指尖在柔软的绒面上留下光滑的印记。

“你得学会不理睬别人说什么，”塞巴斯蒂安低声说，走到她身后，手指轻轻搭在她肩头，惹得她一阵心慌，“那样你会开心很多。”他喉咙里突然有一丝笑意，“让我告诉你，别人的谣言要听着，自己的就别理会。”

他的手伸向她身上棕色羊毛裙后背的纽扣，她紧张得浑身僵硬，“你要干什么？”

“帮你换衣服啊。”

“我不要。我不想现在换。我……哦，请别这样！”

他坚持要换，一只手滑到她胸前箍着她，好让她别动，另一只手继续解背上的一排扣子。伊薇不想做无畏的抗争，便红着脸一动不动地站着，裸露的皮肤上满是鸡皮疙瘩。“我真、真希望你不要这样怠慢我。”

“‘怠慢’这个词意味着冷淡，”他回答，把裙子拉下她的臀部，“嚓”地一声摊在地板上。“亲爱的，我对你可绝不冷淡喔。”

“我只是想要一点尊重，”伊薇大叫一声，身上只有内衣裤，冷得瑟瑟发抖，“特别是我父亲刚……”

“你不需要尊重。你需要舒适，还得有人抱着你，要不就跟我在床上滚来滚去，可你又不愿意，那就让我给你揉揉肩，听我说两句吧。”塞巴斯蒂安温暖的手握着她只剩内衣吊带的肩，先揉搓僵硬的后背，两只大拇指在背部上方作扇形按摩，一下一下有力地按压。伊薇轻轻叫了一声，想要走开。他哄她呆着，继续娴熟地按摩。

“你的身份已经和几天前不同了。”他低语道，“不再是壁花，不再是处女，也不再是那个在梅布里克苦苦捱日子的无助小女孩了；你现在是子爵夫人，有一大笔财产，丈夫是个恶棍。知道该听谁的话了吗？”

伊薇感到很累，彷徨地摇摇头。塞巴斯蒂安带走了她的疲倦，也随之带走了她对自己情感的控制力。她担心自己一说话会忍不住哭起来，便默不作声，双目紧闭，努力平缓呼吸。“一直到现在，你的人生总在不断取悦他人，”他说，“很没成效吧？为什么不改变一下，也取悦一下你自己？为什么不按着自己的性子来生活的？你一直遵从世俗，结果得到了什么呢？”

伊薇正思忖着这些问题，突然兴奋地“嘶”地吸了口气，原来他按到了特别酸痛的地方。“我喜欢世俗准则，”她想了想说，“做个普通人有什么不好呢？”

“是没什么不好。不过你不是普通人——否则你就会嫁给尤斯塔斯而不是来找我。”

“我当时真是走投无路了。”

“这个不是主要原因，”他压低的声音如同猫咪的呼噜声。“其实你是着了魔。”

“我没有！我没有！”

“我放浪形骸，世人皆知。而你却喜欢逼迫我。你来我家，开出个让我无法拒绝的条件。别不承认——现在我已经够了解你的了。”

尽管有些悲伤和担忧，一丝微笑竟浮上了伊薇的嘴唇，叫人难以相信。“也许是有那么一会儿，我着了魔。”她承认道，“一想到我家人得知这个消息后暴跳如雷的样子，我就兴奋不已。”她又忧郁地补充道，脸上的一丝微笑消失了，“我厌恶和他们在一起的时光。要是父亲当初把我留在身边该多好，他完全可以请个人照顾我……”

“我的老天，”塞巴斯蒂安语气里没有一丝同情，“他为什么要把一个小孩留在身边？”

“因为我是他的亲人，他唯一的亲人啊！”

他不容置疑地摇摇头，“甜心，男人可不这样想。你父亲认为——他也完全有理由这样想——离开他对你更好些。你只有在好的环境中长大才能嫁个好人。”

“要是他知道梅布里克的人怎样对我……怎样虐待我——”

“你怎么知道你父亲不会虐待你？”塞巴斯蒂安这一问让她震惊不已，“上帝啊，要知道他曾是个拳击手。他可不会自控。如果你见他更频繁些，就会尝到拳头的滋味。”

“我不相信他会打我！”伊薇激动地说。

“别激动，别激动。”塞巴斯蒂安轻声说，伸手去拿床上的天鹅绒裙子，“还记得我对你说的么，不管什么原因，我绝不打女人，可这世上有很多男人并不顾忌这一点，你父亲很可能就是这样一个人。你可以不同意——但也别天真地以为他是个圣人，亲爱的。当然，话又说回来，在他的世界里——一个满是贫民窟、赌馆、流氓、罪犯和骗子的地方——他还算是个正人君子。他要是能听到，一定认为这赞扬当之无愧。来，抬起手臂。”他轻车熟路地将天鹅绒套在她头上，慢慢往下拉，让裙子从臀部松松地平展下来，还帮着她把手臂伸进袖子里。“那种生活不适合你，”他和蔼地说，“你就应该呆在郊外的庄园里，坐在碧绿的草坪上吃淋上奶油的草莓。心情好的时候就坐着马车出游，看看朋友什么的。等哪天我们再生个孩子。这样你就有事做了，和朋友们也有了共同的话题，我看你那些朋友们快有孩子了吧？”

这番随兴而至的话令人震惊，伊薇死死盯着他近在咫尺、英俊非凡的脸。谈到生孩子，他语气随便得仿佛在说买条小狗。他真有那么铁石心肠吗？

“你有兴趣生孩子？”忍耐再三，伊薇终于开口。

“不，宝贝。我跟你父亲一样不适合拖家带口。不过我得保证把你照顾好。”他眼睛坏坏地一闪，“我有兴趣制造孩子，不是养育孩子。”接着走到她身后，把裙子扣好，“想想自己究竟要什么，”他建议道，“只要敢去追求，就没什么得不到的……”

第十一章

如果伊薇心里对塞巴斯蒂安尚存好感的话，那么第二天一早，这仅有的好感也荡然无存了。他不到中午便大鸣大放地跑去布拉德肖夫人的妓院。伊沃·詹纳的葬礼已经准备停当，次日举行，现在便将注意力转向赌馆。詹纳赌馆停业两周。在这期间，众多木匠、泥水匠、油漆工将频繁出入，将它整个翻修一下。

塞巴斯蒂安已着手对赌馆的运营流程作重大调整，包括升任堪姆为总管。鉴于堪姆混血儿的身份，这一决定必将引起争议。人们普遍认为吉卜赛人撒谎成性，手脚不干净。让堪姆负责收付大宗钱款，调停赌局，在有些人眼里无易于让猫看管一窝小鸡。这个职位拥有至高无上的权力，任何赌桌上的裁定，即使塞巴斯蒂安也无权插手。不过，堪姆在赌馆里是熟脸，而且极有人缘。塞巴斯蒂安愿意赌一把，相信他的好人缘能使赌客们欣然接受他担任这一职位。再者，就维持赌场秩序而言，赌馆的其他三十个伙计中没一个能和他相提并论。

既然赌馆已经辞退妓女，现在首要的任务就是保证赌馆重新营业后，赌客们能得到异性的陪伴。令伊薇不悦的是，堪姆居然也赞同塞巴斯蒂安的提议，认为和布拉德肖夫人的妓院建立联系是极好的解决办法。自然，塞巴斯蒂安自告奋勇地前去同这位声名狼藉的夫人洽谈业务。伊薇太了解塞巴斯蒂安的兴趣了，当然知道他这次去布拉德肖夫人那儿绝不仅仅是洽谈业务那么简单。自从他们上次在葛特纳格林短暂停留之后，塞巴斯蒂安就再没跟任何女人睡过觉。难怪他如此迫不及待，一心想在那儿满足一下长久以来的饥渴。

伊薇一遍又一遍地告诉自己她才不在乎。就算他和十个女人睡觉……一百个……一千个……她也不在乎。她要是在乎就是个十足的傻瓜。塞巴斯蒂安就像一只迷路的公猫，在小巷里穿行，和一路上所见到的每一只母猫厮混，要他忠诚，简直痴人说梦。

尽管表面上神情自若，伊薇内心却愤怒不已，她梳了梳头，用夹子把缠好的发辫在脑后挽成一个髻，在梳妆台上那面略显小的镜子里照了照，便放下梳子，转身走开。这时，手上的婚戒闪着金色的光芒，吸引了她的注意，上面用盖尔语雕刻的话好像在嘲讽她。"你是我的爱。"她苦涩地喃喃自语，把它从手上拽了下来。没必要为这有名无实的婚姻戴着它。

她先把它放在梳妆台上，想想觉得不合适，又把它丢进口袋里，决定一会儿让堪姆放到保险箱里。正要出去，突然听到叩门声。不可能是塞巴斯蒂安，他可从来不敲门。她打开门，看到乔斯·布拉德线条粗犷的脸。

尽管赌馆里的伙计并没有明显表现出不喜欢布拉德，他的人缘显然远不及堪姆·罗恩。不幸的是，由于他和堪姆年龄相仿，两人总是被放在一起比较。堪姆是个棕色皮肤的英俊小伙，他机敏幽默，魅力不凡，无论赌馆伙计还是赌客都对他赞不绝口，因此拿别人和他比较有失公允。布拉德整天拉长了脸，对自己的命运极为不满，要是看到谁比他更走运，就嫉妒得要命。看他那架势，即使对伊薇都友好不起来，她只好佯作礼貌地应付他，一边暗暗提防着。

布拉德用一双生硬无光的眼睛直直地盯着她，"夫人，后门有位客人要见你。"

"客人？"伊薇眉头一皱，心头一沉，难道姨父们已经知道她的行踪了？詹纳去世的消息，赌馆暂停营业，她也露了好几次面，这些消息一定迅速传遍了伦敦。"谁？他报了什么、什么名字？"

"夫人，客人让我告诉你，说是亨特夫人。"

安娜贝尔。听到好朋友的名字，伊薇心跳加快，不再担心，迫不及待地想见到她，虽然还不太相信安娜贝尔敢到赌馆来。"这真是个好消息，"她喜出望外，惊呼起来，"请把她带上楼，去我父亲的接待室。"

"客人吩咐我，得你亲自下去，夫人。"

"哦。"这样是不好，安娜贝尔是有身份的女人，的确不该在赌馆后厅等。伊薇满心关切地跨过门槛，大步走出房间，一心想尽快点见到安娜贝尔。布拉德紧随其后。她一连冲下两段长长的楼梯，连扶手都不碰几下。到达底楼时她兴奋得心怦怦直跳，使了使劲，推开了厚重的门——

——她大惊失色，身体向后倒去。出现在眼前的不是安娜贝尔·亨特纤细的身影，而是佩里格林姨父魁梧的身躯。

伊薇脑子里一片空白。她飞快地扫了姨父一眼，恐惧地连连向后退。佩里格林一向爱用拳头使她屈服。就算她已结婚，法律上与他脱离了关系也无济于事。他想怎么报复就怎么报复，上来就是一顿毒打。

伊薇转身想逃，可布拉德竟然用身体挡住了退路，她大吃一惊。

“他给了我一个沙弗林①，让我骗你下来，”布拉德咕哝着，“这可是我一个月挣的钱。”

“不，”她喘着气，用手推他的胸口，“不要——只要你别让他带走我——我什么都给你！”

“詹纳要你跟他们在一起，都这么多年了，”年轻男子冷笑着，“他不要你在这儿。没有人要你在这儿。”

她尖声抗议着，布拉德却无情地把她推向她姨父，后者粗大的脸转怒为喜。“好了，你让我做的我都做了，”布拉德粗鲁地对佩里格林身后的人说，“给钱吧。”伊薇瞬间认出那人是布鲁克姨父。

布鲁克对这笔交易隐隐感到羞耻，他把沙弗林递给布拉德，神情不太自然。佩里格林像抓兔子那样一手卡着伊薇的后颈，叫她动弹不得。他暴跳如雷，巨大的方脸涨得通红。“你这个蠢

① 沙弗林：英国旧时使用的一种金币。

女人，简直一钱不值！”他哇哇大叫，狠命摇晃她，“要不是你现在还有点用，我就像垃圾一样把你干掉。你以为能躲得了多久？我告诉你，你完蛋了。”

“布拉德，阻止他，求求你，”伊薇尖叫起来，佩里格林把她拖向等候的马车，她弓着身子拼命反抗，“不！”

然而布拉德只是一动不动地站在门口，两眼里充满了憎恨。她心里暗暗呐喊：我到底做错了什么？为什么如此厌恶我？为什么没人来救我？难道没听到我的呼喊么？为了逃命，她不断地用手抓、用胳膊肘挠，可是厚重的衣裙左牵又绊，根本施展不开。抵抗不仅无效，还惹恼了佩里格林，他大声咆哮道：“老实点，你这该死的小畜生！”

伊薇用余光看到有个小男孩从马厩里出来，正对小巷里的这场冲突发愣。她向他尖声喊道：“快去找堪姆——”叫声被佩里格林制止了，他用令人窒息的手掌捂住了她的口鼻。她一口咬住他满是灰尘的手，痛得他猛地抽开手，愤怒地嚎叫起来。“堪姆！”她又尖叫了一声，接着是一记狠狠的耳光。

佩里格林把她拖到布鲁克姨父面前，后者瘦长的脸在她模糊的视线中晃动着。“把她丢到马车里去！”佩里格林指挥道，说罢从大衣里掏出手帕，包扎淌着血的手。

伊薇拼命挣扎，想摆脱布鲁克。他粗暴地把她推向马车，她一扭身子，猛地给他喉咙口一拳，虽然没有打实，也震得他呛了一下，松开了手。

佩里格林用银盘一般的大手攫住伊薇，向马车侧面狠狠一摔，她的头重重撞在油漆镶板上，顿时眼冒金星，耳朵里响着轰鸣声，头盖骨上一阵钻心的疼。伊薇被震得头昏目眩，再也无力抵抗，便被塞进了马车里。

令她惊讶的是，表哥尤斯塔斯就坐在马车里。他已等候多时，看上去苍白而肥硕，像一头被塞在车座上的小鲸鱼。他靠过来，浑身散发着陈腐的气味，硕大的身体紧紧困住她，力气大得惊人，还举起敦实的前臂掐住她的脖子。“终于逮住你了，”他喘着粗气说，“你这惹是生非的贱货——竟敢不服从命令嫁给我。不过，我父母说了，我会得到你的所有财产，他们无论如何都会把这笔钱弄来给我。”

“我已经结婚——”伊薇呼吸急促地说，被这座肉山压得喘不过气来，仿佛某种异域的海底生物将她整个吞了下去。

“这场婚姻不算数。我们会将它取消。看着吧，想破坏我的好事，想得美。”尤斯塔斯说起话来像个耍性子的小男孩，他继续说，“你最好不要把我惹毛了，表妹。父亲说我们结婚后，我对你想怎样就怎样。要不要我把你关在壁橱里，关一星期?”

伊薇被他厚重的手臂牢牢箍着，连气也透不过来，身体陷进尤斯塔斯而团一般的胸和肚子里，疼痛难忍，眼角涌出酸楚绝望的泪水，竭力想扳开钳住她脖子的手臂。

车外的叫喊声和咒骂声又起，传进了她嗡嗡作响的耳朵里。突然，马车门被猛地推开，一个人跳了进来。伊薇扭过身子，一丛熟悉的深金色头发在眼前一闪，她轻轻呜咽一声，长长吁了口气。

这是一个她从未见过的塞巴斯蒂安，不再冷漠自持，而是怒火中烧，苍白的眼睛里喷出令人恐惧的气焰。他死死盯住尤斯塔斯，仿佛要杀了他一般。尤斯塔斯顿时紧张起来，肉墩墩的下巴颏后传来急促的呼吸声。

“放开她，你这坨垃圾！”塞巴斯蒂安愤怒至极，嗓音嘶哑地喊道，“就现在，要不然就撕烂你的喉咙。”

尤斯塔斯看出塞巴斯蒂安是当真的，便很识相地松开手。伊薇拼命喘着气，向塞巴斯蒂安连滚带爬而去。他低声呼唤着，温柔地抱紧她，“亲爱的，别害怕，现在没事了。”伊薇浑身战栗，一阵阵愤怒止也止不住。

塞巴斯蒂安凶狠地瞥了一眼尤斯塔斯，见他正不断向车座另一头挪动，身上的烂肉如一团果冻。“要是下次再让我看到你，”塞巴斯蒂安狠狠地说，“无论什么原因，我一定杀了你。我不管什么法律，也不管你有什么武器，就是上帝也阻止不了我。所以，如果想留着你这条命，就别再让我看到你。”

尤斯塔斯被吓得瘫倒在那儿，瑟瑟发抖，说不出话来。塞巴斯蒂安把伊薇拉出马车，她紧紧抓着他，忧虑地环视着周围，仍不住地喘气。看情况，是堪姆听到了吵闹声，赶过来阻挡了她的两个姨父。只见布鲁克坐在地上，佩里格林踉踉跄跄后退了几步，好像受到了攻击。他又惊又气，肉滚滚的脸涨得通红。

伊薇两脚一着地便不住地打战，她转过脸去，倒在丈夫的肩头。塞巴斯蒂安浑身冒火，寒冷的空气凝结在他通红的脸上，把呼出的气变成一团团的白雾。他快速但仔细地将她检查了一番，轻柔地摸索着她全身上下，探询的眼神凝视着她苍白的脸，声音出奇地温柔。“伊薇，你有没有受伤？抬起头看着我，亲爱的。好，甜心……他们有没有欺负你？”

“没、没有。”伊薇昏眩地望着他，“小心我姨父佩里格林，”她轻声说，“他很厉、厉害——”

“我会对付他的，”他让她放心，对堪姆大声喊道，“罗恩！快过来把她带走。”

年轻人立刻大步流星地向伊薇赶来，对她耳语了几句，温柔的声音安抚着她紧张过度的神经。

她踌躇片刻便跟他走了，担心地瞥了一眼塞巴斯蒂安。

“我没事，”他并没有看她，冰冷的眼神死死地盯着佩里格林力壮如牛的身体，“快走吧。”

伊薇咬住嘴唇，被堪姆拉到一边。

“姨父，您能来看我们真是太好了。”塞巴斯蒂安的话像鞭子一样抽了过来，“是来向我们道喜的吧？”

“我是来接我的外甥女的，”佩里格林咆哮道，“她已经许配给我儿子了。你们的非法婚姻不算数。”

“她是我的女人，”塞巴斯蒂安厉声说，“你怎么那么蠢，以为我会这么轻易地让你带走她吗？”

“我会设法使这婚姻作废。”佩里格林肯定地说。

“如果我们没有行过房事，你倒还有机会，不过，我也很肯定地告诉你，晚了。”

“我们请了一位外科医生，可以证明她的贞节。”

“你休想，”塞巴斯蒂安冷笑着说，“你知道这是什么意思吗？别人会以为我阳痿！我的名声可是好不容易建立起来的——决不允许任何人毁了它。”他扭身脱下大衣，丢给堪姆，后者用一只手接住。塞巴斯蒂安用凶狠的眼神死死盯着佩里格林同样暴怒的脸。“你难道就没想过她已经怀孕了?”

“就算这样,我们也有办法。”

伊薇没有完全理解姨父的意思,只是一个劲地往堪姆怀里钻。他用手臂紧紧庇护着她,眼里闪过一丝少有的憎恶,对佩里格林的憎恶。“别害怕,甜心。”他轻声说。

塞巴斯蒂安被佩里格林的话激怒了,眼神如同碎玻璃片向他刺去。“很好,”他说,“我宁可亲手杀了她也决不交给你。”

佩里格林好像完全丧失了自控力,他大喊一声:“你这狗娘养的臭小子,别得意忘形了,看我怎么收拾你!”说罢向他猛扑过去。

看着姨父向塞巴斯蒂安扑过去,伊薇猛吸了一口气,只见塞巴斯蒂安闪到了一边,等对手转过身来。“真笨,”堪姆咕哝道,“应该把他绊倒。”塞巴斯蒂安险些被佩里格林挥舞的大拳头击中,好在他迅速一记右拳击中对手下巴,见此男孩便不再做声。这一拳尽管很有力,可打在伊薇身板敦实的姨父身上好像完全不起作用。伊薇吓傻了眼,呆呆地看着他俩在她眼前拳打脚踢,互不相让。尽管塞巴斯蒂安身手明显矫健得多,可佩里格林屡屡发力,他被击中几拳,连连趔趄了几步。

伙计们纷纷从赌馆里出来,为塞巴斯蒂安鼓劲。路上的行人听到吵闹声也涌过来看个究竟,一大群人驻足围观,把两个打架的人团团围住,空气里弥漫着叫嚣声和低吼声。

伊薇紧紧地抓住搂在她腰际的手臂,“堪姆,去帮帮他。”她恳求道。

“我不能。”

“你会打架。父亲以前总是说——”

“不,”堪姆严肃地说,“这是他的战斗。如果我去帮他,则表示他打不过你姨父。”

“可他是打不过呀!”又一个激烈的回合后,塞巴斯蒂安又踉踉跄跄地退了几步。

“你低估他了。”堪姆说,看着塞巴斯蒂安。他又开始进攻了。“他——他是条汉子。他的右勾拳很厉害,脚上功夫也不错。像他这样高大的男人,通常身手没那么敏捷。只要他能——见鬼,他又错过了一个机会——”突然塞巴斯蒂安一记左拳狠狠击中佩里格林的下巴,把他击倒在地,堪姆大声叫好,“打得好!他又狠又准……只是再需要一些指点。”

佩里格林此时正瘫倒在地上哼哼着,好像忘记了眼前这个面貌严肃的年轻人正站着俯视他。

赌馆的伙计们明白这场战斗已经结束了,纷纷上前来为塞巴斯蒂安叫好,有的还拍拍他的肩膀,大家都夸他不是个软弱的纨绔子弟。面对这迟来的认可,塞巴斯蒂安一脸淡然。只是简短地命人快把倒在地上动弹不得的对手装上马车。

堪姆温柔地把伊薇转过来面对他,“告诉我这事儿是怎么开的头,”他催促道,“快说吧,趁你丈夫还没赶过来。”

伊薇便一股脑儿把事情的经过告诉了他,布拉德是怎么把她骗下楼,为了一个沙弗林,怎么把她交给她的亲戚们。尽管她语无伦次,堪姆还是从前后不连贯的话语里了解了事情的来龙去脉。“行了,”他低声说,肤色如蜜的脸上毫无表情,“我会处置布拉德的。你现在去看看圣·文森特吧。他需要你。男人打完架后总是兴致勃勃。"

伊薇疑惑地摇摇头，"兴致勃勃？为什么？你在说什么呢？我怎么都听不懂？"

堪姆眼里突然闪过一丝笑意，"你会明白的。"

还没等她细问，塞巴斯蒂安便来到了他们面前。一看到伊薇在堪姆怀里，塞巴斯蒂安就大为不满，他立刻板起脸。"我想知道这里他妈的究竟发生了什么，"他暴怒不已，充满占有欲的手一把夺过伊薇，"今天星期天，早上出门时还一切好好的，我在外面只呆了两个小时，回来后，这个地方竟他妈的翻了天——"

"让她告诉你吧，"堪姆打断了塞巴斯蒂安，向他身后望去。马厩里有个人吸引了他的注意。"我失陪一下，得去办点事儿——"他身体轻轻一跃，跳过矮栏杆，消失在人群中。

第十二章

堪姆在马厩边发现乔斯·布拉德，便谨慎地上前质问他。布拉德的鼻孔翕张着，向他翻着白眼。他们从来都不是朋友。在赌馆里，詹纳之于他们便如同一位父亲，而他们就好像是住在同一屋檐下争执不断的兄弟。小时候，他们常常在一起嬉戏打闹，长大后便并肩工作。堪姆以为詹纳对布拉德屡有善举，他不至于做出这种事。疑惑和愤怒在他心中缠结，他盯着布拉德，慢慢地摇了摇头。

"我真不明白，你为什么要出卖伊薇，"堪姆开口说道，"你究竟想从她身上得到什么——"

"我得到一个沙弗林，"布拉德立刻还嘴，"这点钱弄走那个结巴的白痴绰绰有余了。"

"你疯了吗？"勘姆声色俱厉地大声质问他，"你怎么回事？我们说的可是詹纳的女儿啊。就算有人给你天大的一笔钱你也不应该这样做啊！"

"她为詹纳做过什么？"布拉德粗暴地打断他，"又为赌馆做过什么？她直到最后一刻才出现，看他蹬了腿，然后夺走一切。让这个臭女人和她那个讨厌的丈夫去死吧！”

尽管堪姆仔细地听着，却未能了解让布拉德深感妒忌的真正原因。吉卜赛人无法理解别人对物质财富的占有之欲。在他们眼里，钱只能提供暂时的花销之乐。十二岁以前，堪姆在一个游牧部落里长大，那里的人从不向往多余的东西，一个人在任何时候只能穿一套衣服，骑一匹马。

“她可是詹纳的独生女啊，”堪姆回答道，“不管詹纳给她什么，这都是他的决定，跟你我没有任何关系。她信任你，所以才要求你保护她，可你却将这信任打破，没有比这更糟糕的，你竟然出卖她……违背她的意愿，让人带走她……”

“我还会这么做的！”布拉德说着在他面前啐了一口。

堪姆凝神注视着眼前的这个男人，他看上去气色很差。面色苍白，眼神迟钝，像是得了蛔虫病。“你是不是病了？”堪姆轻声问，“如果你病了就告诉我，我代你向圣·文森特说。也许我可以让他——”

“你才病了呢，我好着呢。你滚开，你这吉卜赛垃圾，你们都滚开！”

看来布拉德已经无法回头了，他语气中强烈的仇恨令堪姆对此深信不疑。现在唯一的问题是，该把他拖回赌馆里，还是放他逃走。一想到圣·文森特眼里愤怒的光芒，堪姆担心这位子爵一有机会准会杀了布拉德，这会给每个人造成不快，特别是伊薇。算了……就让布拉德消失吧。

望着眼前这个面庞瘦削的年轻人，这个和他共事了那么久的年轻人，堪姆摇摇头，感到既生气又困扰。他丢了灵魂，他们吉卜赛人总是这么说……一个人一旦丢了灵魂，精气就被困在另一个世界无边的黑暗中。但布拉德怎么会变成这个样子？是什么时候改变的？

"你最好远远地离开赌馆，"堪姆低语道，"如果圣·文森特抓住你——"

"让圣·文森特下地狱吧。"布拉德咕哝道，一拳朝他挥了过来。

堪姆一惊，条件反射地避开他紧握的拳头，跳到马厩的另一侧。他眯起眼睛看着这个男人转身离开了。

不远处的柱子上拴着一匹马，它发出了紧张的嘶鸣声，吸引了堪姆的注意。他伸出手抚摸着这匹栗色马缎子般的脊背。手上金戒指在午后的阳光下熠熠闪光。"他真蠢。"他轻声对着马，平静的声音和轻柔的抚摸使它安静了下来。突然间他想到了什么，叹了一口气，"詹纳还留给了他一份遗产……我答应一定要给他的。现在我该怎么办呢？"

塞巴斯蒂安把伊薇拉进赌馆，经过刚刚在后巷的一场激烈的大战，赌馆里面显得异常安静。他重重地跺着脚，大步走着，她努力跟上他的步子，走到主层的阅读室时，已经气喘吁吁了。内置的桃花心木书架上放满了皮卷书。墙边上有一大堆期刊杂志，被巧妙地挂在架子上一排排可移动的木钉上。塞巴斯蒂安把伊薇推进房间，自己也走了进去，然后一甩手，重重地关上了门。

“你受伤了吗?”他急切地问道。

“没有。”伊薇想打住话头,可想说的话还是随着一股怨气倾泻而出,“你怎么去了那么久? 我需要你,你却不见踪影!”

“这儿有三十个伙计保护你。你干吗下楼去? 应该好好地呆在楼上,除非能确定楼下是谁。”

“布拉德先生告诉我安娜贝尔·亨特在下面等我。下去一看才知道竟是姨父,我想逃回赌馆,布拉德却用身体挡着我,还把我推向姨父。”

“我的上帝啊。”塞巴斯蒂安怒目圆睁,“这个狗杂种,我要把他的肠子打烂——”

“一想到我在这里受苦受难,”伊薇继续激愤地说道,“你却和妓女们打得火热!”话一出口,她意识到这才是最伤她心的……甚至甚于布拉德的出卖和姨父的毒打。一想到塞巴斯蒂安那么快就上了别的女人的床,那么快就背叛了她,她便心如刀绞。

塞巴斯蒂安警觉地盯着她,“我没有。”

“别撒谎了,”伊薇说,彼此的愤怒在空气中烧灼,“我知道你有。”

“你怎么就他妈的那么确定?”

“因为你在布拉德肖夫人那儿呆了两个多小时!”

“我可是在谈正经事。在谈事儿,伊薇! 如果你不相信就见鬼去吧。要是我真和哪个女人睡了,现在一定感觉爽得多。”

伊薇直直地盯着塞巴斯蒂安的眼睛,见那眼神如一汪结冰的湖水。她觉得自己的愤怒渐渐消散了,看来别无选择,唯有相信他。显然,他觉得自己被冤枉了,他的气愤显而易见。

“哦。”她咕哝道。

“哦。你这一声哦就好了?”

“我想……我想我不应该随便怀疑你。不过一想到你的过去……我就假定……”

她无力的道歉似乎粉碎了塞巴斯蒂安残留的自制力,“哼,你的假定完全错误!你难道没有注意到么,我每天忙得像陀螺一样团团转,你看我闲过一分钟吗?我可他妈的没时间在床上滚。如果我真有时间——”他突然停下。伊薇望着他,曾在韦斯特克里夫老爷客厅里远远望见的那个高贵子爵完全不见了,眼前这个男人衣衫不整,满身淤青,怒发冲冠,呼吸也不顺。“如果我真的——”他又卡了壳儿,一抹红晕浮上了双颊,一直红到鼻子根。

刹那间,他自制力尽失。伊薇吓得惊慌失措,身体向紧闭的门靠去。还没等她迈开步,塞巴斯蒂安便攫住了她,抓住她的双手,身体靠着她,把她紧紧地压在墙上。她感到他的亚麻衬衫被汗水浸透了,鼻息间满是他的体香和男人性欲亢奋的气息。

他紧紧地贴着她,分开双唇压在她太阳穴细腻的皮肤上,呼吸停止了。片刻寂静后,她感到眉梢如同被电击中,是他的舌尖。他的呼吸在她的眉宇间徘徊,激起全身阵阵欲火,接着慢慢将双唇移向她的耳朵,轻轻舔舐那弯弯曲曲的耳道。

他的细语声仿佛来自内心深处最隐蔽的角落。“伊薇,如果我真那样做了……我就会用牙咬开你的衣服,用手把它们撕得粉碎,让你一丝不挂。我早就把你放倒在地毯上了,用双手托起你的双乳，把它们送进我嘴里。我要不断地吻，不停地舔，直到你的乳头像坚硬的果实，然后再轻轻地用牙咬……"

听着他这番断断续续的喁喁细语，伊薇觉得自己的身体慢慢变轻，飘向空中，渐渐坠入一种半晕眩状态中。"……我要吻遍你的全身，先慢慢靠近大腿……深入到那片甜美的红色花瓣中，把它们整个舔一遍，然后深入再深入，直到找到交缠的阴蒂……我把舌头一直放在上面直到它悸动起来。再用舌头在上面画圈，一下一下刺激它……不停地舔，直到你哀求我。这样我才会吮吸你。不过不会太用力。不喜欢那样。我会很轻很温柔，直到你迫不及待地尖叫……接着我就把舌头伸进去……品尝你……感受你。一刻不停，直到你浑身湿透，颤抖不已。等我把你折腾够了，再分开你的双腿，进入你的身体，探寻……再探寻……"

塞巴斯蒂安停了下来，把她紧紧地贴在墙上，两人都完全无法动弹，浑身亢奋，气喘吁吁。

许久，他用几乎听不见的声音说，"你湿透了吧？"

她的脸已经红得不能再红了，理解了他的用意，羞涩地难以自抑，脸如同火烧一般，下巴微微向下一点。

"在这个世界上，我从来没有像向往你这样向往过任何东西。"塞巴斯蒂安颤抖着吸了一口气，"告诉我，究竟要怎么做才能得到你？告诉我，究竟要怎样才能上你的床？"

伊薇无力地推着他，无法移开他那不断挑逗着她的沉重身体。"你、你别白费力了，我要的东西你给不了。我要你对我忠诚，这你是做不到的。"

“我能做到。”他的承诺来得太容易，显得极不真诚。

“我看你做不到。”她低声说。

他用长长的手拢住她的脸，大拇指揉搓她的脸颊。说话时，他的嘴就贴上她的嘴。“伊薇……我不能遵守我们的约定。我不能像这样，跟你生活在一起，每天看着你，却不能得到你。我做不到……”感到她全身微微震颤，他低下头亲吻着她的喉咙。她全身的每一处感官迅速地回应着他温润的嘴唇，这温柔无限的嘴唇勾起了无限情欲……探寻的手指悄悄滑向她双峰间的沟壑。

听到她低沉的呜咽，他沉醉地吻着她的嘴唇。她感到虚弱无力，可还是把脸移开，些许的摩擦带来唇上轻微的刺痛。“不，塞巴斯蒂安。”

他把脸埋在她的头发中，靠着她的头顶。这情形一定有可笑之处，抑或他为自己的反应感到可笑，只听他吃吃地一声轻笑。“你得赶紧想个法子解决这问题，伊薇。得快点想……要不然的话……”他停下来如饥似渴地轻咬着她的耳朵，“……要不然我就把你搞个半死不活。”

她猛地睁开眼睛，“你说什么——”她愤愤地开口，他深深地吻她不让再往下说。

塞巴斯蒂安被逗乐了，停了下来，用半恼怒的表情望着她，仍然兴致勃勃地说：“你是讨厌这句话本身，还是讨厌它的引申义？”

听到他似乎恢复了些许理智，伊薇稍稍放下心来。她想法儿从墙壁和塞巴斯蒂安身体之间挤了出来，“你想要得到我只是因为我不想跟你上床，我对你来说还很新鲜，我不喜欢这个——”

“我想要你不是因为这个。”他迅速打断她。

伊薇怀疑地瞟了他一眼，“还、还有，我可不想成为你后宫众多佳丽中的一位。”

突然，塞巴斯蒂安不做声了，他转开脸，望着别处。伊薇静静地等着，想等他承认她是对的，没想到这一等却是许久，她差点不耐烦得喘不过气来。终于，他慢慢抬起冰蓝色的眼睛，直视着她。

“好吧，”塞巴斯蒂安嗓音沙哑地说，“我答应你的条件。我对你……一心一意。”似乎费了极大的劲才说出这句话，好像在说外语似的。

“我不信。”

“我的上帝，伊薇！你知道曾经有多少女人想要得到我这个承诺吗？现在，我生平第一次想试着忠诚，你就这样把它甩在我脸上。我承认我以前是有过很多女人——”

“是乱交女人。”伊薇更正他。

他不耐烦地哼了一声，“乱交，放荡——随便你怎么说。那段时间真他妈开心，要是我说后悔就他妈太虚伪了。每个跟我上床的女人都是心甘情愿的。在我的记录中，没有哪个女人感到不尽兴。”

“这个不是重点。”她皱起眉头，“我不是要指责你的过去……或者，至少……我并不想因此惩罚你。”她不顾他的质疑声，继续说道，“只是，有鉴于此，你恐怕不太可能忠于我，没错吧？”

他明显不悦地回答道："你要我怎么样？因为我是个男人向你道歉？要我发誓禁欲，直到哪天你觉得我有资格得到你的恩惠？"

伊薇被这串连珠炮似的问题怔住了，盯着他说不出话来。

对塞巴斯蒂安来说，得到一个女人太容易了。如果让他等太久，他会不会没了兴趣？抑或有没有可能他们会因此了解彼此更多，甚至以一种全新的方式互相诠释？她极想知道他能不能懂得欣赏她的内在，而不仅仅是她的身体。希望有机会证明，自己不只是他床笫之欢的对象。

"塞巴斯蒂安……"她小心地问道，"你有没有为哪个女人做过牺牲？"

他把脸转向她，如同一个忧郁天使，宽宽的肩膀靠在墙上，一只膝盖微曲。"怎样的牺牲？"

她揶揄地瞟了他一眼，"任何牺牲。"

"从没有。"

"你曾经最长有多久没有……没有……"她踌躇着，想找到一个合适的词，"……做爱？"

"我从不这样叫它，"他说，"那个和爱情根本没关系。"

"到底多久？"她催促他。

"大概一个月吧。"

她想了一下，"那么……如果你发誓六个月内不和任何女人发生关系……我就跟你睡觉。"

"六个月？"塞巴斯蒂安瞪大了眼睛，接着不屑地瞟了她一眼，"甜心，你哪来的信心，认为你值得我押上六个月的禁欲生活?”

“究竟我值不值得,”伊薇说,“这得你来回答。”

塞巴斯蒂安将她从头到脚打量了一番,他显然愿意说,她根本不值得他等那么久。然而,伊薇分明看到他眼里闪烁着对她的欲望。他疯狂地想要她。

“这不可能。”他厉声道。

“为什么?”

“很简单,因为我是塞巴斯蒂安,圣·文森特老爷,我怎么能不碰女人呢? 这点人人都知道。”

望着他那愤愤不平、不可一世的样子,伊薇真想笑,她只好紧咬住嘴唇,故作镇定地说,“不过试试也没关系嘛。”

“哦,这当然有关系了!”他收紧下巴,奋力辩解道,“你没有经验,根本不会明白,要知道……有些男人,就像我,生来就比别人性欲更旺盛。我可不能长时间不——”看到她脸上的表情,他不耐烦地打断自己,“妈的,伊薇,你得明白,男人必须定期播种,不然对身体不好。”

“三个月,”她说,“一口价。”

“不!”

“那你去找别的女人吧。”她干脆地说。

“我要你,只要你。鬼知道为什么。”塞巴斯蒂安怒视着她,他眯起眼睛,两眼缝隙中透出明亮炽热的光芒,“我可以强迫你。在法律上你无权拒绝我上你的床。”

伊薇突然感到心跳停止,面色惨白。但是她决不畏惧于他,心中有个念头,这念头要求她必须和他分庭抗礼。“那来吧,”她镇定地刺激他,“强迫我。”她看见他眼里闪过惊讶的神色,喉结起伏着,却不出声。接着……她明白了。“你不会,”发现这一点让她很惊异,“你不会强奸莉莲的,当时只是吓唬她而已。你是不会强迫任何女人的。”她嘴唇微微上扬,笑了起来,“她和你在一起没有一点点危险,是不是?你不像你所说的那么坏。”

“我就是那么坏!”塞巴斯蒂安一把抓过她,愤怒地吻着,用双唇撞击她的唇,舌头深深陷入她口中。伊薇没有反抗。闭上眼睛,听之任之。他很快呻吟起来,他的吻充满了温柔的激情,仿佛把她身上每一处毛孔中的愉悦都逼了出来。最后,他抬起头,两个人都不由自主地颤抖着。

“伊薇……”他的嗓音沙哑了,“别要我做这个。”

“三个月内不碰女人,”她说,“如果你做到了,我、我就心甘情愿跟你上床,随时!”

“随时?这能持续多久?”

“永远。不过如果你做不到……”伊薇顿了顿,思考该给他怎样严酷的惩戒……必须是让他深恶痛绝的事,“如果你做不到,就要去你曾经的朋友韦斯特克里夫老爷那儿,为绑架莉莲的事向他道歉。”

“我的老天!”

“这就是我的条件。”

“你这条件也太苛刻了。我从来不道歉。”

“那你就不要跟我打赌嘛。如果你接受……就别做不到。”

“如果我瞒着你偷偷去找别的女人,你怎么会知道?”

“我会知道。”

接着是一阵长长的沉默。

“你的戒指哪儿去了?”塞巴斯蒂安突然问道。

伊薇的微笑立刻消失了。她不好意思承认自己一气之下拽了下来,便咕哝道,“我把它取下来了。”

“你取下它干什么?”

她尴尬地把手伸进口袋,“我……它在这儿。如果你要求,我就把它戴上。”

“把它给我。”

伊薇以为他要夺走戒指,再也不给她了,便把它紧紧攥在手里。这一刹那,她发现自己竟对这受诅咒的东西百般依恋。不过,自尊心不允许自己向他讨回戒指。便不情愿地从口袋里取出戒指,偷偷地,最后一次用指尖触摸刻在上面的几个字,“你是我的爱”。

塞巴斯蒂安从她手中取过戒指,戴在自己手上。他的手如此之大,小圆环只能套住小指的上半节。他一把抓住她的下巴,令她动弹不得,恶狠狠地直视她的眼睛,“我就跟你打这个赌,”他严厉地说,“我一定能做到。三个月以后,我要把这戒指套回你手上,要把你放倒在床上,做一切文明人不敢做的事情。”

尽管伊薇决心已定,但遭遇这样的恶言相向,她还是吓得心里咚咚直跳,任何有理性的女人也不免于此。他使劲抱住她,把她紧紧地贴着自己的身体,两人嘴对着嘴。她悬在半空中的手晃晃悠悠地跌落在他头上,触到他无敌的头发——发梢干脆厚实,发根温暖粘湿——简直令人难以抗拒。她将手指伸进那重重金色中,把他拉得更近,无法自抑地沉浸于他嘴唇的重压下。

他们的舌头纠缠在一起，滑动着，推挤着，随着口中每次湿滑甜美的热吻，她感到腹部深处隐隐发热……一股欲望升腾起来……不，是来自比这更深的地方……是下体的入口产生的极大吸力，阵阵发紧，在这里她曾经迎接过他的入侵。她意识到自己竟如此渴望感到他在那儿，震惊不已。

他将嘴抽离时，她低低呜咽了一声。两人都备感扫兴。

"你没说我不能吻你，"塞巴斯蒂安说，明亮的眼中燃烧着欲火，"我想什么时候吻就什么时候吻，想吻多久就吻多久。你不能有半个不字。你要我禁欲就得做出让步，不然就见鬼去吧。"

他放开她，大步向门走去，还没等她表态，又接着说，"现在要失陪一下……我要杀了乔斯·布拉德。"

第十三章

塞巴斯蒂安在图书室外的过道里碰到了堪姆。“他在哪儿?”他直截了当地问道。

堪姆面无表情地在他面前停了下来,简短地说:“他走了。”

“你为什么不跟着他?”塞巴斯蒂安听了气得两眼发白,直冒凶光。发誓禁欲已经让他忍无可忍,布拉德这一走真是把他的肺都气炸了。

好在堪姆在伊沃·詹纳手下侍奉多年,对火爆脾气早已习惯,所以毫不畏缩。“我看他还是走比较好,”他说,“他不会回来了。”

“我付你钱是让你听我的,不是他妈的让你自作主张!你应该抓着他的脖子把他拖到我面前,由我来决定到底怎么处置这个狗杂种。”

堪姆仍然一言不发,趁塞巴斯蒂安不注意,他偷偷地和伊薇交换了一个眼神,彼此心领神会。事情闹到这个地步,伊薇心里暗自庆幸。两个人都很明白,如果堪姆真的把布拉德带回来,塞巴斯蒂安可能真就杀了他——而伊薇最不希望看到的就是自己的丈夫被控谋杀。

“我要找到他。”塞巴斯蒂安激动地说，在阅读室里走来走去，“给我起码找两个人来，日夜不停地找他，一定要把他带到我面前。都给我听着，谁要再敢动我老婆一根手指头，他就是榜样。”他抬起手臂向门口一指，“给我把最好的侦探的名单拿来——要私家侦探。我不要那些警察局的蠢货，他们只会帮倒忙。快去吧。”

尽管堪姆对此事意犹未尽，却并未再开口。“是，老爷。”他立即离开了房间，塞巴斯蒂安怒视着他的背影。

伊薇想平息一下他的怒气，便壮着胆说：“没必要把气都出在堪姆身上啊。他——”

“别想在我面前袒护他，”塞巴斯蒂安沉着脸说，“你我都很清楚，他完全可以逮住那个狗杂种。还有，我不准你叫他叫得那么亲密——他跟你非亲非故，也不是什么朋友。他只是帮我们做事的，从现在起，你要叫他‘罗恩先生’。”

“他是我的朋友，”伊薇愤怒地说，“已经很多年了。”

“已婚女人不能做未婚青年男子的朋友。”

“你、你竟敢诬蔑我，说……说……”满腔怨愤郁结在心中，伊薇一时语塞，“我到底做了什么，你这样不信、信、信任我！”

“我信任你，只是对其他所有人我都不放心。”

伊薇怀疑他说这话是在讽刺她，便皱起眉头，用责备的眼神盯着他，“你这样说好像一大群男人在追我，可事实并非如此。记得当年在石子庄园，男人见了我都避之不及，你不也是其中一个么!”

她所说的尽是实情,却着实震动了他。他绷着脸,毫无表情地盯着她,一言不发。“要接近你可不容易,”过了一会儿他才开口,“要知道男人的虚荣心远比你想的脆弱。我们很容易把害羞当做冷漠,沉默当做不屑。你其实可以稍微放开一点。比如寒暄几句……或者粲然一笑……这些都能鼓励我们像飞蛾扑火那样扑向你。”

伊薇瞪圆了眼睛盯着他,她从未朝这方面想过。这样说来,做了那么多年的壁花也得归咎于此喽?“我想……”她略有所思地说,“我应该尽量克服害羞。”

“你怎样都好。不过,你跟罗恩或其他任何男人在一起的时候必须时刻牢记,你完完全全属于我。”

伊薇惊讶地望着他,努力想搞清这番话的涵义,“你这是……难道说……你在吃醋?”

困惑在他脸上一闪而过,“是,”他粗暴地说,“就算是吧。”他恼怒地向伊薇投去迷惑的一瞥,离开了房间。

葬礼在第二天举行,塞巴斯蒂安把这仪式搞得有声有色,既庄严肃穆又不失排场,简直是盛况空前。这种场面是伊沃·詹纳生前甚为喜爱的,送葬的队伍占满了整条圣詹姆士大街。

黑色镀金的灵车由四匹马拉着,尾随在后的两辆送葬车也是如此,马笼头上插着长长的彩色鸵鸟毛做装饰。棺材是橡木制的,极为阔气,上面镶有铜钉和一块亮闪闪的铭牌。整个棺材的开口处灌铅焊接,为了防盗墓者,盗墓的问题在伦敦教堂的墓地里极为普遍。棺材盖在父亲身体上方永久合上的一刹那,伊薇看到他手上戴着堪姆的一只金戒指，这份永别的礼物打动了她。然而，同样打动她的还有塞巴斯蒂安，在父亲临死前，他曾用梳子帮他梳理稀疏的头发，是她无意中看到的，他并不知道。

此时正值天寒地冻。伊薇坐在马背上，刺骨的寒风好像能穿透厚实的羊毛斗篷。塞巴斯蒂安手握缰绳，走在她身旁。队伍最后跟着小厮、随从和马夫，足足二十四人之众。这浩浩荡荡人群的呼气在初冬的上空形成一层白雾。这之后跟着一大群送葬的人，有商人、强盗头子、地痞流氓，这是个奇怪的富人组合。他们中有朋友也有敌人。无论职业秉性，送葬的传统必须遵守。

本来希望伊薇不出席葬礼，因为人们普遍认为女人天性柔弱，这一打击未免太过残忍。然而，伊薇坚持要参加。她认为在这仪式中能得到安慰，仿佛在和父亲做最后的道别。塞巴斯蒂安本想阻挠，不过被堪姆制止了。

“应该让她从丧失詹纳的悲痛中解脱出来，”正当塞巴斯蒂安极力阻挠时，吉卜赛人告诉他，“我们民族坚信，如果一个人为亲人的去世过分悲痛，那么死者就将被迫穿过帷幕重返人间，安抚悲痛者。如果参加葬礼能让她接受他的离去……”他停下来，顺势耸耸肩。

塞巴斯蒂安尖刻地瞟了他一眼，“又是鬼魂。”他讽刺地说。不过也不再过问这件事，任凭伊薇自己决定。

在此之前伊薇曾号啕大哭，直到眼泪干涸。因此在葬礼上她脸色严峻，即使在泥土挖开，棺材被埋之后，她的眼角也只冒出几滴咸咸的泪水。棺材完全掩埋后，堪姆手持一个小长颈瓶走上前来，据吉卜赛传统，庄严地将些许白兰地洒在死者墓前。

一位年长的教士被这一举动激怒了，他走上前来，大声呵斥道，“住手！快停止异教徒的祭奠。这是多么神圣的地方，岂容你这样肮脏的灵魂玷污——”

“先生，”塞巴斯蒂安打断了他，走上前去伸出大手拍拍教士的肩膀，“我看我的朋友詹纳先生不会介意。”他的嘴角浮现出一丝窃笑，接着说道，“他倒的是法国白兰地，年份很好，回头送两瓶到您府上，您有空也喝两杯？”

见子爵如此盛情，那教士的怒气也消了大半，他转怒为喜，微笑着说：“您真是太客气了，老爷。那就多谢了。”

大部分哀悼者离开后，伊薇环顾四周，看到商店、住宅，还有广场周围灰蒙蒙的工厂。这时她突然注意到广场另一头路灯旁站着一个人，他头戴一顶脏兮兮的灰色帽子，身穿一件深色外套。起初并不引人注意，可他微微一笑，她立刻认出了那张脸。

是乔斯·布拉德。认出他来让她吓了一跳。从远处看，他好像是来悼念伊沃·詹纳的，然而脸上并没有哀悼者的悲痛，看上去极其邪恶，整张脸因恶意丛生而扭曲，她脊背一阵发冷。他紧紧地盯着她，手指在喉咙口横向一划，用心昭然若揭，吓得她不由地向后退了一步。

塞巴斯蒂安注意到了她的异样举止，便转过脸来，顺势将戴着黑色手套的手搁在她的肩头。“伊薇，”他轻声说，盯着她惨白的脸，关切地问，“你没事吧？”

伊薇点点头，眼睛又向那盏路灯瞟去，布拉德已经走了。“我只是感到有点冷、冷。”她回答，一阵刺骨的寒风将斗篷帽子从头上刮落下来，冻得她牙齿连连打颤。

塞巴斯蒂安立刻伸出手将她的帽子重新戴好，将斗篷在她脖子口裹紧。“我要送你回赌馆。”他说，“我先去把工钱给马夫和随从，然后我们就走。”他将手伸进厚厚的长大衣，从里面掏出一个小皮口袋，向墓边恭恭敬敬候着的人群走去。

堪姆注意到伊薇焦灼的眼神，便走近她，瘦削的脸上还留着一滴模糊的泪痕，微微闪光。她拉着他的袖子，低声说：“我刚才看到布拉德了，他就站在那边，在路灯旁。”

他微微睁大眼睛，点了点头。

没时间多说什么，塞巴斯蒂安很快回来了，他伸出手臂环住伊薇的肩膀。“马车在等我们了。”他说。

“没必要叫马车的，”她抗议道，“我可以走回去啊。”

“我让人把暖脚壶灌好了，”他说，看到她满脸期待的样子，他的嘴角微微一翘，又瞥了一眼堪姆，“跟我们一起坐马车吧。”

“谢谢你，”男孩略显戒备地说，“不过我还是想走回去。”

“那么我们就赌馆见了。”

“是，老爷。”

伊薇和塞巴斯蒂安一起走向马车，她尽量忍着不回头看堪姆，不知他会不会去找布拉德，如果找到他又会发生什么。她踏上垫脚凳，爬上了马车。一进马车就立刻将裙角在暖脚壶周围掖好，热气向上冒，一直传到她的膝盖，舒服极了，她不由周身颤抖起来。塞巴斯蒂安坐在她身旁，唇上挂着浅浅的笑容。

回想起那次去往葛特纳格林的旅行，真是不管不顾，虽说才发生不久，伊薇却觉得好像过了一个世纪那么长。她幸福地依偎在塞巴斯蒂安身边，很高兴他没有悄悄将她移开。

“总体说来，你今天表现不错。”他说，马车动了。

“这是我见过的最壮观的葬礼，”她回答道，“父亲要是能看见，一定很满意。”

塞巴斯蒂安感到一阵欢喜，“我吃不准的时候，就极尽奢华，宁可铺张一点，相信会顺他的意。”他犹豫了一下，继续说，“明天我要把你父亲的房间整个清空，把里面的东西都搬出去。”他说，“不然的话很难把病人的气味去掉。”

“我看这主意不错啊。”

“赌馆下下周会重新开业。这期间我让你呆在这里，你父亲刚过世，你需要适应。不过一旦詹纳赌馆重新营业，你就舒舒服服地住到我在市区的处所去吧。”

“什么?”听到这话伊薇大吃一惊，她坐直身子望着他，“你在梅菲尔[①]的房子?”

“是啊，那房子设备完善，人手齐全。如果你不喜欢，我们再找别的地方。不过在找到合适的处所之前，你得呆在那儿。”

“你打算……打算跟我一起住到那儿去吗?”

“不，我会继续住在赌馆。这样的话管理起来方便很多。”

伊薇竭力适应着他这番怠慢。为什么他突然对她冷淡起来了? 她又没给他添什么麻烦……就算经历丧父之痛，她也没要求他做过什么事。她感到既困惑又生气，垂下眼帘望着自己的手，两只戴着手套的手交缠在一起。

“我想留在这里。”她低声说。

---

① 伦敦的上流住宅区，伦敦的社交界。

塞巴斯蒂安摇摇头，“不必了。这里不需要你。不管怎么说，你都应该住在一个像样的家里，你可以在那儿招待朋友，晚上睡觉也不会被楼下的吵闹声惊扰。”

“我一向睡得很好。这不妨事。我可以在赌馆里接待朋友——”

“你不能在这里公开接待朋友。”

不管怎么说，他是对的。伊薇不吭声了，那句“这里不需要你”在她脑海里反反复复出现，她感到心里不是滋味。

“我想让你住在安全体面的环境里，”塞巴斯蒂安接着说，“赌馆可不是淑女呆的地方。”

“我不是什么淑女，”伊薇反驳道，竭力用略带讽刺的口吻说，“我是赌徒的女儿，流氓的妻子。”

“就因为这，你更应该远离我的影响。”

“不管你怎么说吧，反正我不走。这个问题我们可以留到明年春天再讨论，不过在这之前——”

“伊薇，”他轻声说，“我并不是在征求你的意见。”

她愣住了，将身体一点点地挪离他。此时，就算整个房间都放满暖脚壶也无法融化结在她心头的霜冻。她拼命搜肠刮肚，想找到说服他的理由……但他是对的……她的确没理由呆在赌馆。

她感到喉咙一阵发紧，绝望地想，现在自己应该要习惯起来……不被需要，孑然一身……可为什么她竟会心痛？哦，她多么希望自己像塞巴斯蒂安一样，在心中铸起铜墙铁壁。“那我们打的赌还作数吗？”她郁郁地问，“你是想弃之不顾，还是——”

“哦不。我现在要像和尚一样清心寡欲，直到得到我的奖赏。看不到你，我才能更好地抵御诱惑。”

“说不定无法抵御诱惑的人是我，”伊薇低声说，“我可能会找一位善解人意的男士做伴，你不会介意吧？”

若不是亲口说出来，她真不敢相信自己竟然会说这样的话。然而，她无法遏制地想要刺伤他，激怒他，挑起他的情绪。可惜都是徒劳。片刻沉默之后，她听到他温柔的声音。

“怎么会呢，宝贝。要是连空闲时都不让你找点乐子，那我就太自私了。你想做什么就做什么……只要在我需要的时候出现就行了。”

在伦敦的时尚大街和大片彰显奢华尊贵的广场后面，隐藏着另一个世界。那里满是阴暗的小巷和破败的贫民窟。人们生活在难以形容的龌龊中，为了生存只能犯罪或卖淫。空气里弥漫着垃圾和下水道的臭气。房子全部拥堵在一起，有些地方只有侧过身子才能通过。

堪姆小心翼翼地在纵横交错的小巷里穿行，他必须时刻保持警惕，这里有无数陷阱和危险，专等大意的外来者。他穿过一条四十码长十英尺宽的阴暗拱道，来到一个院子。院子两边立着高高的木屋。木屋顶上搭着棚，用来遮蔽冬日的天空。这些木屋说得好听点叫集体宿舍，说得不好听，就是乞丐窝，里面通常住着无家可归的人，他们横七竖八地躺在屋子里，就像公墓里的死尸。屋棚上不知吊着什么东西，足足两三英尺长，已经完全腐烂了。几只老鼠在墙边窜来窜去，消失在墙根的缝隙里。院子里空荡荡的，两个年轻女人坐在门边，几个骨瘦如柴的小孩在垃圾堆旁寻找吃剩的骨头和穿破的衣服。他们怀疑地瞟了堪姆几眼,一溜烟消失在院子的尽头。

一个卷发妓女向他微微一笑,露出几颗碎牙,“喂,你这好看的小子,到吊死鬼大院干吗来了?”

“我是来找个男人的,大概这么高”——堪姆用手比划出一个五英尺八英寸高的男人——“黑头发。他刚刚有没有经过这里?”

听到他说话,两个女子咯咯笑了起来,其中一个乐得大叫起来。“你听听他说的。”

“真是可爱。”另一个表示同意,“快过来,亲爱的,你要找男人干嘛,不如上我这儿来,别人都叫我美人路易丝。”她一下拉开自己的衬衫,露出平坦的胸部和一对萎缩、下垂的乳房,“快过来跟我玩玩,把床摇得咯吱响,你这活儿一定干得不错吧?”

堪姆从口袋里掏出一枚银币,那女人立刻贪婪地盯着它。“告诉我他去哪儿了。”他说。

“要我告诉你也行,给我六便士,再陪我玩玩,”她说,“瞧你这双漂亮的眼睛,我还从没跟这么可爱的小子干过呢——”

院子对面回荡着一声低低的、沙哑的笑声,接着便响起了布拉德嘲弄的声音:“别想找到我,你这狗杂种。”

堪姆忽得转过身,在一间间木屋里搜寻。木屋里几十张被煤烟熏黑的脸惊恐地向门外和窗外张望,有的呆呆地仰着头,望着无瓦的屋顶。堪姆没有发现一张熟悉的脸。“布拉德,”他警惕地说,一边扫视着周围,一边慢慢转身,“你到底想把詹纳的女儿怎么样?”

又是一声奸笑,这一次似乎来自另一个方向。堪姆向院子深处走去,还是无法辨别布拉德的位置。“我要宰了她。”

“为什么?”

“因为她是个吸血鬼,她从我这儿夺走了一切。我要她死。我要把她扔到垃圾堆里,让老鼠啃得她只剩骨头。”

“为什么?”堪姆疑惑地问道,“虽然你出卖了她,她还是叫我来帮你,乔斯。她想完成她父亲的心愿,给你留下足够的——”

“让这个臭婊子见鬼去吧。”

堪姆轻轻地摇了摇头,不理解乔斯这强烈的敌意究竟从何而来,也不理解他为什么如此疯狂地憎恶伊薇。

听到身后传来刮擦声,他赶紧低下头,转过身子,一块木板呼啸着从他头上飞过。攻击他的人不是布拉德,而是个地痞流氓,看来是一时起念想在这后巷抢劫。他相貌古怪,看似很老,实则年轻,这是因为他自出生起就一直在街头巷尾厮混。堪姆三拳两脚就把他撂倒在地上,疼得他直哼哼。这时,从院子的另一头又出来几个混混,看来他们决定一起上。堪姆感到自己必定寡不敌众,便退入拱道,只听布拉德在他身后喊道:

“我一定会抓到她的,一定!”

“你永远也别想碰她。”堪姆回敬道。他最后看了一眼吊死鬼大院,心里充满难以发泄的怒火。“我一定会送你下地狱,你别想碰她一下。”

“就是下地狱我也要拉上你。”布拉德洋洋得意地回答道,在他的大笑声中,堪姆大步离开了院子。

当天晚上,塞巴斯蒂安正和一群木工在一起,讨论如何整修主餐厅木质地板复杂的镶板结构。堪姆趁机去找伊薇。发现她正一个人在空荡荡的赌室里，心不在焉地整理几袋筹码，把它们分类堆在一起。堪姆悄无声息地靠近她。

感到有人轻拍自己的手臂，她吓了一跳。抬头看到他的脸便放下心来，嫣然一笑。极少见他有心事。像他这样生性沉稳的年轻人从不会焦虑或烦躁。堪姆行事一向兵来将挡，水来土掩，总是尽量活在当下。然而，这天早上发生的事着实惊扰了他，极度的紧张使他看上去暂时老成了一些。

“我找不到他，”堪姆轻声说，“他躲在一个贫民窟里，藏在暗处跟我对话。说的尽是些疯话。小姐，他对你心怀歹意，虽然我不知道为什么。他一向不讨人喜欢，可这一次的情况不简单。他疯了。我必须告诉圣·文森特老爷。”

“不，不要。”伊薇立刻答道，“这只会让他担心生气。他现在已经够忙的了。”

“可是如果布拉德想要加害于你——”

“我在这里很安全，不是吗？我丈夫已经警告过他，他应该没胆子再回赌馆来吧。”

“有暗道可以进入赌馆。”

“你能不能把它们都堵上？锁好？”

堪姆想了一下，皱起眉头，“可以赌上大部分暗道。不过，这可不是手拿钥匙兜一圈儿就可以解决的——”

“我明白。你尽量吧。”她把手指从一堆弃置的筹码中抽了出来，郁郁地补充道，“其实这不要紧，过不了多久我就要走了。圣·文森特想要我下下周就离开。他觉得我不该再住在赌馆，反正我父亲……”她的声音逐渐变弱，继而陷入悲伤的沉默中。

“也许他是对的，”堪姆表示赞同，巧妙地避开话锋说道，“这里对你的确不太安全。”

“他这样做不是出于安全考虑，”她用手指扣住一片筹码，放手在赌桌上旋转起来，“他这样做是想疏远我。”他的微笑使她感到既振奋又沮丧。

“有点耐心吧。”堪姆轻声开导她后离开了，留下她一个人望着筹码不断旋转，逐渐变慢，归于沉寂。

第十四章

接下来的两周里，赌馆里的大小事层出不穷，伊薇感到很高兴，整天忙忙碌碌，就没时间想伤心事了。她告诉塞巴斯蒂安自己也想做点事，于是立刻被派到办公室，那里有众多信件账本，都乱七八糟地堆着。她同时还承担起另一项重大责任，给油漆工、装饰工、木工和泥水匠分派工作，这要在从前，准把她吓死。起初，对那么多陌生人人说话让她脑细胞死伤无数，一连数日，她挣扎着同自己的口吃苦苦较量。然而，话说得越多，这活儿便觉得越容易。当然，工人们也帮了她不少，他们怀着耐心和尊敬听她讲话，这在过去是从没有过的。

把詹纳安葬后，塞巴斯蒂安做的第一件事便是和警察局局长会面，讨论关于最近赌博法收紧的问题。塞巴斯蒂安极尽说服之能事，他告诉警察局局长，詹纳赌馆是个社交场所，绝不是单纯的赌馆，因此不该接受突击检查。他还郑重其事地指出，这里的男客都是有着高度自制力的一等良民。塞巴斯蒂安巧舌如簧，警察局局长被说动了，答应只要詹纳赌馆能保持体面，就不来突击检查。

听到塞巴斯蒂安说服警察局局长的消息，堪姆·罗恩称赞道："老爷，干得真漂亮！我看您差不多可以说服任何人做任何事。"

塞巴斯蒂安粲然一笑，瞟了一眼坐在一旁的伊薇，说道："希望圣·文森特夫人也这样认为。"

看来为了赌馆重新开业，塞巴斯蒂安和堪姆已经初步结成统一战线。尽管两人之间的接触谈不上友好，但总算没有敌意了。堪姆显然注意到了塞巴斯蒂安的领导才能，詹纳去世后的这段日子里，正是亟须用人之际。塞巴斯蒂安也摒弃了贵族的懒散，威严果断地处理赌馆的日常事务。

可以想象，起初赌馆里所有的伙计都不看好塞巴斯蒂安，以为赌馆里来了个"吃闲饭的"、"不中用的"。一个骄奢淫逸的贵族老爷，怎么懂得工作的辛苦？很自然，跟伊薇一样，他们以为塞巴斯蒂安很快就会对赌馆日常管理的繁琐事务感到厌烦。然而，他们看到塞巴斯蒂安不惜解雇任何人时便不敢违抗他的任何吩咐。他一举赶走克里夫·伊根便是对其权威的最好诠释。

另外，塞巴斯蒂安对赌馆的倾情付出也不可不记。对一切大事小事，上至赌房内的每一项成本，下至餐室的菜单他都要过问，事必躬亲。发现自己对赌局的运作所知不多，塞巴斯蒂安还决心学习赌博中的数学问题，一天晚上，伊薇偷偷跑到赌房，看到塞巴斯蒂安站在中间的赌桌旁，听堪姆解释骰子的概率问题。

"……两个骰子一共只有三十六种组合，当然，每个骰子有六面。你同时掷出两个骰子，最后得到不管什么组合，都被称为

‘累加概率’，要得到这个的概率是三十六分之一。”堪姆停了停，瞟了塞巴斯蒂安一眼，看他能不能跟上。

塞巴斯蒂安点点头，“继续。”

“每个玩掷骰子游戏的赌客都知道，面朝上的数值相加就是点数。两个一相加是两点。两个六相加是十二点。掷出不同点数的组合数是不同的。掷出两点只有一种组合，但掷出七点有六种组合。”

“七是一个王点，”塞巴斯蒂安皱着眉头，聚精会神地自言自语，“既然数量最多的组合能成为王点，那么一次掷出七点的概率是……”

“百分之十六。”堪姆提醒道，他拿起了骰子，向桌子末端甩去，棕色手指上的戒指熠熠生辉。两个象牙制的小方块滚到桌边又弹了回来，稳稳地落在绿色的台面呢上。是两个六。“可是，要掷出十二点的概率就只有百分之二点七。当然了，掷的次数越多，可能性就越大……因此，当掷到一百六十六次时，掷到十二点的几率就增加到了百分之九十九。当然，其他点数的几率都各不相同。我可以在纸上写出来——这样理解起来更容易。了解各种点数的中点概率对你有极大的裨益。很少有人了解这些，这就是生手和熟手的区别。掷骰子是不公平的游戏，即使规规矩矩地玩儿，庄家还是大有胜算——”见伊薇走了过来，堪姆恭敬地停了下来，深色的眼睛里流露出笑意，“晚上好，夫人。”

见他俩如此友好，塞巴斯蒂安不悦地皱起眉头。

“晚上好，”伊薇轻声说，走到桌边，站在塞巴斯蒂安身旁。

她微笑着抬头看了他一眼，“老爷，你对数字敏感吗?”

“过去我一直很有自信，”塞巴斯蒂安悻悻地回答，“可今天看来不行了。罗恩……其他副总管计算概率在行吗?”

“都很在行，老爷。他们都经过系统的训练，知道怎么引诱赌客下注，让赌馆赚钱。怎样区分老手和新手……”

“是谁训练他们的?”伊薇问。

堪姆露齿一笑，蜜色的脸上闪过一道令人惊异的白光，“当然是我了，没有人比我更了解赌博了。”

伊薇微笑着，眼睛朝上瞟了一眼丈夫，“他缺少信心。”她揶揄地评论道。

塞巴斯蒂安并没有理睬这番嘲讽，冷不防对堪姆说道：“我要一份清单，上面要列出所有的未清欠款和到期日，按降序排列。账簿在办公室架子的顶层。还不快去?”

“是，老爷。”堪姆向伊薇轻轻地鞠了一躬，以一贯敏捷优雅的姿态走开了。

和丈夫单独站在这空荡荡、半明半寐的赌室里，伊薇紧张得胃里一阵刺痛。过去的几天里，他们虽时有见面，身边却总有别人，很少有机会单独呆在一起。她俯身向桌子靠去，伸手去拿丢在一边的骰子，放在专门存放骰子的小皮盒子里，直起腰来。透过紧身胸衣，塞巴斯蒂安的手在她背上游移，令她慌乱不已，后颈的也汗毛立了起来。“时间不早了，”他说，口气比对堪姆温柔多了，“你得去睡了——今天忙了一天，一定累坏了。”

“我并没有做那么多。”她有些不自在地耸耸肩，他不安分的手又轻抚了一下她的脊背。

“还说没有，宝贝，别把自己逼得太紧了，你得休息休息。”

她摇摇头，在他的触碰下，根本无法集中精力想事情。“我很高兴有机会做点事，”她好不容易地说，“这样我就不会一直去想……想……”

“对，我知道。所以我才允许你那么忙碌。”长长的手指握住她的后颈。

他手上的热量慢慢向她的皮肤传递，她呼吸急促起来。

“你得去睡了。”他继续说，把她慢慢移向自己，呼吸变得不畅。他的凝视从她脸上移向圆润的双乳，又移回原处。接着，他低低地干笑一声，“见鬼，我真想跟你一起睡。不过，既然不行……好吧，你过来。”

“干吗？”她问，他已把她牢牢地按在桌边，双腿伸进裙子的褶皱里，可她仍不明白他的用意。

“我要折磨你。”

伊薇瞪圆了眼睛望着他，心像水泵一样怦怦直跳，强烈地冲击着每一根血管。“你说——”她清了清嗓子，重复了一遍，“你说要‘折磨我’，准是说着玩儿的吧。”

他摇摇头，眼神迷离，“不，我是当真的。”

“什么？”

“亲爱的，”他轻柔地说，“你不会以为未来的三个月里只有我一个人受苦吧。把手放到我身上来。”

“哪、哪里？”

“哪里都可以。”他静静地等着，直到她犹犹豫豫地把手伸向他的肩膀，搁在细羊毛大衣上。他凝视着她的眼睛，“伊薇，你知道，在我心中燃烧着熊熊欲火，我也要让你燃烧起来。”

“塞巴斯蒂安……”她微微挣扎着，他更用力地将她牢牢地钉在桌边。

“我有权吻你，”他提醒她，“想什么时候就什么时候，像要多久就要多久。记得吗，我们有约在先。”

她不安地四下张望，他立刻看穿了。

“我才不管谁看见呢。你是我的妻子。”一丝笑意窜上他的嘴唇，“我的贤内助，绝对的。”他靠向她，鼻子埋进她前额的几绺头发里，呼吸轻柔而温暖。“我的爱……你是我的欢乐与痛苦……我对你的欲望永无止境。伊薇，从来没有人让我有过这样的感觉。”他用嘴唇轻轻触碰她的鼻梁，慢慢滑向她的鼻尖，“从来没有哪个女人敢向我提要求，你却有这个胆子。亲爱的，现在是我为你牺牲。不过，以后你要为我牺牲……很多很多……”他的嘴吻着她颤抖的嘴唇，双手拢住她的后脑勺。

他是个热爱接吻的男人，对接吻的热爱不亚于做爱本身。朱唇未启时，干热的嘴唇轻轻相触……他不断施压，直到她张开柔软的小嘴……接着她隐隐感到他舌头的入侵。头在他手掌的支撑下无力地向后仰着。心跳犹如重锤敲打，浑身的血液喷向四面八方，她全身燥热，虚弱无力。他更加肆意地攫取她，从每个可能的角度亲吻她，深深地探寻。

他的一只手滑到她身上，在胸前摸索。透过加垫的胸衣，大拇指茫然地搜寻着乳头。他的手指急切地想接触到裸露的肌肤，便移向喉咙，感受着急速悸动的脉搏。嘴唇慢慢滑离她的嘴，一点点地向下游移，亲吻脖子，在脉搏跳动处停了下来。伊薇双腿僵硬,两手紧紧抓住他的肩膀,支撑摇摇欲坠的身体。塞巴斯蒂安发出一声低语,将她的身体搂得更紧,继续亲吻着她的嘴唇。她不再顾忌,将喉中的呻吟全部倾泻出来,舌头疯狂地长驱直入,吮吸着他柔软如丝的男性嘴唇,连同他温暖的气息一起送入口中,不断地,不断地——

就在此时,有人清了清嗓子。气氛顿时尴尬起来,伊薇倒吸了一口冷气,把嘴缩了出来。塞巴斯蒂安意识到有人进来,便把她的头贴在胸口,用大拇指轻抚她羞红的脸颊。伊薇听到他的心怦怦直跳,可他仍镇定地对闯入者说道:

"怎么了,格利?"

吉姆·格利是赌室里的伙计,只听他上气不接下气地回答说:"对不起,老爷,楼下有麻烦。几个木工不知从哪儿弄来一瓶烈酒,现在三个人都喝得烂醉如泥,在咖啡间里吵了起来,又喊又叫的。"

"两个已经打起来了,还有一个在餐具柜旁砸东西。"

塞巴斯蒂安双眉紧锁,"让罗恩去处理。"

"罗恩先生说他在忙。"

"几个酒鬼在楼下闹事,他居然没空去管?"塞巴斯蒂安不敢相信地问道。

"是的,老爷。"

"那你去管吧。"

"不行,老爷,"他举起一根绑着绷带的手指,"昨晚在巷子里打架把指关节撞破了。"

"海斯在哪儿?"

“不知道，老爷。”

“你是不是想告诉我，”塞巴斯蒂安故意压低嗓门，用威胁的口吻说，“这三个来装修的醉鬼闯入咖啡间里撒野，而这赌馆里上上下下三十个伙计没有一个有空去阻止？”

“是的，老爷。”

听到这番回答，塞巴斯蒂安气得脸色发青，刚要发作，只听到瓷器被摔得稀烂，家具撞到墙上发出咯吱咯吱的摩擦声，头上的水晶枝形吊灯也被震得丁零当啷作响。随着打斗的升级，还听到模糊不清的低吼声。“见鬼，”塞巴斯蒂安恨得咬牙切齿，“他们到底在赌馆里干什么？”

伊薇摇摇头，显然还搞不清楚状况，一会儿望望丈夫暴怒的脸，一会儿望望格利认真而茫然的脸。“我不明白——”

“该来的总是要来的。”塞巴斯蒂安厉声说，连奔带跑地离开了。

伊薇提起裙摆，紧跟在后面。该来的总是要来的？这是什么意思？为什么堪姆不去阻止？塞巴斯蒂安的步子太快，她跟不上，落在了后面，她小心翼翼地下楼梯，免得被裙子绊倒。咖啡室周围挤了一大群人，她向人群走了过去，吵闹声越来越大，尖利的叫喊声和谩骂声划破了屋内的空气。塞巴斯蒂安剥下外套扔给一个人，然后便一头扎进乱糟糟的人群中。在咖啡间的方寸空间内，三个粗汉挥舞着拳头，笨拙地互相推来搡去，周围的看客们兴奋地大声呼喊。

塞巴斯蒂安很聪明，挑了那个看上去最不稳当的下手，先是让他转了个圈，然后灵活地左一击又一拳，直到这个眼冒金星的家伙跌跌撞撞地向前迈了几步,扑倒在地毯上。剩下的两个人一前一后地冲向塞巴斯蒂安,企图联合起来对付他,一个想过来按住他的手臂,另一个对他挥舞着拳头。

尽管人群中人声鼎沸,伊薇的惊叫声还是传到了塞巴斯蒂安的耳朵里。他朝她的方向看了过来。一个没留神,被死死揪住,对手将他的头钳在臂弯里一阵猛击。"不!"伊薇大声喘着气,向前走去,一只坚实的手臂拢住了她的腰,把她拉了回来。

"等等,"她耳边传来一个熟悉的声音,"给他一个机会。"

"堪姆!"她猛地扭过身来,惊慌失措地望着眼前这张熟悉的、异族的脸:高高的颧骨,金色的眼睛上覆盖着浓密的睫毛。"他会被打伤的,"她说,紧紧抓住他的大衣翻领,"快去帮他——堪姆,你必须——"

"他已经挣脱了。"堪姆温和地评论道,不由分说地让她转过身,"看——他干得不错。"

只见其中一个大汉向塞巴斯蒂安猛地挥来一拳,塞巴斯蒂安躲开了,又敏捷地回了一拳。"见鬼,堪姆,究竟为什么你不去帮他呢?"

"我就是不能。"

"你能!你是个打架的好手,比他强多了。"

"他必须自己摆平,"堪姆平静而坚定说,字字句句声声入耳,"要不然,他在这儿就不会有威信。赌馆里的头儿必须既会说又会打。圣·文森特自己不愿意做的事也不能叫别人做。这点他明白。要不然他就不会亲手收拾这两个家伙了。"

伊薇见一个家伙对塞巴斯蒂安一阵猛击缠住他,而另一个想从后面扑上来，便吓得用手蒙上了眼睛。“难道只有看到他像野兽一样毫无意义地乱打一气，他们才、才会忠于他吗?”

“差不多是这样。他们想看看他到底有没有种。”堪姆扯她的手腕，想让她放下手，可她就是不放。“看，”他催促到，声音里传出激动的笑意，“就快结束了。”

她还是不敢看。转身走到堪姆的侧面，每一次肉搏声，每一次男性痛苦的低喊声都让她胆战心惊不已。“这简直令人难、难以忍受，”她哀求道，“堪姆，求求你——”

“没有人强迫他赶走伊根自己管理赌馆，”他毫不动容地指出，“甜心，这也是工作的一部分。”

这些她明白。她太了解了，父亲的大半生就是在劝架和打架中度过的。可是，塞巴斯蒂安和父亲不一样，他并不是生来如此——他不具备那种应有的野蛮，也不热衷于暴力。

又一个家伙倒了下去，而塞巴斯蒂安仍然警惕地围着最后一个对手。很显然，不管是否天性使然，他愿意做任何事来证明自己的勇气。醉汉冲了过来，他迅速使出一记组合拳，两下左拳，又一下右拳，把他打翻在地，痛苦地呻吟。围在两边的伙计们大声叫好，纷纷鼓掌为塞巴斯蒂安庆功。面对这份肯定，塞巴斯蒂安只是严肃地点了点头，见伊薇躲在堪姆的臂弯里，便立刻脸色一沉。

倒在地上的几个人被兴奋的看客抬了出去，大家有的拿扫把，有的提水桶，收拾起房内的摔碎的杯碟。一些伙计一改往日的漠然，用赞许的眼神望着塞巴斯蒂安。塞巴斯蒂安用衬衫袖子抹了一下嘴角边的血渍，弯下腰扶起翻倒在地的椅子，在角落里放好。

人群渐渐散开，堪姆放开伊薇，走到塞巴斯蒂安身边。“老爷，您打起架来真像个绅士。”他评论道。

塞巴斯蒂安不屑地扫了他一眼，“你这是赞美还是讽刺？”

堪姆把手塞进口袋里，温和地说道：“你把这两个醉鬼打得落花流水——”

“是三个。”塞巴斯蒂安低吼道。

“好吧，三个醉鬼。不过，下一次你可能就没那么走运了。”

“下一次？你是不是觉得我要三天两头打架——”

“詹纳在的时候就是这样，”堪姆轻声回应道，“伊根也是如此。几乎每天晚上都会有类似的骚乱，不是在巷子里、马厩里，就是在赌房里。赌客们在赌房里兴奋了几个小时，加上酒精和女人的刺激，难免寻衅滋事。我们这里的伙计总是轮流处理这些事情。你要不想每星期都被狠揍一顿，最好学一点快速摆平对手的技巧。这样，你和客人都少受伤害，也不会招来警察。”

“如果你说的所谓技巧是用来应付贫民窟或穷街陋巷的那种下三烂的争执或斗殴——”

“要知道，你面对的可不是拳击俱乐部里半小时的轻量级训练。”堪姆略带讽刺地说。

塞巴斯蒂安张开嘴刚要争辩，见伊薇向他走来，神情立刻变了。她脸上带着明显的焦虑。不知什么原因，这担心减轻了他的敌意，态度软了下来。堪姆瞅瞅这个又瞅瞅另一个，敏锐地察觉到两人之间细微的情绪交流。

“你受伤了吗？”伊薇问，仔仔细细地打量着他。所幸的是，尽管他衣冠不整，余怒未消，身上却没有大碍。

他摇摇头，一动不动，伊薇上前来把他前额几绺粘湿的、快要垂到眼睛里的琥珀色头发拂了上去。“我没事，”他咕哝道，“比起被韦斯特克里夫教训的那次，这根本不算什么。”

堪姆果决地打断了他。“老爷，如果不学点招式，还有很多次教训等着您呢。”不等塞巴斯蒂安同意，他就走到门口叫道：“道森！过来一下。不，不是让你做事。要你过来给圣·文森特老爷露一手。”他回头瞥了一眼塞巴斯蒂安，顺口说道：“好，他听到了。正往这儿赶呢。”

伊薇强忍着笑，退到一边，知道堪姆这样做是为了她丈夫好。如果塞巴斯蒂安继续像个绅士那样打架，决不是那些不管不顾的闹事者的对手。

道森走进了房间，是个身强体壮的年轻伙计。

“道森是我们这儿最好的打手，”堪姆评论道，“他会教你几个基本的招式，怎样迅速地把对手撂倒。道森，过来给圣·文森特老爷一个过背摔。轻着点儿，可别摔断了他的背。”

道森倒是很愿意在塞巴斯蒂安身上练练手，他几大步俯冲过来，伸出肉鼓鼓的手臂钩住塞巴斯蒂安的脖子，抓住他的一只胳膊，扭住肩膀，将他猛地翻过身来，重重地撂倒在地上，塞巴斯蒂安痛得哼了一声。道森正要跳上他的腹部，被堪姆及时制止了，他走上前来一把抓住这个兴奋的年轻人的肩膀，“很好，道森，这就够了。你先退到一边吧。”

目睹着这一切，伊薇一手握拳，紧捂着嘴。

堪姆弯下腰向塞巴斯蒂安伸出手，想拉他一把，被塞巴斯蒂安拒绝了。他弯身站了起来，怒视着堪姆。这神情让大部分男人望而生畏，而堪姆却向他指点道："这一招其实很容易，当你和对手侧身相对时，用臂弯锁住他的脖子，抓住他的一只手臂，像这样转动身体，就很容易把对手摔倒。要是下手重一点，他可能躺在地上好久都动弹不得。来，跟我试试。"

塞巴斯蒂安正在禁欲期，能在堪姆身上一试身手发泄发泄，自然求之不得。他学得很快，很轻易就把吉卜赛人撂倒在地上，虽然动作麻利，神情却显得有些犹豫。"我不能这样打架。"他咕哝道。

对他的话堪姆并未理睬，"好，如果现在有人从后面抱住你，一般可以用头向后顶，这样就能挣脱了。先把头低下，下巴向下抵，紧靠着胸口。接着咬紧牙齿，闭上嘴巴，头向后撞对手的脸，要又快又狠，不用管撞到哪里。还有，如果是正面撞击……这个你从前有没有做过？没有？好吧，你必须记住要紧紧盯着对手。一定要对准脸上的软挡。千万不要撞前额或头骨。你要使尽全身的力气，用眉毛以上一英寸的部位攻击。"

堪姆和道森这两个较年轻的男子一起演示了锁喉、踏脚和其他攻击人体敏感部位的技巧，塞巴斯蒂安脸上带着明显的嫌恶表情忍受着一切。堪姆叫他操练他就操练，表现得似乎让堪姆很满意。然而当吉卜赛男孩开始教踢裆的不同技巧时，他再也忍受不了了。

"够了，"他咆哮道，"停止吧，罗恩。"

"可还有些招式——"

"我他妈不管。"

堪姆和伊薇交换了一个眼神，伊薇耸耸肩，轻轻地摇了摇头。两人都不明白塞巴斯蒂安的这番恼怒究竟从何而来。片刻后，堪姆称赞了道森几句，把他打发走了。

塞巴斯蒂安穿上大衣，余怒未消。堪姆镇定地问道："怎么了，老爷？"

塞巴斯蒂安不屑地哼了一声，"我从不信奉美德，做过叫魔鬼不齿的事。就算这样，有些事还是做不出来。我这样身份的男人打架时决不踏人脚、用膝盖顶裆部或用头撞脸。我们不会攻击喉部，不会用脚绊，更不会，我的天，抓头发。"

伊薇感到堪姆的眼神突然冷漠起来，抬头一看，他的眼睛像两块结冰的琥珀，表情极其冷峻。

"如果您不介意，我倒想问问，你到底有什么身份？"吉卜赛人话中带刺地问，"你是贵族吗？根本不像，你住在赌馆里，房间里最近还住过妓女。你是有闲阶级吗？也不像，今晚刚刚打发走两个醉酒闹事的蠢货。你不觉得现在想规正太晚了吗？"

"你指责我做人有原则？"塞巴斯蒂安冷冷地反驳道。

"当然不是。我指责你乱用原则。我们吉卜赛人有句话——'一个屁股不能坐两匹马。'如果你想在这儿生存，就必须改变。不能假装有闲贵族，凌驾于这一切之上。我的天……你要做的工作连我都不能胜任。你要和形形色色的人打交道，赌客、酒鬼、小偷、骗子、犯罪头子、律师、警察，还有这里三十多个小伙子，他们都认为你不到一个月就会溜进马车，打道回府。既然现在詹纳已死，你坐了他的位子，就成为伦敦最有名的人物之一。所有的人都想从你这儿得到好处，要么利用你，要么显越于你。

没有人会对你完全说实话，不管什么事。你必须训练直觉，必须让别人不敢阻挠你。不然的话，成功的几率微乎其微……”堪姆的声音越来越轻。很显然，他还有很多话想说，可一看塞巴斯蒂安的脸，知道多说无益，便用手撸了撸乌黑蓬乱的头发，大步离开了房间。

过了许久伊薇才壮着胆子靠近自己的丈夫，只见他盯着面前的一面白墙，陷入了沉思。尽管大部分人在疲倦和紧张时显得衰老，塞巴斯蒂安却看上去更年轻了。抬头望着他的脸，她低语道：“你干吗要做这些？不光是为了钱吧。你究竟想从这儿得到什么？”

没想到，这一问竟勾起他眼里一丝讥讽的笑意，“等我想到了，再告诉你……”

第十五章

次日下午，塞巴斯蒂安来到办公室找伊薇，她正在清点收据，把数字列在账本上。“有位客人要见你，”塞巴斯蒂安开门见山地说，他的眼神越过一堆纸条与她相遇，“是亨特夫人。”

伊薇吃惊地盯着他，心骤然雀跃起来。她一直在纠结，究竟要不要写信给安娜贝尔。尽管一直渴望见到自己的朋友，可总是担心，不知朋友们会怎样对待她。她慢慢地从椅子上站了起来，“你确定没骗我吗？已经有过前车之鉴了。”

“当然确定，”塞巴斯蒂安嘲讽地说。“我耳朵里已经塞满了谴责声和辱骂声。亨特夫人和鲍曼小姐认定我绑架了你，强奸了你，拿刀逼着你跟我结了婚。”

“鲍曼小姐?”伊薇呆呆地重复道，想了想觉得不可能是莉莲。她已不再是鲍曼小姐了，现在应该还在和韦斯特克里夫老爷度蜜月。“黛西也来了?”

“对啊，脾气坏得像只大黄蜂，”他证实了她的想法，“你最好告诉她们这一切都是你自愿的，要不然她们一定会就近找来警察逮捕我的。”

伊薇兴奋得心跳加快，紧紧抓住他的手臂。“真不敢相信她们敢到这儿来看我。我肯定亨特先生不知道安娜贝尔来了这儿。”

“这点我同意，”塞巴斯蒂安说，“亨特决不会允许自己的妻子靠近我。而鲍曼家也决不容许自己的小女儿涉足赌馆。我敢肯定她们一定胡编了个理由溜了出来。”

“她们在哪儿？可别告诉我你让她们站在后门等着。”

“我把他们带进了书房。”

伊薇太想见到朋友了，恨不得飞奔出办公室。她急急忙忙向书房赶，塞巴斯蒂安紧随其后。一跨过门槛，伊薇有些迟疑地停了下来。

安娜贝尔站在那儿，蜜色的头发烫成了卷儿，梳得高高的。她的脸色如此清新迷人，就像画在糖盒子上纯真的邻家女孩儿。还记得第一次见面，安娜贝尔那犹如英伦玫瑰般独特的美就让伊薇感到目眩神驰，一时之间竟不敢上前说话，害怕遭到这等人间美物的斥责。不过，她渐渐发现安娜贝尔既温和又善良，还带着点儿自嘲的幽默感。

黛西·鲍曼是莉莲的妹妹，性格的大气与她娇小的身形有些不相符。她是个理想主义者，满脑子都是些稀奇古怪的念头，尽喜欢读些描写恶棍和无赖的浪漫爱情小说。大部分人都被黛西精灵古怪的外表所迷惑，却没能看到隐藏的聪明才智。她皮肤白皙，头发略深，狡黠的眼睛是姜饼色的……长着浓密的长睫毛。

一见到伊薇，两位朋友便忘了自己的淑女身份，一阵尖叫，朝她飞奔过来。伊薇也大笑起来，三个人紧紧地搂在一起，兴奋地拥吻着。一阵激动后，三个年轻女人仍然不停地大喊大叫，直到有人闯进房间。

是堪姆，只见他眼睛睁得老大，上气不接下气，好像被人追赶似的。他用警惕的眼神扫了一下屋子，便知道了是怎么回事，慢慢放松下来。“该死，”他咕哝道，“我还以为出了什么事呢。”

“一切都很好，堪姆。”伊薇微笑着说，安娜贝尔仍旧搂着她，“我的朋友来了，如此而已。”

堪姆瞥了一眼塞巴斯蒂安，有些刻薄地评论道：“就是杀猪也没像你们这么吵。”

塞巴斯蒂安的下颚不知为什么突然紧张起来，像是在拼命忍着笑。“亨特夫人，鲍曼小姐，这是罗恩先生。请原谅他的失礼，因为他……”

“是个坏蛋！”黛西大大咧咧地脱口而出。

这一次，塞巴斯蒂安再也忍不住，笑了起来，“我本来想说‘他还不习惯在赌馆里见到那么多淑女。’”

“她们是淑女？”堪姆问道，有点怀疑地瞟了一眼这些来访者，注意力在黛西娇小的脸上停留了片刻。

黛西有意不理睬堪姆，对安娜贝尔说，“一直听人说吉卜赛人以魅力著称，看来这种说法并无根据。”

堪姆金色的眼睛眯成一条缝，露出憎恶的目光，“别忘了，我们吉卜赛人向来喜欢绑架异族未婚少女。”

没等这场唇枪舌战继续，伊薇立刻出言阻止。“老爷，”她对塞巴斯蒂安说,“如果你不反对,我想和朋友们单独聊聊。”

“当然,”他说,表现出无可挑剔的殷勤,“甜心,要不要我让人上茶?”

“再好不过,谢谢。”

男人们离开后,房门立刻关上。黛西爆发了,“圣·文森特做出那种事,你怎么还那么恭敬地跟他讲话?”

“黛西,”伊薇充满歉意地说道,“发生在莉莲身上的事我也感到很抱、抱歉。我还——”

“还不仅仅是这个,”黛西激烈地打断,“我是说,他对你也做了这种事!占你便宜,强迫你跟他结婚,然后又——”

“他并没有强迫我,”伊薇看看黛西愤怒的脸,又瞅瞅安娜贝尔关切的脸,“是真的,他没有。是我先找的他。来,坐下,让我把所有的事都告、告诉你们……你们怎么来的这儿?”

“亨特先生出门办事去了,”安娜贝尔狡黠地一笑,“我告诉鲍曼家,说陪黛西来圣詹姆士大街买东西,做她的女伴。”

“我们是去买了东西,”黛西俏皮地打岔说,“只是买完东西后再到这儿来转一圈……”

接下来的时间里,安娜贝尔和伊薇坐在沙发上,黛西坐在一旁的椅子上,三个女孩子围坐一团,伊薇略带口吃地把她离开梅布里克后发生的事情原原本本地讲了出来。很显然,她的朋友们并不赞同她的选择,可是也没有谴责她,仍表现得很关心,很同情,令她安心。

“真对不起,”正说着,伊薇注意到安娜贝尔眉毛上扬,象牙般光洁平整的额头起了皱,“我知道你并不赞成我嫁给圣·文森特。”

“我赞不赞成并不重要,”安娜贝尔温和地说,“不管你做了什么,都是我的朋友,哪怕你嫁给魔鬼本人。”

“我看魔鬼和圣·文森特是近亲。”黛西一本正经地评论道。

“关键是,”安娜贝尔继续说,飞快地扫了黛西一眼,以示警告,“既然这一切已成事实,我们想知道怎么才能帮到你。”

伊薇感激地笑笑,“我需要的只是你们的友情,只怕你们不想再跟我做朋友了。”

“这怎么会呢。”安娜贝尔扫了她一眼,伸出手来抚摸她披散在肩头的红色卷发,“亲爱的,请恕我冒昧……我想你离家时匆匆忙忙的,一定没带几件衣服,我就带了几件自己的让你穿。你现在正在戴孝,所以我带来的都是灰色、棕色和黑色的衣服。当然,还有几件睡袍、手套和一些其他的东西……如果你没意见,我就让他们到马车里去取。我们两个身高差不多,只要稍微改一改——”

“哦,安娜贝尔,”伊薇惊叫起来,伸出双臂抱住她,“你真是太好了。不过我不想你为了我糟、糟践你从娘家带来的嫁妆——”

“这怎么是糟践呢,”安娜贝尔挣脱她的拥抱,笑着坦露,“过不了多久我就穿不下了。”

伊薇突然想了起来,安娜贝尔上个月就偷偷说过,自己可能怀孕了。“当然,我……哦,安娜贝尔,我太沉、沉浸于自己的问题了,竟然忘记问问你的情况了。这是真的吗?医生跟你证实了吗?”

“是的,”黛西打断了伊薇,她再也坐不住了,站了起来,蹦蹦跳跳地摆了几个欢庆胜利的姿势，"壁花们就要做阿姨了！"

伊薇也跳了起来，她们像小孩子一样欢呼雀跃。安娜贝尔坐在一边，笑着望着她们。"天哪，看看你们这两个丫头，"她说，"我真希望莉莲也在这里——要是她在的话，一定会说你们真没家教，像野丫头一样疯疯癫癫的。"

一提到莉莲，伊薇像泄了气的皮球。她又坐回到沙发上，担心地望着安娜贝尔，"圣·文森特对她做了那样的事，我还嫁、嫁给他，莉莲会原谅我吗？"

"当然了。"安娜贝尔温和地说，"你知道莉莲对朋友一向忠诚，只要不是杀人放火的事，有什么不能原谅的呢？就算你真的杀了人，她恐怕也会原谅的。不过要原谅圣·文森特就是另一回事了。"

黛西皱起眉头，把裙子拉直，"我担心的是，圣·文森特现在和韦斯特克里夫老爷是死对头，这就难办了。"

女佣人送来茶，谈话暂时中断了。伊薇给安娜贝尔和自己各倒了一些精心泡制的琥珀色香茶。黛西不想喝，情愿在房间里走来走去，看看书架上的书。她仔细地观察印在彩色封面上的书名，"大部分书上都落了一层灰，这些书一定好久没人看了。"

安娜贝尔觉得好笑，便放下茶杯，抬起头说，"我猜这里的书就算有人读，也寥寥无几。常来这儿的男人们一般不会把时间花在书本上，毕竟赌馆里有那么多更刺激的事情可以做呢。"

"既然没人在这儿看书，还要阅读室干吗？"黛西忿忿不平地说，"真想不出还有什么事比阅读更刺激。你猜为什么？有时候读到特别引人入胜的故事，我的心会狂跳不止！”

“的确有件事比阅读更刺激……”安娜贝尔低声说，不太淑女地露齿一笑。然而黛西根本没听进去，只顾在一旁看书。安娜贝尔瞥了一眼伊薇的脸，压低嗓门说，“既然说到了这个，伊薇……一想到你在结婚前夜也没个说说话的人，我就觉得很担心。圣·文森特那方面对你体贴吗？”

伊薇迅速点点头，脸像火烧一般，“你也能猜到，他很有经验。”

“可是，他对你温柔吗？”

“是的……我想是这样的。”

安娜贝尔对她笑笑。“这的确是个叫人尴尬的话题，是吧？”她轻轻地问，“不过，如果这些事你有什么不明白的地方，大可以来问我。你知道，我一直把你当成亲妹妹。”

“我也把你当成亲姐姐。”伊薇回答道，抓住她的手，“我是有些事想问问你，不过实在是——”

“该死！”从房间的另一头传来黛西的惊叫声。两人同时抬起头，见她拽着其中一个桃花心木书架。“刚才靠在书架上，听到里面有咔哒咔哒的声音。我一拉，整个书架就出来了。”

“这是一道暗门，”伊薇解释道，“在赌馆里有几扇暗门和几个暗道。为了在警察突击检查时藏东西和逃生——”

“这扇门通向哪儿？”

伊薇担心再解释下去这位天生的冒险家就要下去探寻一番，便含糊地轻声说，“哦，不是什么你想去的地方。一定是储藏室。亲爱的，你最好把门关上吧。”

“嗯。”

黛西继续摆弄着书架，伊薇和安娜贝尔轻声细语地回到刚才的谈话。“实际上，”伊薇说，“圣·文森特老、老爷答应为了我过一段禁欲的生活。如果他能做到，我就会继续跟他过夫妻生活。”

“什么？”安娜贝尔轻声说，美丽的蓝眼睛睁得大大的，“我的上帝啊，我不相信圣·文森特的名字会和‘禁欲’联系在一起。你究竟怎样说服他答应这件事的？”

“他说……他表示……他太想要我，所以愿意试一试。”

安娜贝尔摇摇头，脸上带着迷惑的微笑，“这听上去太不像他了，一点儿也不像。他一定会背着你找其他女人的。”

“可我觉得他是诚心诚意的。”

“圣·文森特从不不讲真诚。”安娜贝尔揶揄地说。

伊薇禁不住想起圣·文森特那天抱着她的情景，就在这间屋子了，他呼吸颤抖，急不可待。嘴唇游走于她的肌肤上那令人销魂蚀骨的温柔。还有那番喁喁细语，声音里满是野性的激情。“在这个世界上，我从来没有像向往你那样向往过任何东西……”

怎样才能向安娜贝尔解释这一切呢？她的直觉告诉她，他是可信的，可这又怎能用语言来描绘呢？塞巴斯蒂安这样的男人可以随意挑选全英伦最才色双全的女人，而她，笨拙的伊薇·詹纳，居然成为他的梦中情人，这不是太荒谬了么，怎能叫人相信呢？

然而塞巴斯蒂安已经不是当年在韦斯特克里夫汉普夏郡住所闲逛的傲慢男人了。他的内心已经有所改变，不断地改变。

这改变是因为绑架莉莲未果？葛特纳格林的那次艰难重重的旅行？还是赌馆的缘故？这次一回来，他的行为就有些反常，似乎一直在追寻什么，一种说不出的东西，他自己也不太清楚——

"哦，不。"安娜贝尔懊恼地说，紧盯着伊薇身后。

"怎么了？"伊薇转过身，顺着安娜贝尔的眼神望过去。

无须解释。房间里只剩两个人了。书架被移动过，可想而知，一定是黛西无法遏制自己的好奇心，走进了暗门。

"这扇门通向哪儿？"安娜贝尔叹了口气问道，不情愿地把喝了一半的茶搁到一边。

"这得看她往哪儿走，"伊薇皱着眉头回答道，"里面跟迷宫差不多——一条路有两个岔道，有秘密的楼梯通向二楼。感谢上帝赌馆还没开始营业——要不然真不知道她会捅出多大的娄子。"

"你要知道，她可是黛西·鲍曼，"安娜贝尔嘲讽地说，"就算是芝麻绿豆般的小事，她也会给你搞大。"

黛西在暗道里蹑手蹑脚地前进，感到很刺激，就像小时候和莉莲在第五大道的住所里玩海盗游戏一样。那时，每天一上完课，两个扎着大辫子的小淘气就跑到外面的花园里，卷起钩破的裙子，在花坛里挖洞。有一天，她们突发奇想，要掘一个秘密的海盗洞，就花了整整一个夏天的时间，在围着住所正面和两侧的树篱里挖了一个隧道。她们一直勤劳地又挖又砍直到长长的隧道挖成。两个小姑娘像两只老鼠一样，经常在里面窜来窜去，在"海盗洞"里开秘密会议，还在房子旁边挖了一个洞，把一个装满宝贝的木盒子藏在里面。后来她们的胡闹被园丁发现了，树篱遭到如此亵渎他震怒无比。可想而知，接下来的几星期里，黛西和莉莲受到了狠狠的责罚。

想到亲爱的姐姐，黛西笑了起来，随即深深的寂寞又向她袭来。她太想念莉莲了。两姐妹以前总在一起，吵架呀，嬉戏呀，一起闯祸，一起逃跑，直到莉莲结婚。韦斯特克里夫是个意志坚定的男人，莉莲能碰到心仪的白马王子，黛西自然为她高兴，可还是禁不住想她。其他的壁花，包括伊薇，都已经找到丈夫，成为已婚族，而自己还被排除在神秘的婚姻之外。她也要快点找到丈夫。一个真诚和善的绅士。跟她一样爱看书。最好戴眼镜，喜欢狗和孩子。

黛西在暗道里摸索着前进，突然，脚下出现一排狭窄的楼梯，她差点儿绊一跤滚下去。楼梯下面传来微弱的光，于是，她顺着光向下走，渐渐靠近，只见在光影里映出一扇矩形的门。黛西想看看门后面是什么，便在一旁停了下来。从里面传出奇怪的、持续不断的敲打声，那声音停了一下，又继续。

最终，黛西没能战胜好奇心，用力将门推开，光照进了暗道。她走进一间屋子，里面有几对空桌椅，一个餐具柜，还有两个巨型银制大瓮。她环顾四周，找到了敲打声的源头。一个男人在修理墙上的嵌条。只见他坐在地上，熟练地挥舞榔头将钉子打进木条中。听到门被打开，他敏捷地站了起来，紧握榔头的手轻轻一甩，似乎把它当做武器。

是那个吉卜赛男孩，正两眼冒火，像一头饥饿的豹子。他已经脱去了大衣和马甲……连领带也没束……上身只剩一件薄薄的衬衫，松松地掖在紧身裤里。一见到他，黛西的反应和刚才在楼上一样——觉得胸口被猛地一击，心跳加快。一想到和他孤男寡女独处陋室，黛西仿佛瘫痪了一般动也动不了，眼睛一眨不眨地看着他慢慢逼近。

她从未见过如此英俊的异族男子……棕色皮肤仿佛新鲜蜂蜜一般，淡褐色的眼睛上覆盖着浓密的黑色睫毛。茂密的头发如黑曜石般垂在额前。

“你在这儿干什么？”罗恩问道，一刻不停地逼近，直到她本能地向后退，一直碰到墙。在黛西为数不多的异性交往经历中，还没有哪个男人这样直接地靠近她。显然，他对客厅礼仪一无所知。

“我在探险。”她呼吸急促地说。

“是有人把你领进暗道的吗？”

罗恩双手撑在墙上，在她肩膀两侧，黛西心慌意乱。他比一般男人高一些，虽然并没有到伟岸的程度，黝黑的喉咙和她的视线齐平。为了掩饰内心的紧张，她轻轻吸了一口气说，“没有，是我自己发现的。你的口音很怪。”

“你的也一样。你是美国人？”

黛西点点头，注意到他耳垂上闪光的小钻石，语无伦次起来。可笑的是，虽然心里反胃似的一阵翻腾，皮肤却滚烫，脸上还一阵绯红。她与他如此亲近，几乎可以嗅到干净的肥皂味，里面还混杂着马匹和皮革的味道。这是一种美好的男性气息，不像他父亲，身上总是一股古龙水混杂鞋油和新纸币的味道。

他衬衫的袖子被卷起，她扫了一眼他裸露的手臂，惊讶地盯着上面的纹身，是一匹长着翅膀的小黑马。

见她望得出神，他垂下手臂，让她仔细看，“这是爱尔兰的象征，”他低语道，“它是恶精灵普卡。”

这可笑的词令黛西不觉莞尔，“洗得掉吗？”她有些迟疑地问。

他摇摇头，明亮的眼睫被睫毛遮了大半。

“普卡是希腊神话中的神马吗？”黛西问，尽可能将身体平靠在墙上。

罗恩向下扫了一眼她的身体，不经意地将她的身形记在心中。他是第一个这样留意她的人。

“不，比这危险得多。它眼神如炬，声如洪钟，恍若人音，轻轻一跨便可越过高山。如果它想带你出游，就会深夜来到门前呼唤你的名字。你若愿意跟随，它便飞上天去，带你云游四海……哪天你回来了，生活也将彻底改变。”

黛西浑身上下直起鸡皮疙瘩，直觉告诉她必须尽快结束这场令人焦躁的谈话，远远逃开他。“这真有意思。”她低语道，硬是在他手臂的环绕中转过身来，用手摸索着寻找暗门。令她始料不及的是，他把门关上了，这样一来暗门便隐匿在墙上的镶板里，找不到了。她大惊失色，手忙脚乱地在墙上乱摸乱按，想找到开门的机关。

罗恩从身后靠过来，她只得将潮湿的手掌贴在墙上，他的嘴贴住她的耳朵。“你找不到的。只有一个开关能打开门闩。”

他炽热的呼吸轻拂着她的侧颈，身体轻压着她，令她很温暖。

“为什么不告诉我？”黛西建议道，尽可能学着莉莲的样子，用讽刺的口吻拖长了音说话，可听到的却是自己迷惑颤抖的声音。

“告诉你我有什么好处？”

黛西竭力表现出愤怒的样子，心猛烈地撞击着肋骨，如同捉入笼中的野鸟。她转过身来面对他，出言冒犯，想借此使他退却。“罗恩先生，如果你想暗示我……哼，你是我所见过的最无耻的男人。”

他寸步不让，粲然一笑，露出洁白的牙齿，“只有我知道门在哪里。”他提醒道。

“你想要多少钱？”她鄙夷地问。

“我对钱没兴趣。”

黛西咽了一口气，“那么，你想占我便宜了？”见他不解的样子，她红着脸解释说，“占便宜就是……被你抱一下，或亲一下……”

罗恩的金色眼睛里闪过一丝邪恶的光芒，“很好，”他低声说，“那我就要一个吻。”

黛西简直不敢相信。这可是她的初吻啊。一直想象那会是个浪漫的时刻，月光明媚，她坐在一座英伦花园里……一个有些孩子气的金发绅士对她诉说诗里的情话，深情地吻她。可万万没有想到会在赌馆里，还是在地下室，和一个吉卜赛人，一个赌桌上发牌的家伙在一起。不过转念一想，她二十岁了，是时候积累点经验了。

她又咽了口气，努力控制住急促的呼吸，注视着他的脖子，敞开的衬衫领口里露出的上半身。这皮肤闪着光，像紧绷的琥珀色缎子。他渐渐靠近，浓郁的男性气味充斥着她的鼻息。他将手轻轻地移到她脸上，指关节不小心碰到了她小小的乳头。他一定是无意的，她有些晕眩地想，乳头在丝绒胸衣里痉挛起来。他修长的手指滑到她脸的一侧，将它向上抬了起来。

他盯着她放大的瞳孔，将指尖放到她嘴上，轻轻抚摸丰满的嘴唇，直到它们颤抖地分开。另一只手滑到她的颈后，轻轻抚摸，接着便托着颈部，以承担她整个头的重量……这样也好，反正她整条脊椎像糖一样融化了。他用嘴压着她的，一下又一下轻拂着她的唇。温暖的愉悦感淌入她的血管中，在全身涌动，直到她再也无法遏制内心的激情，将整个身体紧紧贴在他身上，踮起脚尖，喘着气，两手抓住他结实的肩膀，他也伸出手臂抱着她。

他终于抬起了头。发现自己像溺水了那样紧紧地抓着他，黛西羞愧极了，赶紧抽开手，尽量向墙根倒去，感到又疑惑又羞耻，皱起眉头望着他那双异族的眼睛。

"我可没什么感觉，"她冷冷地说，"不过，不管怎么说，你愿意试一试，还是勇气可嘉。现在，告诉我——"

话音未落，她便惊叫起来，他又把她抱了过来。看来是把她的轻蔑话语当成了挑衅，不过她清醒得太晚了，这一次他的唇压得更重更猛，手紧紧托住她的后脑勺。不经意间，她惊讶地触到了他柔滑的舌头，感到周身甜酥酥的，禁不住蠕动起来。他的舌头在她口中更深地探寻着……仿佛她是一盘美味佳肴。

最后，他用嘴唇缱绻地摩挲了她一番，直起身子逼视着她的眼睛，静静地注视着她，好像在说，这下你还敢说没感觉？

她收拾起最后的几分骄傲，无力地说，"还是没感觉。"

这一次，他把她猛地拉过来，低下褐色的脸罩在她脸上。黛西从未想到一个吻会如此深沉，他的嘴好像在啃噬她的。一条腿夹在她的双腿之间，胸膛紧紧靠在她的小乳房上，用一个又一个吻挑逗她，安抚她，直到她如一头小野兽一般在他的双臂中打颤。被放开时，她浑身瘫软无力，知觉尽失，所有的意识都集中于将她带向未知的感觉。

黛西睁开眼睛，借着身上尚未退去的模糊感望着他。“这……这一次好多了，”她好不容易镇定地说了一句。“很高兴能教你两招。”见他粲然一笑，她挣脱了。他伸出手轻轻地按了一下墙上暗门上隐秘的门闩，门开了。

黛西不解的是，罗恩竟陪她走进了暗道，还上了狭窄的楼梯，为她引路，仿佛是只能在黑暗中识途的猫。走到楼梯顶部时，阅读室的门已依稀可见，两人一前一后地停了下来。

黛西感到自己应该说点什么，便低声道，“再见，罗恩先生。希望我们不再见面。”她只能这样打算——因为再也没脸面对他。

他靠了过来，把嘴凑近她发麻的耳朵，“说不定哪天半夜我会出现在你窗前，”他低语道，“引诱你跟我一起走遍天涯海角。”

说罢，他打开门，把黛西轻轻推进了阅读室，关上了门。黛西迷糊地眨眨眼睛，看到了安娜贝尔和伊薇。

安娜贝尔揶揄地说：“我早该知道你抗拒不了这道暗门。你去哪儿了？”

“伊薇是对的，”黛西说，两颊绯红，如同火烧，“那不是什么我想去的地方。”

第十六章

尽管安娜贝尔带来的衣服更适合在戴孝的第二年穿，伊薇还是决定穿上。反正已经违反了只穿绉纱的传统，赌馆里也没人敢说什么，所以不管穿黑色、棕色还是灰色都没什么关系。再说，父亲也肯定不会介意。

伊薇又一次拿出安娜贝尔和衣服一起送来的字条，读了起来，唇上涌起一丝笑意。“这些是我在巴黎做的，”安娜贝尔俏皮地写道，“真没想到亨特先生精力如此旺盛，这么快就把我的肚子搞大了。等我身材恢复了，这些衣服也过时了。所以，这些就当是我给你的礼物吧，我最亲爱的朋友。”

伊薇穿上那条质地轻柔、真丝勾边的灰色羊毛套裙，发现大小正合适。然而，新衣服带给她的快乐很快就淹没在对父亲的思念中，她无比惆怅，郁郁不乐地向楼下赌房走去，看到塞巴斯蒂安正在那儿和两个身上满是灰尘的泥水匠说话。他比两个泥水匠高出许多，俯下身子才能听清他们说话。他不时说几句俏皮话，引来阵阵笑声。

恰好他朝伊薇这边望过来，眼里还留着笑意。一见到她，他的眼神立刻变得温柔起来。和泥水匠道别后，他不紧不慢地向她大步走来。伊薇拼命抑制自己的冲动，不想显得对他过于痴迷。然而，不管怎样掩饰，她的迫切之情仍然溢于言表，挡也挡不住，弥漫在空气中。奇怪的是，他似乎也很乐意见到她，第一次摒弃了玩世不恭的态度，向她展现出一个真诚明媚的微笑。

"伊薇……"他的头微微前倾，望着她仰起的脸，"你没事吧？"

"我没事，我……不。"她烦躁不安地揉了揉太阳穴，"我觉得很累，无聊，还有点饿。"

他吃吃一笑，令她的心情为之一振，"我有办法。"

"我可不想干扰你的工作——"她有些胆怯地说。

"罗恩会处理的。来，我们去看看桌球房是不是空着。"

"桌球房？"伊薇迟疑地重复道，"干吗去那儿？"

他挑逗地瞥了她一眼，"当然是去打桌球啊。"

"可女人不打桌球。"

"法国女人就打桌球。"

"安娜贝尔告诉过我，"伊薇说，"法国女人做的很多事我们都不做。"

"没错。法国人是很前卫的民族，而英国人总是对享乐抱着怀疑的态度。"

桌球房倒是真没人。塞巴斯蒂安让厨房送午饭上来，两人坐在角落里的小桌边。伊薇吃饭时，塞巴斯蒂安就陪着她聊天。她不太明白他为什么要花时间哄她开心，毕竟现在有那么多事情需要打理。过去那么多年来，男人们一听她说话，脸上就摆出一副厌倦呆滞的表情，早已经将她的自信心完全摧毁。此刻，塞巴斯蒂安却仔细聆听她说的每一个字，好像她在说什么无比有趣的事情，还鼓励畅所欲言，每每争论起来，他就很高兴。

伊薇刚吃完，塞巴斯蒂安就把她拉到桌子旁，递给她一根带皮头的球杆。他毫不理会她那老大不情愿的样子，紧接着教她打球的基本规则。“你别告诉我女人打桌球有伤风化，”他故作严肃地告诉她，“你都跟我私奔去了葛特纳格林，还有什么事不能做？别说是小小的桌球了。来，对着桌子弯下腰。”

她有些笨拙地照着做。他在她背后俯下身来，用雄性的身躯罩住她，手把手教她怎样握杆，她的脸噌地红了。“来，”只听他说，“把食指放在球杆的顶端。就这样。不要抓得太紧了，甜心……手放松点。非常好。”他的头紧靠着她的，温暖的皮肤上飘来檀香古龙水的气息，“想象一条路径在母球和彩球之间——母球就是那个白球。差不多在这个位置击球。”——他指了指母球正上方高出一点的位置——“要把目标球送到侧袋里。这是一个直线球，看到吗？把头略低一些。球杆往回收，然后流畅地一击。”

伊薇试着一击，球杆顶端和白球接触不良，球一偏，滚到桌子一边去了。

“滑杆了，”塞巴斯蒂安评论道，灵巧地把球抓在手里，重新放好，“每次出现这样的情况，你就再拿点粉，涂在球杆头上。要表现得很镇定，让别人觉得是球杆的问题，而不是你球技的问题。”

伊薇的唇上浮现出一丝笑意，又一次对着桌子俯下身去。也许这样不好，毕竟父亲刚去世不久。不过，她已经好久没这么开心了。塞巴斯蒂安又一次俯在她背上，手盖在她的手上，“让我来教你正确的击球方法——要把球杆放平——像这样。”他们一起将注意力集中在球杆上，研究怎样把持杆稳稳地伸进伊薇用手握成的圆圈中，甚至一前一后地移动球杆。她感到这情形像是在影射做爱，脸红到了脖子根。“你真不害臊，”只听他低语道，“没有哪个正经女人会有你这种想法。”

伊薇禁不住咯咯笑起来，塞巴斯蒂安也笑了起来，走到她侧面，懒散地望着她，“再试一次。”

这一次伊薇把注意力全都集中在母球上，把球杆往后一抽，稳稳地一击。彩球干净利落地滚进了侧袋里。“进了！”她大叫起来。

看到她进球，塞巴斯蒂安粲然一笑，继续给她摆出不同位置的球，调整她击球的姿势和手势，一有机会就伸出手臂抱她。伊薇打得开心极了，假装没有注意到他手上大胆的爱抚动作。可当他让她一连丢了四个擦板球后，她便转过身来责怪道：“你的手放在那儿让我怎么好好打球？”

“我只是在帮你调整姿势。”他摆出一副关切的样子。看着她佯装责备的眼神，他笑了笑，半坐在球桌上。“都是你，我不得已做这样低贱的事，”他继续说，“说真的，这几天我唯一的乐趣就是追着你跑，就像贵族少爷和家里的女佣人，我诧异极了。”

“你小时候有没有追着女佣人跑过？”

“我的上帝啊，当然没有。你怎么会问我这样的问题？”塞巴斯蒂安看上去怒气冲天。正当她感到一阵内疚，开口道歉时，他洋洋得意地说，"她们统统追着我跑啦。"

她举起球杆要打他。

他一只手轻而易举地抓住她的手腕，把球杆夺了过来，"当心，你这个闯祸胚。我就剩这点脑细胞了——都被你打死了，以后还有什么用？"

"那就用来做装饰呀。"伊薇答道，咯咯笑起来。

"啊，说得有道理。不过要是我连容貌也丧失了，那就惨了。"

"我不介意。"

他不解地一笑，"什么意思？"

"要是……"伊薇顿了顿，突然尴尬起来，"要是你毁了容貌……或者……不那么英俊了。我不会介意。我还是会……"她又顿了顿，迟疑地接着说："……会做你的妻子。"

塞巴斯蒂安的笑容渐渐消失了，深深地，久久地注视着她，抓着她的手腕不放。脸上的神情古怪起来……这是一种难以形容的表情，他显得既激动又脆弱，却努力做出满不在乎的样子回答道："毫无疑问，你是第一个对我说这种话的女人。不过，我希望你不要试图改变我。"

"我才不会，上帝赋予你的已经够多了。"伊薇回答道，突然明白他的话一语双关，涨红了脸，两颊发烫。原来他暗示她故意引诱她，让他毁约。"那、那个……我并不是说……"

塞巴斯蒂安轻声笑着，古怪的表情消失了，把她拖进怀里。她也积极地回应着，乐得他如热水里的糖一般慢慢融化。他更深更长地吻她，急促的呼吸撞击着她的两颊。

“伊薇，”他低语道，“你多么温柔可爱……哦，老天。我还要等两个月零十三天加六小时才能再拥有你。你这个小魔女。真让我等得肝肠寸断。”

伊薇觉得这个约定的确有些难为他了，便紧紧地抱着他，搜寻着他的唇。他低低呻吟着，不断地吻她，伸出手去关桌球房的门，摸索着转动钥匙，锁上门，在她面前跪了下来，一手撑着门。她的身体重重压在门上，头有些晕眩，心里既困惑又兴奋。他把她的裙子撩起来，用手拨开一层层的衬料，又去拉衬裤的腰带。

“塞巴斯蒂安，不，”伊薇颤抖地轻声说，想到正在公共场所，“请你别这样……”

塞巴斯蒂安丝毫不理睬她的抗议，继续在她裙子里摸索，把她的衬裤拉到膝盖，“你要是连这都不让我做，我就要发疯了。”

他把一只手放在她的脚踝上，嘴贴着膝盖，轻轻地咬着，舔舐着真丝长筒袜。伊薇感到被无穷的欲望撞击着，心里像打鼓一样，全身无法遏制的饥渴被唤起了。塞巴斯蒂安把前面的裙摆推到了腰间，让她用手抓住厚重的布料两端。“提着它。”他咕哝着。

她知道自己不该服从，可双手竟不听使唤，使劲抓着丝绒衬料，紧贴在腰间。衬裤被拉到脚踝处，他的嘴不断向上游移，呼吸像一团团蒸汽在她大腿细嫩的皮肤间弥漫。他分开她的双腿，拨开她的私处，惹她发出一声渴望的呻吟。他伸进其中的两只手指被夹紧，挤压着，她体内的肌肉收缩着，好像在吸引他不断深入。伊薇半闭着眼睛，被激情燃烧着，浑身上下呈现出不同程度的粉红色。“塞巴斯蒂安。”

“嘘……”他将手指抽出来，双手握着她的腰，把头放在两腿中间，伸出舌头挤压她张开的私处。他的手向下压她的胯，舌头就用力向上顶。伊薇手握着门把，弓着身子，拼命忍着大叫的冲动，嗓子里隐隐作痛。他一刻不停，一下又一下，根本不让她有片刻喘息的机会，全神贯注，不断地触碰、撞击着她私处炽热、抽搐的肌肉，将她带入欲仙欲死的世界，直到她忍住最后一声尖叫，狂喜地颤抖起来。他的舌头仍然在她的身体里，借着尚未退去的激情继续充盈着她，直到她的身体终于不动了，疲倦的肌肉不再有知觉。

最后，塞巴斯蒂安站了起来，兴奋的身体紧靠着她。额头紧贴在她身后的门上。伊薇张开双臂环住他的瘦瘦的腰，侧过脸靠在他的肩头，闭上了眼睛。“我们有约在先，你不能……”她喃喃道。

“你说过我可以亲你，”在她耳边喁喁细语，他很温柔，也很邪恶，“不过，亲爱的……你可没有说明哪里不准亲。”

第十七章

“你找我，老爷？”伊薇来到塞巴斯蒂安狭小的办公室，站在他面前，他仍坐在书桌后。一个仆人按他的吩咐把她带下楼，穿过乱糟糟的人群来到这儿。赌馆里几乎失去了控制。

这是詹纳赌馆重新营业的第一个晚上，看来所有新老会员都想第一时间进来玩。塞巴斯蒂安面前堆了一摞申请，而入口大厅处至少还有十几个人在焦急地等待。一时间人声鼎沸，觥筹交错，二楼楼厅内还有管弦乐队奏乐。为了纪念伊沃·詹纳，香槟无限量供应，以增添纵情欢乐的气氛。赌馆重新开业，伦敦的老爷绅士们皆大欢喜。

“是，我找你。”塞巴斯蒂安回答道，“你怎么还在这儿？差不多八小时前你就该走了。”

她直直地盯着他面无表情的脸，毫不畏惧地说，“我还在收拾东西。”

“你整整收拾了三天了。你的衣服不过五六件，所有的东西放在一起也就一个行李箱而已。你是在有意拖延时间吧，伊薇?”

“我在或不在对你来说有什么区别?”她反驳道,“这两天你根本无视我的存在。真奇怪你居然注意到我还在这儿。”

塞巴斯蒂安眼神犀利地盯着她,努力克制着有如翻江倒海般的心绪。无视她的存在? 天哪,他多么希望这是真的。一直以来他被自己的欲望苦苦折磨着,想听到她说的每一个字,看到她做的每一个手势,苦苦地企盼她哪怕是分外短暂的一瞥。现在,她就在他眼前,玲珑的身体包裹在黑丝绒长裙里,他简直要发疯了。肃穆的黑色丧服是为了让女人看上去灰头土脸,然而这黑色却使她的脸看上去如同新鲜的奶油,头发如火焰般明亮。他想把她拉上床,与她翻云覆雨,让这神秘似幻、销魂蚀骨的吸引同体内的欲火一同燃烧殆尽。他仿佛着了魔一般,莫名地焦躁悸动,寝食难安……整天从一间屋子晃到另一间屋子,却不知道要干什么。他从未这样过……心烦意乱,坐立不安,欲火焚身。

他必须让她走,去一个安全的地方,远离赌馆里的一切危险,堕落,还有他自己。必须保证她的安全,必须有节制地见她……就这么办。

“我要你走,”他说,“在我的住所里,一切都为你准备好了。你在那儿会舒服得多。我也不用担心你会遇到什么麻烦。”他站起来,朝门走去,有意保持与她的距离,“我去叫一辆马车,一刻钟后你就上车。”

“我还没吃晚饭。难道我连在这儿吃最后一顿饭都不行吗?”

尽管没看她的脸，塞巴斯蒂安感觉到那声音里隐藏着孩子般的倔强，他的心被揪了一下……一直以来，他总以为那颗心不过是一块搏动不止的肌肉，根本没有感觉。

他不记得当时究竟想不想留她吃晚饭，因为在那一刻，堪姆向办公室走来，身边还跟着一个人……没错，是韦斯特克里夫公爵。他侧过身子，用修长的手指捋了捋头发。“我的上帝。”他咕哝道。

伊薇立刻凑过来，“怎么了？”

塞巴斯蒂安的表情一扫而光，“你最好马上走，”他神情严肃地说。“韦斯特克里夫来了。”

“我哪儿也不去，”她立刻说，“韦斯特克里夫这样的绅士绝不会在女士面前打架。”

塞巴斯蒂安大声嘲笑起来，“我可不会躲在你的裙子后面，宝贝。不过我觉得他来这儿不是为了打架——我们之间的事在我绑架莉莲小姐那天晚上就已经解决了。”

“那他来干什么？”

“不是为了警告我，就是为了救你。也可能是为了这两件事。”

韦斯特克里夫走进办公室，伊薇仍站在塞巴斯蒂安身边。

堪姆先开了口。“老爷，”他对塞巴斯蒂安说，“我让公爵大人等一下，但是他执意——”

“没人能让韦斯特克里夫做任何事，”塞巴斯蒂安冷冷地说，“没事了，堪姆。回赌房去吧。你不在，那里就要天下大乱了。顺便把圣·文森特夫人也带走。”

“不。”伊薇立即说道，用关切的神情看了看一脸嘲讽的塞巴斯蒂安，又看了看紧绷着脸的韦斯特克里夫。“我要留在这儿。”她向韦斯特克里夫伸出手，“老爷，我时常想到莉莲……她一切都好吧？”

韦斯特克里夫轻轻握了握她的手，用他那独特的、略带沙哑的嗓音说：“很好，她希望你能搬去和我们同住，如果你不反对的话。”

尽管几分钟前塞巴斯蒂安还逼迫伊薇离开赌馆，韦斯特克里夫的这番话却让他气炸了肺。这个傲慢的狗杂种，竟想从他眼皮底下把伊薇夺走——

“谢谢你，老爷。”伊薇直视着韦斯特克里夫轮廓粗犷的脸，轻轻地回答。他长着一头黑发，眼睛也是深黑色，简直无法区分虹膜和瞳孔。“你们真是太客气了。我很想尽快来访，不过此刻却无法接受这番盛情相邀。”

“没问题，你什么时候想来都可以。请允许我对令严的亡故表示哀悼。”

“谢谢你。”伊薇对韦斯特克里夫笑了笑，塞巴斯蒂安看在眼里，恨在心里。

作为全英格兰历史最悠久、最有威望的公爵名号的拥有者，马库斯·韦斯特克里夫老爷浑身透着一种威严，他习惯别人听命于他。尽管从传统意义上来说，他算不上英俊，但他黝黑的皮肤透着一股活力，精力十足的身体充满了男性魅力，这令他不管到哪儿都备受瞩目。他是个运动好手，极擅骑马，总是喜欢挑战自身的极限，不断突破。实际上，在生活中不管做什么事他都力求尽善尽美。

韦斯特克里夫和塞巴斯蒂安从十岁起就一直是好朋友，在寄宿学校一起度过了青少年时光。他们还是小孩子时就建立了让人看不懂的友情。韦斯特克里夫生性传统，固守着道德准则，是非观念很强。塞巴斯蒂安却让人头疼，他喜欢耍小聪明，总是把简单的事情搞复杂。韦斯特克里夫素来走大路，直来直去，一针见血；可塞巴斯蒂安却偏爱羊肠小道，到达目的地之前不拐几个弯、不惹一大堆麻烦他就不过瘾。

尽管有着诸多不同，两个孩子还是非常了解彼此，他们在冷漠且控制欲极强的父亲的影响中长大，有着极其相似的世界观，能够冷静客观地看待这个社会，从不轻易相信任何人。此刻，塞巴斯蒂安感到些许凄凉，自己亲手破坏了韦斯特克里夫的信任，到了无法补救的地步，有生以来第一次感到无比痛楚，知道后悔了。

究竟为什么会注意莉莲·鲍曼？当时明明知道韦斯特克里夫钟情于她。为什么不另找个女继承人结婚呢？他真傻，竟没注意到伊薇。现在想想，为了莉莲牺牲这份友情实在不值得。私下里，塞巴斯蒂安不得不承认生活中没有韦斯特克里夫就好像脚上长了个永远都不会好的泡，反复摩擦，疼痛难忍。

堪姆离开时带上了门，塞巴斯蒂安见门一关便伸出手臂搂住伊薇纤瘦的肩膀，似乎在宣告她是他的私有产品，用嘲讽的口吻对自己曾经的朋友说："蜜月过得愉快吗？"

韦斯特克里夫没有回答。"考虑到目前的情况，"他对伊薇说，"我觉得有必要问你——你结婚是受人强迫的吗？"

“不是，”伊薇认真地说，慢慢靠近塞巴斯蒂安，好像要保护他，“是真的，老爷，是我自己的想法。我去了圣·文森特老爷的家，请求他的帮助。是他帮助了我。”

韦斯特克里夫显得不太相信，他简略地说：“当时你一定还有别的办法啊。”

“当时我实在想不到还有什么别的办法。”她用纤细的手臂挽住塞巴斯蒂安的腰，后者惊讶地一时停止了呼吸。“我不后悔自己的决定，”只听伊薇坚定地说，“就算要再做一次，我也会毫不犹豫。圣·文森特老爷一直对我非常好。”

“当然，她在撒谎。”塞巴斯蒂安淡淡一笑，心却狂跳不已。伊薇站在他的身旁，柔软的身体紧紧靠着他，他能清晰地感到她身体的温暖，嗅到她的体香，不明白为什么她要如此维护他。“我对她很坏。”他直白地对韦斯特克里夫说，“不过幸运的是，长久以来圣·文森特夫人一直被家人虐待，所以她对‘好’的概念还有些模糊。”

“这不是真的。”伊薇对韦斯特克里夫说。两个人都不看塞巴斯蒂安。就这样被排除在谈话之外，塞巴斯蒂安气急败坏。“这段时间我过得很不容易，如果没有我丈夫的帮助，可能捱不过来。他悉心照顾我的健康，尽全力保护我，还努力地打理我父亲的生意。两个姨父想把我抢走，也是他救了我——”

“甜心，你实在把我说得太好了。”塞巴斯蒂安带着一丝邪恶的自满对她说，“韦斯特克里夫很了解我是怎样的人，我绝不会工作，更不会救任何人。我只关心自己。”让他大为恼火的是，其他两个人对他毫不理睬。

“老爷，”伊薇对公爵说道，“就我对丈夫的了解，我相信如果他事先知道你爱莉莲的话绝不会做那种事的。尽管这并不算理由，但是——”

“他根本不爱她。”塞巴斯蒂安咆哮道，把伊薇推到一边。突然间，整个房间似乎颤抖起来，两边的墙仿佛靠得越来越近，大有要把他挤死的势头。这个女人，谁要她为他道歉！谁要她装出一副和他相亲相爱的样子？“他跟我一样，根本不相信爱情。”他怒视了一眼韦斯特克里夫，“还记得吗？你无数次对我说过，爱情只不过是男人的自欺欺人，为了让婚姻的必然性更容易接受。”

“我那时想错了，”韦斯特克里夫说，“你何必如此愤怒？”

“我没有——”塞巴斯蒂安意识到韦斯特克里夫说得没错。他瞥了一眼伊薇，猛然发现他们两人经历了一场角色的转换……她，曾经口吃的壁花，此刻平静而沉稳……而他，一个一直冷静自持的男人，现在却像个暴跳如雷的傻子。这一切都被韦斯特克里夫看在眼里，他正细细地观察着面前的两个人。

“究竟怎样做才能摆脱你？”塞巴斯蒂安突然对伊薇说，“如果你不想去市区的住所，就跟韦斯特克里夫走吧。只要在我视线中消失，我根本不在乎你在哪儿。”

她瞪圆了眼睛，身体抽搐了一下，好像被一只金属飞镖击中。尽管仍显得很镇定，她深深地吸了口气，慢慢地呼了出来。塞巴斯蒂安望着她，恨不得立刻跪倒在她面前请求原谅。然而，他只是一动不动地看着她朝门走去。

“伊薇——”他咕哝着。

她没有理他，挺了挺肩膀，径直走出了办公室。

塞巴斯蒂安望着她远去的背影，攥紧了拳头，直到双手隐隐作痛。片刻后，他强迫自己转向韦斯特克里夫。他的老朋友望着他，眼里没有恨意，竟有几分迟疑的怜悯。“我没料到你现在变成这样，”韦斯特克里夫平静地说，“你这样真不像自己，塞巴斯蒂安。”

韦斯特克里夫有很多年没有直呼他的名字了。男人之间总是叫对方的姓或头衔，即使亲兄弟或最好的朋友之间也是如此。

“去你的，”塞巴斯蒂安埋怨道，“我就知道你今晚来是为了伊薇的事。不过，你来晚了，我们一个月前就在这儿了。”

“我本来是为这件事而来，”韦斯特克里夫承认，“不过，现在我准备多呆一会儿，喝上一杯白兰地，听你说说这段时间到底做了些什么。你不妨先说说，为什么突然管理起赌馆来了？”

赌馆里那么忙，现在要坐下来聊天实在太不是时候——可突然之间塞巴斯蒂安竟全然不在乎了。他已经好久好久没有和熟知他的人谈心了。尽管和韦斯特克里夫之间的友情已经化为乌有，但是能聊聊天，即使并不被认同，也能带来极大的安慰。“好吧，”他咕哝着，“我们来聊聊吧。你呆在这儿，我去去就来——太太一个人在赌馆里走来走去我实在不放心。”

他大步离开办公室，来到大厅。没见到伊薇的身影，于是他揣测她可能穿过正中的房间，走了另一条路。他在一扇拱门前停了下来，朝里张望，里面人山人海，人头攒动。尽管如此，他还是一下就辨认出伊薇明亮的头发。她正朝堪姆坐的角落走去。所到之处，客人们都为她让路。

起初，塞巴斯蒂安只是慢慢跟着她，可渐渐地越走越快。他此刻思绪烦乱，挣扎着想弄清自己究竟怎么了。应付起女人来他一向得心应手。可是为什么这一次，这女人却让他牵肠挂肚？她是他最想要的东西，就在眼前，他却只能眼睁睁地看着。因为劣迹斑斑的过去，他必须忍耐再忍耐。他多么想占有她……可是不，他不忍心。自己久居江湖，而她还是一张纯洁无瑕的白纸，和他在一起无异于把白纸泡在染缸里，到最后她也被污浊了，连一寸干净之处都找不到。到那时，她会变得愤世嫉俗，尖酸刻薄……她会慢慢看透他，鄙视他。

堪姆坐在高脚凳上，监督着赌房里的一切，他注意到伊薇的到来，便转动凳子面对她，一只脚搁在地上。他抬起头，飞快地扫视了一下整个房间，对周围的一切表现出一如既往的警觉。看到塞巴斯蒂安，堪姆微微点了一下头，表示自己会看好伊薇直到他走过来。

堪姆又一次环视整个房间，这一次，他双眉紧锁。肩膀抽动了一下，好像被脖子后的汗毛刺痛了。他急转过头，向身后望去，见没人，便向后挪了挪身子。然而，出于某种异常强烈的本能，他不断审视着人群，眼神如同被磁铁所吸引……他又向二楼的画廊望去……塞巴斯蒂安发现这吉卜赛男孩的眼睛里带着突然而至的尖锐，有如刀锋。

终于走出了人群，塞巴斯蒂安顺着堪姆震惊的眼神望去，看到一个肤色黝黑、体格壮硕的男人站在东楼厅上，俯视着主层。他看上去衣衫不整，肮脏不堪，黑头发粘在子弹头脑壳上。乔斯·布拉德，塞巴斯蒂安一下子认出了他……他是怎么混进来的，居然没被发现？一定是从暗门进来的。赌馆里的暗门暗道比兔子洞都多。堪姆和布拉德从小在赌馆长大，对这个地方比任何人都熟悉——

见布拉德手里握着一把枪，枪管向外反射着光，塞巴斯蒂安的脑子“轰”地炸开了。即便从这个角度看，目标依然很明显。他想杀死伊薇，而伊薇的位置离堪姆还有大约六码远。

巨大的恐惧像火一样燃烧着塞巴斯蒂安，他已经顾不得细想，凭着一股原始的本能，像闪电一般向前跃起。那一刹那，伊薇的身形在他的视线中变得异常明显且清晰，他能看清她的天鹅绒长裙上的每一根软毛。为了尽快赶到她身边，他身上的每一根神经、每一块肌肉都紧紧绷着，每一次如雷鸣般的心跳竭尽全力供血给快速移动的四肢。终于，他的手疯狂地抓住她，整个身体罩住了她，巨大的冲力使两人向地上倒去。

一声枪响在巨穴般的赌房里回荡。塞巴斯蒂安觉得侧身猛地一震，像被重拳击中；接着一阵剧烈的疼痛袭来，子弹铅套穿过肌肉和软组织，所到之处，动脉网状结构皆被划破。两人重重地倒在地上，塞巴斯蒂安被震得有些晕眩，只罩住了她身体的一部分，又伸出手盖住她的头，伊薇在他身体下挣扎着。“别动，”他喘着气，将她按在地板上，怕布拉德再开枪，“等等，伊薇。”

她听从了，一时间赌房里人声鼎沸……尖叫声和喧哗声不绝于耳……还有如雷鸣般轰隆隆的脚步声……

塞巴斯蒂安在伊薇背上支撑起身体，壮着胆子向二楼楼厅望去。布拉德已经不在了。他痛得哼了一声，滚了一下侧过身子，在伊薇身上搜寻着，担心子弹也伤到了她。“伊薇……甜心……你伤到了吗?”

“你为什么把我扑倒?”她用含糊的声音问他,“不,我没伤到。刚才是什么声音?”

他用颤抖的手抚摸着她的脸,将垂到她眼前的一绺头发拂到后面去。

伊薇困惑极了,扭动着从他的身体下面钻出来,坐了起来。塞巴斯蒂安仍旧侧身躺着,大口喘着气,鲜血正不断地从胸口和腰部淌出来。

人们成群结队想逃出去,眼看就要踩死倒在地上的这对夫妻。一个男人奋力穿过蜂拥的人群,来到他们身边,蹲了下来,用自己的身体挡住他们,像一座堡垒那样保护他们不受践踏。塞巴斯蒂安眨眨眼睛,意识到是韦斯特克里夫。头昏目眩中,他伸出手来抓住韦斯特克里夫的大衣。

“他是冲着伊薇来的,”塞巴斯蒂安嗓音沙哑,舔了舔已经麻木的嘴唇继续说,“要保证她安全……保证她……”

看到塞巴斯蒂安的胸前一片血红,伊薇颤抖着大叫起来,他受伤了。她撕开他大衣和马甲的扣子,用力过猛,扯破了口袋。韦斯特克里夫一声不响地脱下大衣,把马甲叠成一团。伊薇把塞巴斯蒂安鲜血浸透的衬衫撕了下来,伤口在身体侧面,正汩汩地流着血。她的脸色顿时惨白,眼里闪着泪光。她尽量克制自己的惊愕,从韦斯特克里夫手里接过马甲,紧紧贴着伤口,暂作止血之用。

这么一压带来一阵剧痛,塞巴斯蒂安禁不住低低地呻吟起来。他的手悬在半空中,手指呈半弯曲状。空气中满是鲜血的味道。韦斯特克里夫在他跟前弯下腰，仔细检查伤势。“还好，”塞巴斯蒂安听到他对伊薇说，“看来没什么大碍，没伤到血管。”

韦斯特克里夫继续用手压着马甲，伊薇移动身子，将塞巴斯蒂安的头放到自己的大腿上，靠着她柔软的黑色天鹅绒裙子。她拿过他的手，紧紧地握着。她的手似乎成了他的依靠，使他躯体上的剧痛有所减轻。塞巴斯蒂安盯着她向下倾斜的脸，无法解读她的表情。她的眼里闪着深沉的、奇异的光，有如温情，又像悲伤……极其少见，极其深邃。他无法了解她的思绪，从没有人用这种眼神看过他。

他挣扎着，想消除她眼中这令人困惑的表情。“我想英雄救美……”一阵剧痛袭来，他痛得吸了口气，一时说不出话来。“……结果搞成这样，”他继续道，“我看我还是继续当恶棍好了，起码……安全得多。”

听到这玩笑话，韦斯特克里夫眼睛倏地一闪。“子弹是从楼上的画廊射出的。”他说。

“是我们以前的伙计……布拉德……最近被解雇了。”

“你能确定他要杀的是圣·文森特夫人吗?”

“是的。”

“也许他认为伤害她是对你最好的报复。”

塞巴斯蒂安的脑子此刻晕乎乎的，无法理清思路。“不……”他咕哝着，“不是这样……他不知道我在乎她……所有的人都以为……我们是为利益而结合的。”

韦斯特克里夫奇怪地看了他一眼，没有说话。塞巴斯蒂安不知道自己和伊薇此刻看上去怎样，他只是紧握着她的手，由她温柔地搂着,好似母亲搂着自己受伤的孩子。他只知道侧面的伤口痛得无法忍受。一阵阵的剧痛不断地侵袭着身体,牙齿开始打颤。隐约中,他感到韦斯特克里夫走开了一会儿,大声命令着赌馆里的伙计,回来时,手臂上挂满了外套,也不知道衣服的主人是自愿捐献还是遭人胁迫。韦斯特克里夫把外套盖在塞巴斯蒂安身上,又把手按在他的伤口上。

塞巴斯蒂安暂时失去了知觉,醒来时,感到伊薇正用手抚摸着他冰冷的、汗涔涔的脸。"医生马上就到了,"她轻声说,"等血止住了,就把你送到楼上去。"

他紧咬的牙齿之间发出呼吸时的嘶嘶声,"罗恩在哪儿?"

"枪一响,我见他去追布拉德了。"韦斯特克里夫回答,"当时的情况是,罗恩爬上一根柱子,上了二楼。"

"如果他抓不住那个狗杂种,"塞巴斯蒂安嘀咕着,"我会亲手抓住他。然后——"

"嘘……"伊薇安抚着他,另一只手伸进一堆衣服里,抚摸他的胸口。她的手掌搁在他微弱的心跳处,手指轻抚着脖子上挂着的金链子,随着链条一直往下,她触摸到悬在最下端的那只苏格兰金做的婚戒。

一直以来,塞巴斯蒂安都不想让她发现他贴身戴着这枚戒指。他感到有些烦乱,便轻轻说,"这没什么……我只是不想把它弄丢——"

"我明白。"伊薇低声说,又一次把手在他胸口摊平。她用嘴唇亲吻他的额头,温柔的呼吸抚慰着他。"你要知道,"她微笑着说,"我必须留下来,你已经给了我最好的理由。我必须照顾你,直到你身体康复，亲自把我赶走。”

塞巴斯蒂安却笑不出来。他焦虑极了，只要布拉德一天没有抓住，伊薇在哪儿都不安全。“韦斯特克里夫，”他瓮声瓮气地说，“我妻子……得有人保护……”

“她不会有事的。”韦斯特克里夫让他放心。

塞巴斯蒂安盯着曾经的朋友，这个他生命中唯一尊敬的男人。韦斯特克里夫表情严肃。两人都很清楚，伊薇没有经验，有些事她不明白……尽管子弹没有击中要害部位，伤口却有可能化脓。就算塞巴斯蒂安不死于失血过多，也有可能丧命于发烧。如果真是这样，伊薇就没人保护，要独自一人存活在这个满是掠夺者的世界里，和一个个像他这样的男人打交道。

塞巴斯蒂安身体变冷，不断发抖，他已气若游丝，却仍然急切地从嘴里硬挤出几个字。“韦斯特克里夫……我过去做的事……是我不对。原谅……原谅……”尽管眼皮就要耷拉下来，他还是挣扎着保持清醒，“伊薇……保护她。请你……”他感到自己坠入一片火花的汪洋，越坠越深，直到摇曳的亮光全部熄灭，身体沉入一片漆黑之中。

“塞巴斯蒂安。”伊薇轻声呼唤，拿起他垂下的手贴在自己脸上。她亲吻着他的手指，泪水簌簌而下。

“没事的，”韦斯特克里夫安慰她，“他只是暂时昏了过去。一会儿就会醒过来的。”

她喘着气，低低地呜咽了一声，控制着自己的情绪，“他有意用身体挡着我，”片刻后，她说，“他这一枪是替我挨的。”

“似乎是这样。”韦斯特克里夫好奇地望着她，陷入了沉思。

撇开其他的种种不论，自从私奔以后，塞巴斯蒂安和这位令人想不到的新娘之间一定经历了许多有趣的改变。

莉莲得知圣·文森特和伊万杰林·詹纳结婚的消息后，气得大怒，忧心忡忡，不知道会有什么样的祸事发生到她的朋友身上。

“那个魔鬼！”在从意大利回伦敦的路上，莉莲大叫着，“他找谁不好，偏偏找了伊薇……天哪，你不知道伊薇有多脆弱。他一定对她很残忍……伊薇又没人保护，又那么天真，什么都不懂……我的上帝，我要杀了他！”

“不过听你妹妹说，她似乎并不是被胁迫的。”韦斯特克里夫理性地指出，其实他对伊万杰林·詹纳也很关切，毕竟她现在在塞巴斯蒂安手上。

“她害怕，所以什么都不敢承认。”莉莲说，来回踱步，眼神犀利。“有可能他强奸了她，威胁她，说不定还打她——”

“不，不，”韦斯特克里夫安慰道，伸出双臂搂住她僵硬的身体，“听黛西和安娜贝尔说，她有很多机会告诉她们实情，但她并没有说自己受到虐待。你也不要那么担心了，我明天去趟赌馆看看她。如果她愿意，可以和我们一起住在汉普夏郡。”

“住多久？”莉莲咕哝着，钻进他的怀抱中。

“想住多久就住多久啊。”

“噢，马库斯……”莉莲双眼湿润了，她眨了眨眼睛，“你愿意为我这样做？”

“亲爱的，我愿意为你做任何事，”他温和地对她说，“只要你开心。”

因此，韦斯特克里夫这次来詹纳赌馆是想看看伊万杰林是不是被囚禁在这儿，不过，与所有的猜测相反，他见到的是一个想迫切留下的女人，一个显然深爱着圣·文森特的女人。

再看圣·文森特，一直以来，他是那么冷漠清高，拒人千里……很难想象一个向来对女人随心所欲、漠不关心的男人今天竟为了一个女人置自己的生命安危于不顾。为了这个女人，圣·文森特，这个在生命中从未有过任何悔意的男人，居然向他道歉，还恳求他保护自己的妻子。看来结论只有一个：尽管难以置信，圣·文森特终于学会了关心别人，甚至胜于关心自己。

这情形实在叫人费解。像伊万杰琳·詹纳这样的女人怎么可能让圣·文森特这样老于世故的男人发生如此巨大的改变呢？不过，韦斯特克里夫知道感情上的事往往不能用逻辑来解释。有时候，人性的差异能像铰链一样拴住两个灵魂。

"夫人——"他温和地说。

"叫我伊薇。"她说，还把丈夫的手搁在脸上。

"伊薇。我必须要问……你为什么不挑别人，偏偏选中圣·文森特结婚？"

伊薇慢慢放下圣·文森特的手，脸上挂着令人怜爱的微笑。"我必须找到一条法律上行得通的方法，永远地逃离我的家。结婚是唯一的办法。你也知道，在汉普夏郡我没什么追求者。听到圣·文森特对莉莲所做的，我震惊不已……但我同时想到……他是我唯一认识的，跟我一样迫切想结婚的人，迫切到可以答应一切条件。"

"让他来掌管你父亲的赌馆也是你的计划之一吗？"

“不，是他决定要管的，我也很吃惊。实际上，自从我们结婚后，他就总是做些让我想不到的事。”

“怎么说？”

“他尽一切努力照顾我——却总是表现得满不在乎。”她盯着丈夫失去知觉的脸。“他并不像竭力伪装的那样无情无义。”

“没错，”韦斯特克里夫表示同意，“他不是无情无义的人——尽管今晚之前我还心存疑虑。”

第十八章

虽然堪姆和韦斯特克里夫尽可能小心地把塞巴斯蒂安移到床上，这还是大大消耗了他的身体。伊薇紧紧地跟在后面，见塞巴斯蒂安的脸苍白得没有一点血色，感到痛苦万状。堪姆此刻也心烦意乱，然而还是尽力保持镇定，全神贯注于手上的事。

“我真不知道他是怎么进来的。”男孩嘀咕着。伊薇意识到他在说布拉德。“我知道这里所有的入口和出口。我以为已经做好了足够的防备——”

“这不是你的错，堪姆。”伊薇轻轻地打断他。

“我嘱咐了所有的伙计，还是有人把他放了进来——”

“这不是你的错。”她重复道，男孩不做声了，很明显他认为自己有责任。

除了在转弯时轻声指示了几句，韦斯特克里夫几乎一直沉默着。他抬着塞巴斯蒂安的上半身，堪姆抬着他的腿。两人都很健壮，所以很轻松就把身材高大的塞巴斯蒂安抬进了主卧室。房间重新布置过了，墙上涂了一层乳白色的漆。旧床已经扔掉，从塞巴斯蒂安市区的房子里搬来了一张新床，又大又华贵。谁能想到伊薇父亲刚过世不久，这里又成了病房。

在伊薇的吩咐下，两个女佣人来回跑着，取来毛巾和水，把亚麻布撕成一大条一大条的。塞巴斯蒂安虚弱的身体被慢慢移到床上，伊薇把他的靴子拽了下来，堪姆和韦斯特克里夫一起脱下他血迹斑斑的衣服。两人心有灵犀，都没去碰白色亚麻内裤，为他留着它遮体。

伊薇拿起一块干净的布在温水里蘸了蘸，清洗丈夫的身体，血污在淡金色的胸毛里看上去像锈斑。这伤使他显得无力，可身形却令人震撼。由于持续不断的体力活动和最近多次后巷冲突，他身上的肌肉得到了充分的锻炼，因此优美的身形也变得更为紧致。

韦斯特克里夫拿起一块布，挡住伤口里流出的血迹，更仔细地检查伤势。"从伤口的大小来看，我猜布拉德用的是口径五十的手枪。"

"手枪在我这儿，"堪姆急忙说，"布拉德开枪后把它落在二楼的画廊里了。"

韦斯特克里夫饶有兴致地眯起眼睛，"让我看看。"

男孩把枪从外套口袋里取出来，枪把朝外递给他。韦斯特克里夫像个老行家那样审视着它。"这是把决斗用的枪，"他注意到，"九英寸长，带瞄准头枪管……白金制安全排气口，枪膛和锁定板上都有刻花……价格不菲啊，和其他零部件一套卖出，在曼顿大街造的。"他又更细致地检查起来，"这里有一块银色的锁眼盖……我想上面应该刻着枪主人的名字。虽然字磨掉了大半看不清楚。”他抬起一道眉毛，瞟了一眼堪姆，把枪丢进口袋里，“我把枪留下了，你没意见吧。”

堪姆觉得这无所谓同意不同意，便淡淡地说：“当然，老爷。”

这时，哈蒙德医生来了，堪姆和韦斯特克里夫停止了谈话，离开房间。哈蒙德医生为人和善，医术高超，过去曾照料过伊薇的父亲。他仔细检查了病情，清洁了伤口，将它轻轻包扎起来。“还好没打到要害部位，”他告诉伊薇，长着胡须的脸上一副严肃的表情，“他伤得不轻啊。能不能恢复要看他的意志力，照顾得好不好……当然，还得看天意。高烧是肯定要发的，这得有个过程。像这样的情况，要将病人体内的坏血尽可能逼出来。我会每天来的，看看什么时候需要放血。这段时间，你一定要让他保持清洁，休息好，多喝水、牛肉汤，按时吃药。这些都是对他康复有帮助的。”

伊薇从他手里接过止痛糖浆，轻声道谢。医生走后，她把被子盖在塞巴斯蒂安身上，由于身体受到撞击加上失血过多，他不住地哆嗦着。

他睁开眼睛，有些困难地注视着她，“如果要靠天意，”他小声说，“那我惨了……除非天使也受贿。”

她吃了一惊，大笑起来，“不要亵渎神灵。”她打开糖浆，倒了一勺，一只手臂从他脖子后面绕到嘴边，“喝了它。”

他大口吞下药，做了个鬼脸，大叫难吃。

伊薇仍旧搂着他，另一只手取来一杯水，送到他嘴边，杯子边触到他的牙齿。“快喝。”她轻轻说。

塞巴斯蒂安听从了，向后靠在枕头上，“布拉德——”

"堪姆没逮住他。"伊薇回答道,伸手去拿装着润滑油的小罐子。她用手指轻柔地涂了一些在他皲裂的双唇上,"他和韦斯特克里夫现在在楼下,警察来调查情况了。"

"还有其他人受伤吗?"塞巴斯蒂安问,想直起身子。一阵疼痛袭来,他脸色惨白,倒吸了口气向后倒去。

"别动,"伊薇尖声说,"你一动又要流血了。"她把一只手放在他的胸口,轻抚着悬挂在他胸前的那条闪着光的细链子,一直触碰到那枚婚戒。"其他人都没受伤,"她回答道,"赌客们得知袭击者逃跑后,蜂拥而入,觉得今晚的经历很有趣。"

他的唇上浮现出诡异的一笑,"是比我预想的……有趣些。"

"堪姆说一点也不会影响生意。"

"安全措施要做好,"塞巴斯蒂安轻声说,说话令他觉得精疲力竭,"告诉堪姆——"

"知道了,他准备雇更多的人。不想这些了。你现在唯一要想的就是快点好起来。"

"伊薇……"他颤颤巍巍地伸出手,无力地抓住她搁在他胸口上的手指。两只手合在一起,下面是链子和婚戒,从那儿能感到他极不稳定的心跳。"你跟韦斯特克里夫走吧,"他含混地说,闭上眼睛,"以后——"

以后什么?伊薇盯着他发灰的脸,意识到他在说自己死了以后。她感到他的手正慢慢移开,便紧紧握住它。他的手变了……不再光滑,指甲不再平整,变得很硬,满是老茧,指甲深陷在肉里。"不,"她轻声却坚定地说,"没有'以后'。我要分分秒秒跟你在一起。你也要跟我在一起。我不会让你就这样离开的。”她的呼吸突然变得沉重起来，恐慌像堵墙一样重重地压在胸口。她仍坐在他面前，转过手来，用手掌贴着他的手掌，两人的脉搏在一起跳动……一个弱，一个强。“如果我的爱可以让你挺过来，就能把你留在身边。”

塞巴斯蒂安在一阵模糊的痛感中醒来，不仅伤口隐隐作痛，头、身上的骨头和关节也是如此。他浑身发干燥热，好像有一团火在皮肤下熊熊燃烧。不断地扭动着身子，却无力逃离这团火。突然，一双轻柔的手抚摸着他，一条湿毛巾盖在脸上。他舒了口气，伸出手想抓住给他带来清凉的手，可手指却软弱无力。

“不……塞巴斯蒂安，别这样……躺着别动。让我来。”伊薇的声音使他不再疯狂地扭动。他喘了口气，强迫自己放开她，在床上平躺着。冷毛巾一次又一次地擦拭着他的身体，暂时缓解了他的痛苦。每一次舒缓的接触都起着安神的作用，在她的照顾下，他终于能安静地躺着了。“伊薇。”他声音嘶哑地呼唤着。

她停了停，把些许碎冰块放在他干裂的嘴唇上，“亲爱的，我在这儿呢。”

他抬起睫毛，睁开眼睛，被她如此亲密的声音迷惑了，望着她靠过来。冰块在他干涸的嘴唇上很快融化了，不等他要，她又加了一些，把毛巾一次次弄湿又绞干，擦拭他的胸口、两侧和手臂背面。房间里光线昏暗，一缕阳光夹杂着寒风从半开的窗户传了进来。

见他望着窗外，伊薇轻声说：“医生让我关上窗，不过我看你开着窗时休息得更好。”

伊薇继续用冷毛巾替他擦身，塞巴斯蒂安躺着，心里充满了感激。她一袭白衣，肤色如雪，好像一位纯洁善良的仙子，在黑暗中向他施加魔法。

“我躺在这儿有多久了?”他低声问。

“已经三天了。亲爱的，你向没伤到的一面转过去点儿……让我把这个枕头垫在下面……好。”他的后背露出一些，伊薇擦了擦他酸痛的肩膀，又顺着脊椎擦下去，他轻轻地呻吟起来，依稀记得前几次擦身的情景……她的双手如此轻柔……灯光下的脸显得分外恬静。在疼痛和梦魇中，仍然能感觉到她无微不至的照料。他发烧打寒颤，她就用被子裹住他，伸出双臂搂住他发抖的身体，一直守在他的身边，无须呼唤……她似乎能深入他芜乱的思绪，洞察一切。他最担心的莫过于如此依赖一个人。伤口的炎症越来越重，高烧也持续不退，随着时间的流逝，他变得越来越虚弱，觉得死神像幽灵一般，急不可待地在身边盘旋，准备在他彻底丧失抵抗力时夺走他的生命。每当伊薇到来，死神便暂时退去……尽管仍在等待时机，却不那么气势汹汹。

他从未像这样感受到她的力量。即使见过她悉心照顾父亲，也想象不出自己依赖她、需要她时是怎样的情景。没有什么能使她退却，没有什么她不能做。她成了他的支柱，他的避风港……她温柔的爱融化了他，尽管他试图远离，心里却对这爱无限渴望。

她温柔却有力的手臂慢慢将他扶起。“喝点水吧。”她哄着他，扶着他的头。塞巴斯蒂安哼了哼，不想喝。尽管他口干舌燥，可一两滴水也让他感到恶心。“就当为我喝。”她坚持道，把杯子递到他嘴边。

塞巴斯蒂安眯着眼，假装生气地瞟了她一眼，喝了水……他恨自己被伊薇赞扬了几句就心花怒放起来。“真乖，”她笑着低语道，“对，就这样。好，休息吧，我再帮你擦身。”毛巾轻轻拂过他的喉咙和脸，他渐渐放松下来，舒了口气。

他沉沉地陷入一片令人窒息的黑暗中，连连做梦，没有一刻宁静。不知过了多久，他在一阵剧痛中醒来，慌忙去摸侧面的伤口，那儿如火烧般疼痛，好像有支毒矛扎在里面。

伊薇镇定的声音使他不再慌乱，“塞巴斯蒂安……快躺好。哈蒙德医生来了。让他看看你。”

塞巴斯蒂安虚弱无力，动弹不得，双臂和双腿如同灌了铅一般。“帮我……”他用嘶哑的声音低低地叫着，不想继续平躺着。伊薇明白他的意思，马上扶起他的头，把一个枕头塞在下面。

“下午好，老爷。”传来一个低沉的声音。胖胖的医生走到他面前，轻轻一笑，灰白的胡子晃动起来，红润的脸庞送来一阵暖意。“希望他好些了，”哈蒙德对伊薇说，“高烧有没有退了点儿？”

她摇摇头。

“他有没有胃口？想不想喝水？”

“喝过几次水，”伊薇小声说，握住塞巴斯蒂安的手，“不过一点肉汤也喝不进。”

塞巴斯蒂安感到被子被移到了跨部，绷带也被剥去了。他试图抗议这样轻易地暴露身体，伊薇用手按着他的胸口。“没关系的，”她低语道，“他只是想帮你。”

医生和伊薇盯着伤口看，塞巴斯蒂安虚弱得连头都抬不起来，只是盯着伊薇的脸。见她神情未变，却很快眨了眨眼睛，他知道自己的情况没有好转。

“我担心的情况出现了，”哈蒙德静静地说，“伤口化脓了。看到这些向心脏扩散的红色条状物吗？我得把坏血从他体内逼出一些，希望这样能减轻他的炎症。”

“可是他已经流了那么多血了……”伊薇有些迷惑。

“逼出来的血不会超过四品脱①，”哈蒙德肯定地说，让伊薇放心，“这不伤身体，夫人，只会减除毒血的淤积，减少血管受到的压迫。”

塞巴斯蒂安对放血一向心存疑虑，更何况这次竟轮到自己。微弱的脉搏狂跳起来，他拉了拉伊薇的手。“我不要。”他低声说，呼吸变得急促起来，眼冒金星，视力一片模糊，他挣扎着想看清楚，却不知不觉晕过去了。再睁开眼时，他发现自己的左臂被绑在椅背上，椅子上搁着个盛血的浅碗。碗里还没有血——哈蒙德向他靠近，手里拿着个形状像小盒子的器具。

“那是什么？”伊薇问道。塞巴斯蒂安使尽浑身力气转过头望着她。

“这个叫划痕器，”哈蒙德回答，“是目前最有效的放血方法，比过去用的柳叶刀先进多了。”

“伊薇。”塞巴斯蒂安低低地说。她却似乎没有听到，只是警觉地盯着医生，听他继续解释。

“……盒子里有十二把刀片，附在弹簧驱动的转轴上。只要

---

① 品脱：英制容量或体积单位，用于液量或干量单位，等于零点五六八升。

打开驱动装置，刀片就会在皮肤上划出浅浅的口子，血就能流出来。”

“伊薇。”

她瞥了一眼塞巴斯蒂安，不知看到了什么，便绕过床，走到他身边。“我在这儿，”她皱着眉头关切地说，“亲爱的，这会让你好起来——”

“不。”这会害死他。仅高烧和疼痛已极其难忍了。如果再因失血变得更虚弱，恐怕真的撑不下去了。塞巴斯蒂安疯狂地扯着自己紧绷的手臂，可惜绑得太牢，椅子也纹丝不动。真见鬼。他抬起眼睛，悲惨地看着自己的妻子，努力不让自己晕过去。“不，”他嘶哑地说，“不……别让他……”

“亲爱的，”伊薇低语道，俯下身子亲吻他颤抖的嘴，眼睛里突然闪着泪光，“这可能是你最好的机会——也是唯一的机会——”

“我会死的。伊薇……”越来越深的恐惧使黑暗又一次侵入他的视线，他强迫自己睁大眼睛。她的脸变得一片模糊。“我会死的。”他又低低地说了一次。

“圣·文森特夫人，”哈蒙德医生沉稳和善地说，“你丈夫的焦虑我可以理解。不过，他在病中，无法做出正确的判断。在这个时刻，只有你才能为他的安危作决定。如果我对疗效没有信心，绝不会推荐这一治疗方法。你必须让我继续。我看圣·文森特未必会记得这次谈话。”

塞巴斯蒂安闭上眼睛，绝望地呻吟起来。要是哈蒙德是个精神错乱的家伙，疯疯癫癫地大笑大叫……伊薇一定不会相信他。可是哈蒙德德高望重，所作的决定每每让人深信不疑。看来刽子手往往以不同面目示人。

伊薇是他唯一的希望，是唯一能帮他的人。塞巴斯蒂安永远也想不到会有这样一天……自己的生命延续与否取决于他不经世事的年轻妻子的判断，也许她会屈服于哈蒙德的权威。已经没有人能帮助塞巴斯蒂安了。

她的手指轻柔地抚摸着他发烧的脸颊，他恳切地望着她，说不出一个字。哦，上帝啊，伊薇，别让他——

“就这样吧。”伊薇柔声说，注视着他。塞巴斯蒂安的心停止了跳动，以为她对医生说……同意放血。然而她走到椅子边，灵巧地解开塞巴斯蒂安手腕上的绳子，指尖轻轻按摩发红的皮肤。

她说话时有些口吃。“哈、哈蒙德医生……圣·文森特老爷不、不想接受这项治疗。我必须尊重他的意思。”

塞巴斯蒂安备感轻松地吁了口气，竟轻轻呜咽了一声，这让他一生感到羞愧难耐。

“夫人，”哈蒙德一脸严肃，焦急地反驳道，“我请求您再考虑一下。怎么能顺从一个发着高烧、神志不清的病人的意愿呢？您知不知道这会要了他的命。让我帮助他吧。您必须相信我的判断，不管怎样，我毕竟比您更有经验啊。”

伊薇小心地坐在床的另一边，把塞巴斯蒂安的手放在自己的腿上。“我当然相信您的判、判——”伊薇停了下来，摇了摇头，对自己的口吃感到很不耐烦，“我丈夫有权为自己作决定。”

塞巴斯蒂安蜷起手指，抓住她裙子的褶皱。口吃说明内心焦躁不安，但她丝毫没有让步。仍旧替他坚守。他声音颤抖地叹了口气，放松下来，被玷污的灵魂现在由她掌管了。

哈蒙德摇摇头，开始整理器具。“如果您不准我施行医术，”他轻轻地，不失尊严地说，“也不愿听从我的专业意见，我恐怕不能再为两位效劳了。像这样的情况，如果不采取适当的治疗，我看不会有好结果的。愿上帝保佑两位。”

医生离开房间，空气里仍弥漫着他沉重的责备声。

塞巴斯蒂安感到难以言喻的轻松，手指在伊薇的腿上张开。“解脱了。”听到哈蒙德离开的关门声，他使劲咕哝着。

伊薇向下望着他，又想笑又想哭，“你这个固执的家伙，”她说，眼睛湿润了，“我们刚刚奋力赶走的可是伦敦最有名望的医生啊。就是找其他人来也是让你放血。我现在该去找谁？白人巫婆？巫师？还是科芬园的算命人？”

塞巴斯蒂安用尽身上最后一点力气，把她的手拉到自己的嘴边，“我要你，”他低低地说，将她的手指紧紧贴着嘴唇，“只要你。”

第十九章

伊薇反复思量，自己没让哈蒙德医生治疗塞巴斯蒂安是不是做错了。医生离开后，塞巴斯蒂安的情况一天不如一天，伤口肿得更严重，炎症更厉害，烧发得更凶。到午夜时，他已经神志不清了，通红的脸上一双眼睛闪着魔鬼般的光芒。他盯着伊薇，却不知是她，嘴里断断续续地说着些不着边际的话，他不行了，她心如刀绞。

“安静，”伊薇一次次地小声说，“安静。塞巴斯蒂安，你不能……”但是他迫切地坚持着，饱受摧残的脑子不断地回忆着，回忆着，最后，她不再阻止他，将他紧握的双手攥在手中，静静地听着他苦涩冗长的叙述。在清醒时，他绝不会容许任何人窥探他毫不设防的自我。可是，伊薇或许比其他任何人都明白在绝望的孤独中生活是怎样的感觉……渴望交流，渴望被填满，同时也理解孤独感在他心中潜藏得有多深。

过了不久，他嘶哑的声音变成时断时续的低语，伊薇轻轻地换下他额头上的冷毛巾，把润肤膏轻柔地涂在他开裂的嘴唇上。

一只手一直搁在他的侧脸上,金色的胡须刮得她手指疼。迷迷糊糊中,塞巴斯蒂安无言地低声呼唤,把脸投入她柔软的手掌中。这个美丽、可恶又饱受摧残的家伙。也许伊薇没必要如此呵护像他这样的男人。可望着他无助的身体,她知道只有眼前这个男人真正关心她……无论如何,他毕竟愿意为她牺牲自己的生命。

伊薇爬上床,躺在他身边,发现那条链子隐匿在他柔软而卷曲的胸毛中。她用手掌盖住结婚戒指,在他身边睡了几小时。

阳光照进屋子,塞巴斯蒂安昏迷不醒,一动不动。"塞巴斯蒂安?"伊薇抚摸他的脸和脖子,烫得吓人。这样的高烧极其罕见。她赶紧跳下床,跌跌撞撞地跑到打铃处,猛地拉动绳索。

在堪姆和女佣的帮助下,伊薇在床上放满了防水布和装满冰块的棉布袋,围绕在他身体周围。塞巴斯蒂安仍然一动不动,一声不吭。高烧似乎退了下去,这又让伊薇有了希望。可是好景不长,过不多久,温度继续攀升。

堪姆看上去不比伊薇轻松,他不仅要做自己的事,还要做塞巴斯蒂安的事。他朝坐在床边的伊薇走来,身上还穿着晚礼服,领结松松地挂在喉咙两边。

现在她终于体会到什么是真正的绝望。就算在梅布里克最痛苦的日子里,她还是心存希望。可是,如果塞巴斯蒂安活不了,她就再也快乐不起来了。

塞巴斯蒂安是第一个让她突破羞涩束缚的人,打从一开始,他就无微不至地照顾她,没有人这样对待过她。想到去往苏格兰的那次噩梦般的旅途,在马车里,他在她脚下放的第一块热砖，她凄凉地笑了，盯着丈夫蜡黄的脸庞，对堪姆说："我不知道该怎么救他，"她低语道，"找来的每个医生都让他放血，可我答应过他不这样做。"

堪姆伸出瘦瘦的手，将伊薇几天没洗的、芜乱的头发捋到身后。"我祖母会医术，"他若有所思地说，"我记得她曾经用盐水清洗伤口，并用泥炭藓包扎。有一次我发烧，她让我嚼四点草的茎。"

"四点草，"伊薇茫然地重复道，"从没听说过。"

他把一绺散乱的头发绕到她的耳后，"它们长在旷野里。"

伊薇扭过头，不让他碰。几天没洗澡，身上不干净，她感到有些尴尬，尤其因为吉卜赛人极讲究个人卫生。大多数人并不了解，其实吉卜赛人有许多有关清洁的习俗。"你能找一些来吗？"

"四点草？"

"还有泥炭藓。"

"我想可以，只要时间充裕。"

"我看他拖不了多久了。"伊薇说着哽咽了。她害怕自己情绪失控，便在椅子上直起身子，躲开堪姆安抚的手，"不……我没事，就……找些你觉得有用的东西来吧。"

"我很快回来。"他轻柔地说，立刻走了。

伊薇仍坐在床面，筋疲力竭，犹豫不决，想着也许该听从身体的需要，睡一觉，吃点东西，梳洗一番……可是哪怕离开几分钟她也担心，就怕万一塞巴斯蒂安悄无声息地去了。

她不断地抵抗着困倦的侵袭，迟迟没作出决定，脑子似乎已经停止运转了。她佝偻着身子坐在椅子上，呆呆地望着奄奄一息的丈夫，精神和肉体都已经不堪负荷，无法思考和行动了。除了塞巴斯蒂安胸口那极小的、几乎难以分辨的一起一伏，她已经察觉不到任何动静，也不知道有人进了房间。渐渐地，她发现有个男人站在她的椅子旁。他的出现给这个令人昏昏欲睡的病房注入了惊人的活力和震慑力。她抬起模糊的双眼，看到韦斯特克里夫老爷一脸关切。

韦斯特克里夫一言不发地向她伸出手，把她拉了起来。见她摇摇欲坠，他小心地扶着她。“看我把谁带来了。”他轻声说。伊薇斜着眼，向房间的另一头望去，视线落在另一个来客身上。

是莉莲·鲍曼——现在是韦斯特克里夫夫人了——她身穿一袭酒红色的裙子，看上去光彩照人，精神极了——从意大利南部和煦的阳光下归来，白皙的皮肤闪着红润的光芒。乌黑的头发用珠串真丝网罩挽在脑后，是时下流行的样式。莉莲身材高挑，体态轻盈，性格泼辣。人们想象她会拥有自己的海盗船……毋庸置疑，她是个喜欢冒险、不畏世俗的女人。尽管不具有安娜贝尔的古典美，莉莲却有着精致的五官，清晰的脸部轮廓，这份同样惊人的吸引力展示了她的美国特质，无论是否听到她纯正的纽约口音。

在朋友中，伊薇和莉莲最生疏。莉莲既没有安娜贝尔那种母性的温柔，也不像黛西那样活泼乐观……她伶牙俐齿，火急火燎，总是吓坏伊薇。不过，在危急中莉莲总会伸出援助之手。一看到伊薇憔悴的面容，莉莲便毫不犹豫地向她走来，伸出双臂拥抱她。

“伊薇，”她友好地低语道，“到底发生了什么？”

被好久不见的朋友紧紧搂着，伊薇又惊又喜，一时之间情不能已。她眼眶湿润了，喉咙哽咽了，渐渐抽泣起来。莉莲把她抱得更紧了。“你知道安娜贝尔和黛西告诉我你的事之后我有什么反应吗？”她说，用力拍了拍伊薇的背，“我差点倒在地板上，圣·文森特竟敢如此占你便宜，我已经祈求众神，降祸于他。真想亲自来这儿一枪打死他。不过看来有人比我更心急，轮不到我出手了。”

“我爱他。”伊薇哽咽着说。

“这不可能。”莉莲直截了当地说。

“我真的爱他。我已经失去了父亲，现在又要失去他。真叫人难以承受……我要发疯了。”

莉莲叹了口气，咕哝着，“只有你才会爱上这样一个邪恶自私又虚荣的纨绔子弟，伊薇。当然，我得承认他确实有吸引力……但是你应该爱一个也同样爱你的男人。”

“莉莲。”伊薇泪水涟涟地抗议着。

“哦，当然，现在去贬低一个病重的人的确不太公平。我什么也不说了。”她放开伊薇，细细地望着她泪光闪闪的脸，“其他人也想来。不过你知道黛西还没结婚，她没有侍女陪着就连打喷嚏也不行。安娜贝尔现在的身体，一动就累。所以我和韦斯特克里夫来了，我们会把这儿的一切都打理好的。”

“恐怕不行了，”伊薇抽泣着说，“他有伤……病得很重……我想，他刚刚昏、昏迷了……”

莉莲仍一手搂着伊薇，扭过头，大声问公爵，“韦斯特克里夫，他昏迷了吗？”这声音在病房里显得极其刺耳。

公爵正俯身望着塞巴斯蒂安，不悦地瞥了她一眼，“你们两个那么吵，怎么会有人昏迷？不，他没有，要不然他不会被惊动的。刚刚你大叫的时候，他动了一下。”

“我并没有大叫，只是高声说话而已，”莉莲纠正道，“这是有区别的。”

“是吗？”韦斯特克里夫淡淡地问道，把被单褪到塞巴斯蒂安的胯部，“你动不动就大呼小叫，我可听不出区别。”

莉莲“扑哧”笑了出来，放开了伊薇。“老爷，不管哪个女人跟你结婚都会变成这样的……我的老天，这太恐怖了。”看到韦斯特克里夫剥开伤口上的纱布，莉莲惊呼起来。

“没错。”公爵严肃地说，盯着淌着脓血的伤口，一丝丝的红色正向外扩张。

伊薇立刻跑到床边，抹着泪湿的脸。韦斯特克里夫从上衣里掏出一条干净的手帕递给她，一如既往的体贴。她擦擦眼睛，擤擤鼻子，俯视着丈夫。“从昨天下午开始他就神志不清了，”她声音颤抖地对韦斯特克里夫说，“我不愿意让哈蒙德医生放血……塞巴斯蒂安不要。现在我倒希望照医生的话做。可能这样他会好些。只是……我不想违拗他的意思做任何事。当时他看着我的那种表情——”

“我看就算你让他放了血也未必会好，”韦斯特克里夫打断她，“那样可能只会把他弄死。”

莉莲慢慢靠近，低头望了望化脓的伤口，不由地畏缩了一下，塞巴斯蒂安一脸病态的苍白。“那么，我们现在该为他做些什么?”

“罗恩先生建议用一种盐水溶液冲洗伤口,”伊薇说,轻轻地盖上子弹孔,将被单从塞巴斯蒂安的胯部往上拉,盖住他的胸口,“还有一种植物,也许可以退烧——他已经去找了。”

“我们可以试试用生大蒜水清洗伤口,”莉莲提议道,“以前碰到擦破皮或切伤了手,我的奶妈就用它来洗,伤口会好得快些。”

“我从前的管家,费尔克洛思先生用醋,”韦斯特克里夫轻声说,“涂了之后痛得厉害——不过真的管用。我看我们把三样东西混在一起用,再加点松树脂。”

莉莲怀疑地望着他,“松树脂?”

“是经过蒸馏的,”韦斯特克里夫回答道,“我看过有人用它治疗坏疽。”他伸出双臂,将莉莲转向自己,在她额头上亲了一下,“我去找需要的东西,再看看以怎样的比例混合最好。”他说,尽管表情严肃,他饱含温情地与她对视着,“这儿就劳烦你操心了。”

莉莲伸出手指轻抚他的衬衫衣领,指尖触碰着喉咙处晒黑的皮肤,“你最好赶快。如果圣·文森特醒来发现是我在照料他,估计要当场断气了。”

两人相视一笑后,韦斯特克里夫离开了房间。

“这个自大专横的家伙,”莉莲评论道,望着公爵离去的背影,脸上还荡漾着微笑,“上帝,他真叫我崇拜。”

伊薇站不稳了,“你和他怎么会——”

“亲爱的,这个说来话长。”莉莲轻快地掐住了话头,“以后再谈吧。看看你累得半死。还有，恕我直言，你真该去洗个澡了。”她四下打量，在角落里找到铃后拉了一下，“我们叫人在澡盆里装满水，你洗个澡，然后再用点茶和土司。”

伊薇摇摇头，张开嘴刚要争辩，被莉莲坚定地打住了话头，“圣·文森特由我照顾。”

伊薇谨慎地望着自己的朋友，想象不出为什么莉莲会主动提出照顾这个前不久刚刚绑架过她的人，她会怎样对他呢？莉莲可不是个容易原谅人的主儿，尽管伊薇确定自己的朋友绝不会伤害一个躺在病床上的虚弱男人，可离开塞巴斯蒂安，把他交给莉莲照顾还是让她感到战战兢兢。

“我真不敢相信你竟然愿意……毕竟他对你做了……”

莉莲鬼笑了一下，“我不是为了他才这么做的。是为了你，还有韦斯特克里夫，似乎他并不愿意就这样放弃塞巴斯蒂安。”见伊薇还犹豫不决的样子，莉莲不耐烦地转了转眼珠，“看在上帝的份上，去洗澡吧。弄弄头发。不必担心塞巴斯蒂安。我会像对待自己丈夫那样对待他的。”

“谢谢。”伊薇轻声说，眼泪又一次在眼睛里打转。

“哦，伊薇……”莉莲的脸色突然变得柔和起来，写满了同情，这是未曾有过的。她伸出手臂，又一次抱紧伊薇，对着她乱糟糟的头发说道：“他不会死的。你知道，只有好人才会英年早逝，”她轻轻笑道，“像圣·文森特这样的坏人会一直活得好好的，他就是为折腾人而生的。”

在一个女佣的帮助下，伊薇洗了澡，换了条白天穿的宽大的裙子，没穿紧身胸衣。她把洗干净的湿头发编成一条长长的辫子垂在脑后，穿上编织的拖鞋，有些担心地回到塞巴斯蒂安的房间。莉莲把房间收拾了一番，窗帘也打开了。一块布裹在腰间，权作围裙，上面满是污渍，外衣上也是。

“我喂他喝了点肉汤，”莉莲解释道，“让他吞下去真是够受的——他可不怎么省人事——我不管三七二十一，把小半杯肉汤灌了下去。他一定把这当成了场噩梦，以为只要顺着我就没事了。”

从昨天上午到现在，伊薇根本无计可施，塞巴斯蒂安喝不下任何东西。“你真是太棒——”

“是啊，我知道。”莉莲高傲地挥挥手，打断了她，表扬的话一向让她不舒服，“你的茶点来了，在窗边的桌子上。有煮好的鸡蛋和土司。亲爱的，你要全部吃完。唉，我真不想对你如此专横。”

伊薇乖乖地坐在一边，咬了一口涂着薄薄黄油的土司，莉莲换了塞巴斯蒂安额头上的毛巾。“必须承认，”莉莲轻声说，“他这样遭罪，我竟恨不起来了。他替你受伤躺在这儿，好像抵消了一部分以前做的坏事。”她坐在床边的椅子上，带着明显的好奇看着伊薇，“真奇怪，他为什么这么做？他是个自私到骨子里的人，绝不会为任何人牺牲自己的。”

“他并没有那么自私。”伊薇咕哝着，喝了口热茶，把土司咽了下去。

“韦斯特克里夫说圣・文森特爱上你了。”

伊薇噎了一下，望着茶杯，不敢抬头，“他怎、怎么会这么想？”

“他跟圣·文森特从小就认识，对他很了解。他用一种奇怪的逻辑来解释为什么最终赢得了塞巴斯蒂安心的人是你。他说像你这样的女孩能吸引……唔，他是怎么说的来着？……我记不起他的原话了，不过好像是什么……你能够激发起圣·文森特最深、最隐秘的幻想。”

伊薇感到自己两颊绯红，痛楚和希望交织在筋疲力竭的心里。她努力俏皮地回答：“我看他的幻想就是和尽可能多的女人交往。”

莉莲露齿一笑。“亲爱的，这可不是圣·文森特的幻想，这是他的现实。你可能是他交往的第一个乖巧正经的女孩子。”

“别忘了，他在汉普夏郡同你和黛西度过了很长时间。”伊薇回应道。

这话令莉莲更激动了。“我可不乖巧，我妹妹也不。可别告诉我你长久以来一直心存这错误的想法。”

伊薇刚吃完鸡蛋和吐司，韦斯特克里夫和堪姆便走进了房间，抱着一大堆瓶瓶罐罐、药剂，还有各种奇奇怪怪的东西。两个女佣跟在身后，手里拿着冒着蒸气的金属大口水罐，还有叠得整整齐齐的毛巾。伊薇想要帮忙，却被要求往后站，只好看着他们把东西放在床边，将毛巾盖在塞巴斯蒂安的两侧、腿上、胯部，没碰伤口。

“他最好先服用些吗啡，”韦斯特克里夫说，用线把一叠亚麻布裹在木钉上，做成一个带把手的药签。“这种治疗可能会比中弹更痛。”

“他可以吞一点吗啡，”莉莲果断地说。“伊薇，让我来好吗？”

“不，我来。”伊薇走到床边，把一定剂量的吗啡糖浆倒在玻璃杯里。堪姆走到她侧面，递给她一个纸袋，里面装着深绿色粉末。

“这就是四点草，”他说，“我找的第一个药剂师那儿就有。泥炭藓就难找些……不过我也搞到一点。”

伊薇挪动肩膀向他靠过去，算是无言的感谢。“要多少粉末？”

“像塞巴斯蒂安这样的体形，我想起码要两茶勺。”

伊薇把两茶勺粉末倒进玻璃杯中，琥珀色的吗啡糖浆变成了黑色。这东西吃起来一定比看起来更糟。真希望塞巴斯蒂安把这恶心的混合物全咽下去。她上床爬到他身边，捋了捋他干枯的头发，摸了摸干燥、滚烫的脸。“塞巴斯蒂安，”她低语道，“醒醒。吃药了……”她把手放到他脖子后面，想抬起他的头，他仍没有醒。

“不不不，”莉莲的声音从身后传来，“伊薇，你太温柔了。刚才喝肉汤的时候，我是拼命把他摇醒的。让我给你示范一下。”她也上了床，爬到伊薇身边，用力摇晃那个半梦半醒的男人，直到他呻吟着微微睁开眼睛，盯着眼前的两个人，却完全认不出来。

“塞巴斯蒂安，”伊薇温柔地说，“吃药了。”

他想扭过头去，可一动侧面的伤口就痛得厉害，手臂重重一挥，眼前的两个人便被推下了床。“哦！”莉莲咕哝了一声，两个人一屁股跌坐在地板上。伊薇努力端着杯子，好让里面的药不洒出来。

塞巴斯蒂安躺在床上，从刚才疯狂的大喘气和呻吟中慢慢平静下来，他痛苦不堪，身体不住地颤抖着。尽管对这反应感到诧异，伊薇还是为他残留的体力感到高兴，毕竟好过一直以来死一般的沉寂。

然而莉莲却并不这么看。“我们得把他绑起来，”她简短地说，“以免在治疗时乱动。”

“我不想——”伊薇开口道，奇怪的是，堪姆竟然赞同莉莲的主意。

“韦斯特克里夫夫人说得对。”

伊薇挣扎着爬起来，向坐在地板上的莉莲伸出手，把她扶起来。塞巴斯蒂安仍颤抖着，又闭上了眼睛，手指持续不断地痉挛着，似乎想抓住什么。这个曾经精力充沛的男人现在变得如此苍白孱弱，嘴唇开裂，还有深深的黑眼圈，叫人难以接受。

只要他能好起来，她什么都愿意做。最后，她下定决心，拿起几块干净的布，从塞巴斯蒂安半露的身体上方递给堪姆。

男孩神情严肃，从房间的一头跑到另一头，灵巧地把塞巴斯蒂安的两条手臂和一条腿绑在铁床架上。“要不要我给他喂药？”他问，望着伊薇。

“还是我来吧。”她答道，又一次爬到塞巴斯蒂安身边，把一个枕头垫在他的头下面，把头抬高，又用手指夹住他的鼻子。塞巴斯蒂安一张开嘴呼吸，她就把浓稠的退烧药一股脑儿往他喉咙里灌。他呛了几口，所幸的是，把药咽了下去，并不怎么费力。堪姆挑起眉毛，似乎很佩服她行事的效率，塞巴斯蒂安嘴里骂骂咧咧，无力地拽着被绑着的手。伊薇在他身边俯下身子，安抚着他，轻声细语地说着些宽慰的话，他呼出的气中充满着吗啡的气息，轻拂着她的脸庞。

塞巴斯蒂安终于平静下来，伊薇抬起头，看到莉莲奇怪地盯着自己。她眯起棕色的眼睛，轻轻摇了摇头，似乎对这一情景感到很吃惊。伊薇知道，莉莲曾在韦斯特克里夫庄园里见过塞巴斯蒂安东游西荡，在她的印象中塞巴斯蒂安是个衣着华丽、放荡自大的纨绔子弟。因此，此情此景难免使她备感惊讶。

与此同时，韦斯特克里夫脱下了外套，卷起了衬衫袖子。他搅动着不知什么混合物，那东西散发着一股浓烈的恶臭，传遍了整个房间。莉莲对气味尤其敏感，便做了个鬼脸，摇摇晃晃的，“没有比这更难闻的臭气了，都是什么呀？”

“松脂精、大蒜头、醋——还有一些药剂师推荐的成分，包括玫瑰油，”堪姆解释道，“他还说最后要加一点蜂蜜膏药，防止伤口溃烂。”

伊薇瞪圆了眼睛，看着堪姆打开个木盒子，从里面取出黄铜漏斗和一个圆柱体的东西，一头有个手把，另一头像针一样突出来。“那、那是什么？”她问。

“也是从药剂师那儿拿来的，”堪姆说着把它举起来，眯着眼睛仔细地看，“是针筒。我们跟他说想怎么治疗，他听了之后说，像这样深的伤口，只有用这个才能冲洗干净。”

韦斯特克里夫摆出一排器具，盛化学药品的容器，还有一堆叠好的抹布和毛巾，站在床边不动，望着两位女士。“接下来可不是什么好看的，”他说，“如果谁胃不太……”他饱含深意地凝视着莉莲，后者正朝他扮鬼脸。

“没错，我的胃是不好，”她承认，“不过我能克服。”

公爵不苟言笑的脸上突然涌起微笑，“亲爱的，我们还是希望你能暂时回避。去另一个房间好吗？”

“我靠窗坐就好了。”莉莲说，含着感激之情快步离开床边。

韦斯特克里夫望着伊薇，眼神作询问状。

“我站在哪？”她问。

“在我左边吧。我们需要很多毛巾和抹布，如果有需要，你能不能换掉脏毛巾——”

“当然可以啊。”她在自己的位置站好，堪姆站在他的右边。伊薇望着韦斯特克里夫轮廓鲜明、神情坚定的侧影，突然难以想象这个强大的，一直以来让她感到害怕的男人居然愿意尽全力去救一个曾经出卖过自己的朋友。她心中澎湃着感激之情，忍不住轻轻扯了扯他的衣袖。“老爷……在我们开始之前，我必须告诉你……”

韦斯特克里夫把头靠了过来，“什么？”

他不像塞巴斯蒂安那么高，所以伊薇踮起脚，不太费劲地亲了亲他瘦瘦的脸。“谢谢你救他，”她说，盯着他惊讶的黑眼睛，“你是我所见过的最值得尊敬的人。”他晒成古铜色的脸上泛起了红晕，在他们的交往中，公爵第一次感到无言以对。

莉莲在房间的另一头轻轻地笑起来。“他可是别有用心的，”她对伊薇说，“我猜一定是想好好利用这个机会在圣·文森特的伤口上撒把盐。”别看莉莲有声有色地插科打诨，一见韦斯特克里夫手拿着细长闪光的柳叶刀轻轻地割开伤口时，便脸色惨白，用手紧紧抓住椅子。

即使服下较大剂量的吗啡，剧烈的疼痛还是让塞巴斯蒂安弓起身子，抽搐不已，整个脸也扭曲了，喉咙里传出断断续续的诅咒声。堪姆想办法把他固定在床上，动弹不得。不过，用盐水清洗伤口才是大麻烦。针筒一次又一次地进入，塞巴斯蒂安尖叫着，拼命反抗，直到身体两侧浸满盐水的毛巾被鲜血染红。韦斯特克里夫的动作又快又稳，这效率连外科医生都自叹不如。伊薇也努力麻痹自己的感官，好不再恐惧，像韦斯特克里夫和堪姆一样泰然自若地处理着眼前的事。她有条不紊地把脏毛巾撤下，换上干净的毛巾，放在塞巴斯蒂安的身体两侧。让她极大宽慰的是，塞巴斯蒂安很快晕了过去，不做声了，对身边发生的一切全无知觉。

伤口清洗干净之后，韦斯特克里夫把一根棉签蘸满松脂混合物，涂抹在整个伤口上。接着，他站到一边，仔细地看着堪姆把泥炭藓包在一块方形纱布里，在蜂蜜中浸泡之后塞在伤口内。“好了。”男孩满意地说道，他边说边松开塞巴斯蒂安的手脚，“伤口会由内而外慢慢好起来。我们还得换几次药，接着就不用泥炭藓了，让皮肤长满。”两个人合力把亚麻绷带裹在塞巴斯蒂安瘦瘦的腰上，撤下潮湿的床单并换上干净的。

这一切结束后，伊薇再也无法机械地控制自己的四肢，累得从头到脚都在颤抖。她惊讶地看到韦斯特克里夫似乎也很疲倦，拿起抹布擦去满脸的汗，长长地叹了口气。莉莲立刻来到他身边，飞快地伸出双臂抱紧他，喁喁细语道着体己话。

“依我看，得两天换一次药，”堪姆用肥皂和水清洗着手，不知在对谁说,“如果到了晚上烧还不退,我们就多用一倍的四点草。”他示意伊薇过来,帮她洗了洗手和手臂,“甜心,他不会有事的,”他说,“刚才公爵清洗伤口时,我看伤势没有我想得那么重。”

伊薇疲倦地摇摇头,像个孩子那样顺从地站在那儿,听任他抹干她潮湿的手,“我不能抱任何希望。我不能让自己相信……”她的声音越来越轻,地板仿佛在脚下倾斜起来,突然,她的身体猛地晃动一下想保持平衡。堪姆立即赶上去,用年轻结实的胸膛支撑着她。“上床休息吧。”他大声说,抱着她向门走去。

“塞巴斯蒂安……”她咕哝道。

“你休息的时候我们会照顾他的。”

她别无选择,困倦的身体拒绝工作。只记得堪姆把她放在她自己的床上,盖上被子,将两边的被单掖好,把她当做小女孩。当身体渐渐温暖了光滑冰冷的床单,她便沉沉睡去,一觉无梦。

伊薇醒来时看到眼前闪着一小束欢快的火光。床头柜上立着一支蜡烛。有个人坐在床边……是莉莲……她看上去衣衫不整,疲惫不堪,头发系在脑后。

伊薇慢慢坐起来,揉了揉眼睛。“现在是晚上了吗?”她声音低哑地说,“我一定睡了一下午吧。”

莉莲揶揄地一笑,“亲爱的,你整整睡了一天半。罗恩先生照看赌场的生意去了,是我和韦斯特克里夫在照顾塞巴斯蒂安。”

伊薇舔了舔黏稠的嘴,坐直了身体,一颗心害怕地咚咚直跳,挣扎着问道,“塞巴斯蒂安……他还……”

莉莲握住伊薇有些粗糙的手，温和地问道："你想先听什么——好消息还是坏消息?"

伊薇摇摇头，一时竟无语凝噎。她眼睛一眨不眨地望着自己的朋友，嘴唇颤抖着。

"好消息是，"莉莲说道，"他的高烧已经退了，伤口也不再溃烂。"她粲然一笑继续说，"坏消息是，恐怕你要一辈子受你丈夫的折磨了。"

伊薇的泪水夺眶而出，另一只手捂着眼睛，双肩一耸一耸地呜咽着。莉莲把她搂得更紧了。

"哭吧，"莉莲悠悠地说，"我要是你也会哭的——不过可是出于完全不同的理由哦。"

伊薇低沉的呜咽顿时被咯咯的笑声打断，如打嗝一般。她摇摇头，一手仍旧捂着满是泪水的双眼，"他醒了吗?说话了吗?"

"是的，他老想见你。我不想叫醒你，他还生气呢。"

伊薇放下手，盯着莉莲，眼前一片模糊，"我相信他并不想生、生你的气，"她连忙说，"毕竟你为他做了那么——"

"不用为他找借口，"莉莲嘲讽地说，"我可是对他很了解。所以到现在还是不相信他会关心其他人……也许他也关心——关心你——就一点点而已。不过，如果他让你快乐，那我想他还是可以忍受的吧。"她吸了吸鼻子，不知从哪儿飘来一股难闻的气味，最后，她在自己的衣袖上发现了，"呃……幸好我家开了片肥皂厂。我看得用一百块肥皂才能除去这该死的膏药味。"

"你能照顾塞巴斯蒂安真是太好了，我真不知道要怎样感谢你。”伊薇热诚地说。

莉莲站在床边，伸了个懒腰，耸了耸肩。“别客气，”她愉悦地说道，“让塞巴斯蒂安欠我情真是再好不过。以后，他每次看到我就会尴尬难堪，毕竟我曾见过他一丝不挂、毫无知觉地躺在病床上。”

“你见过他一丝不挂吗？”伊薇问，眉毛挑得老高。

“哦，”莉莲向门走去，轻描淡写地说，“我只不过瞄到几眼。伤口在那个位置，看到也在所难免。”她在门口停了停，揶揄地看了看伊薇，“我得承认，以前我零星听到的那些传闻……实在不足以描绘真实的他。”

“什么传闻？”伊薇茫然地问道，莉莲低低笑着离开了房间。

第二十章

在不到一周的时间里，塞巴斯蒂安充分显示了他是个多么没有耐心的病人。身体恢复的速度已经够快的了，可他还是不满意，不断挑战一切生理极限，不仅折磨自己，还折磨身边的人。他要像健康人一样穿衣、吃饭……坚持起床，一瘸一拐地从一间房间走到另一间房间，去楼上的画廊，对伊薇的阻拦置之不理，气得她不行。尽管塞巴斯蒂安知道无法强迫体力恢复，知道需要时间和耐心，可他就是控制不住自己。

在他的生命中从未依赖过任何人……可是现在，他得以存活需要仰仗韦斯特克里夫、莉莲、堪姆，居然还有伊薇……他心中充满了前所未有的感激和羞耻，无法正视他们中的任何一个人，所以唯一可以做的就是傲然以对。

最难堪的莫过于和伊薇单独相处。每次她一走进房间，他就感到某种莫名的恐慌，心头涌起从未有过的情感，他久久地与这情感抗争着，直到这场内耗令他心力交瘁。如果能激怒她，与她争吵反而会好些，至少能与她保持些必要的距离。可惜不管提出怎样的要求，她都和颜悦色，温柔无限。他无法埋怨她求他感激，因为她一点这样的意思也没有；他也无法埋怨她缠着他，因为她一直以来手脚麻利地照顾他，事情一完就走，除非他有事打铃找她。

他从未害怕过任何事情，现在却为她的影响力感到震慑，对自己与日俱增的欲望感到害怕，他是多么想同她在一起，分分秒秒地凝视着她，倾听她的声音。他渴望她的触摸，全身的皮肤如饥似渴地沐浴在她每一次的轻抚中，好像她所带来的感受能融进他的身体组织里。这不是单纯的性欲……这是对某种事物悲情的、完完全全的痴迷，根本无药可救。

更让塞巴斯蒂安痛苦不堪的是，自己挺身而出，从乔斯·布拉德枪下救了伊薇，当时这一念之间强烈的原始冲动来自内心深处，完全不经大脑。他要布拉德的血，要把这狗杂种碎尸万段。一想到连日来自己躺在病床上苦不堪言，这家伙却在伦敦逍遥法外，他就要发疯。前来调查此案的警官已经保证会尽全力找到布拉德，可他根本不安心，还是把堪姆叫到房内，指示他再去多找些私家警探来，包括一位前伦敦侦探，进行全面搜查。与此同时，塞巴斯蒂安也没什么别的事可以做，大部分时间里不得不静静地呆着，暗自焦灼。

五天以后，塞巴斯蒂安退烧了，伊薇叫人把浴盆拿到房间。终于可以洗澡了，塞巴斯蒂安舒舒服服地泡在热气腾腾的澡盆里，任伊薇帮他刮胡子，洗头发。洗干净擦干以后，他回到新铺好的床上，伊薇又替他重新包好伤口。子弹伤恢复得很快，已经不需要用泥炭藓了，只是在上面盖了薄薄的一层亚麻布，保持清洁。尽管伤口仍时有疼痛，塞巴斯蒂安知道再过一两天他就能恢复大部分的日常活动了。当然，就因为同伊薇的那份该死的约定，他的最爱仍在禁止中。

伊薇裙子的前摆被洗澡水湿透了，便出去换衣服。塞巴斯蒂安存心使坏，见她离开大约两分钟，就摇响了床边的银铃。

伊薇很快回到了房间，身上穿着衬裙。“怎么了？”她带着明显焦虑的神情问道，“发生了什么事？”

“没事。”

“是不是伤口又痛了？”

“不是。”

她由担心转为放心，走到床边，轻轻取下塞巴斯蒂安手里的铃，放到床头柜上。“你再不小心用铃，”她警告道，“我就叫人把里面的柄舌拿走。”

“我打铃是因为需要你。”塞巴斯蒂安愠怒地说道。

“是吗？”她摆出一个探究的表情问道。

“是窗帘。我要把它们敞开些。”

“你就不能等等吗？”

“这里太暗了，我要更多阳光进来。”

伊薇走到窗前，敞开天鹅绒窗帘，她侧着身子，沐浴在冬天淡淡的日光里。柔软的红色卷发松松地披散在身后，一直垂到腰际，美得如同提香油画里的人物。“还有什么事？”

“我的水里面有脏东西。”

伊薇光着脚，轻轻地走上床，拿起玻璃杯仔细看，水喝了一半。“我没看到有什么脏东西。”

“脏东西就在里面，”塞巴斯蒂安暴躁地咕哝道，“你还不去取水来，难道想再跟我争辩下去？”

伊薇努力克制着自己，隐忍着，不跟他计较，走到盥洗盆前，将水倒进乳白色的陶瓷盆里，为他重新倒了一杯。她把水端回来，放在桌子上，带着期望的眼神说：“没别的事了吧？”

“还有，我的绷带太紧了。松的那头在背后，我够不着。”

塞巴斯蒂安越苛刻，伊薇就似乎越耐心，这令他十分恼火。她伏在他身边，轻轻地耳语着让他转过来一点，温柔地放松绷带，再把两头扎好。她纤细的手指掠过他的背，凉凉的，他的脉搏不由地悸动起来。一缕散落的头发如丝般滑过他的肩头。他又一次背靠在床架上，努力不让为如此接近她而生的狂喜漫溢出来。

他两眼朝上贪婪地望着她的脸……樱桃小嘴，乳白色如丝般润滑的美肌，散布在脸上的那些令人喜爱的小雀斑。她的手轻轻地停留在他的胸口，就在他怦怦跳的心上，抚弄着链条上的那枚结婚戒指。

“把它取下来，”他咕哝着，“这东西很烦。老是让我觉得很不舒服。”

“怎么让你不舒服了？”伊薇轻声说，望着他移开的侧脸。

塞巴斯蒂安嗅着她皮肤上散发的气息，干净温暖的女人的气息。他在床上动了动，感官被充分调动起来。“把它取下来，放在梳妆台上。”一阵不均匀的呼吸之后，他好不容易吐出这几个字。

伊薇并未理睬他的要求，她半坐在床上，向他靠过去，直到松散的头发纷纷落在他的胸口。她伸出一根手指，轻轻地在他的下颚边缘滑动，他身体一动不动，内心却震撼不已。“我把你的胡子刮得很干净，”她评论道，好像对自己感到很满意，“可能有一两个地方没刮干净，不过我至少没刮花你的脸。幸好你一动不动。”

“我是害怕得不敢动啊。”他回答道，把她逗乐了。

他无法再不看她，转过脸望着她含笑的眼睛……圆圆的、碧蓝的眼睛，蓝得几乎不真实。

“你干嘛一直打铃?”伊薇轻声问道，“是不是感到寂寞了?你也只有这个理由了吧。”

“我从不寂寞。”他酷酷地自信地说。令他惊讶的是，她并未退缩，尽管面带疑问，她仍然微笑着。

“那么我可以走了吗?”她温和地问。

塞巴斯蒂安感到心中升腾起抗议的火焰，熊熊燃烧，火光四溢，遍及全身。“好，你走吧。”他闭上眼睛，如饥似渴地吸入身边的她散发的馨香。

伊薇并没走，这一刻的沉默渐渐凝固，静得仿佛能听到他的心跳声。“塞巴斯蒂安，你知道我是怎么想的吗?”终于，她开口问道。

他费了九牛二虎之力控制住自己，说道:“不太清楚。”

“我猜我一离开房间，你又会打铃。而且不管你打几次铃，也不管我来得多么勤，你都不会告诉我你的真实想法。”

塞巴斯蒂安眼睛睁开一条缝……真是个错误。她的脸近在咫尺，温柔的唇就在眼前。“此刻，我只想静一静，”他咕哝着，

“如果你不介意的话——”

她用嘴唇碰了碰他的唇，这一吻，暖如丝，甜如蜜。舌尖的轻轻触碰令他目眩神驰。欲望的闸门轰然坍塌，疯狂的喜悦延绵不绝，气势汹汹，比他所经历的一切情感都更为强烈。他抬起手，她以为他要推开她的头，然而，他颤抖的手指拢住她的后脑勺，靠近自己，急不可耐地吻着她，任她鲜亮的卷发蜷缩在掌中，他的舌头搜寻着她诱人的嘴唇。

这一吻结束时，塞巴斯蒂安羞愧地发现自己像个没经验小男孩那样气喘吁吁。她湿润的双唇艳如玫瑰，脸上的雀斑在深粉红色脸颊的映衬下闪着金色的光芒。“我有预感，”她呼吸不匀地说，“我们打的赌你会输。”

一阵愤怒使他的头脑清醒过来，塞巴斯蒂安皱着眉说：“以我现在的身体状况，你难道以为我还会去找别的女人吗？除非你把哪个女人带上床，我怎么——”

“我说你会输这场打赌并不是说你跟别的女人上床，”伊薇眼里闪过一丝邪恶。她把手伸到领口，开始解胸前的一排纽扣，手颤抖着，“是跟我。”

她站在他面前脱下长裙，塞巴斯蒂安简直不敢相信自己的眼睛。她光着身子在他眼前，尖尖的乳头在冷风中闪着粉红色的光。她瘦了一些，可是乳房仍然圆润可爱。纤细的腰部玲珑有致，臀部逐渐张开。他凝视着她两腿之间呈三角形散开的红色毛发，一阵欲火遍布全身。

他的声音颤抖不已，连他自己也听出来了，“你不能故意让我输，这不公平。”

“我可没过说这场打赌完全公平。”伊薇高兴了，颤抖地钻进被子，和他在一起。

“见鬼，我可不想让你得逞。我——”她用身体温柔地靠着他的侧体，双腿夹着他的一条腿，湿润的阴毛贴着他的胯，他咬着牙嘶嘶地呼着气。她凑过脸来想要亲他，他却猛地移开脸。“我不能……伊薇……”他拼命在脑海里搜寻阻止她的办法，“我身体太弱。”

此时热情如火的伊薇决心已定，她把住他的头，对着自己的脸，“可怜的宝贝，”她低低地笑着，“别担心，我会对你很温柔的。”

“伊薇，”他激动不已，嗓音嘶哑地恳求她，“我得证明我可以三个月不——别，别这样。见鬼，伊薇——”

她钻进被子不见了。从他的胸口到腹部留下一连串的吻，小心翼翼地避开伤口。塞巴斯蒂安想努力坐直身体，可是伤口尚未愈合，他痛得哼了一声又恢复了原状。片刻后，他又哼了一声，这一次却是出于完全不同的原因。她碰到了他坚硬的、隐隐作痛的阴茎，她用嘴轻轻舔着龟头。

很明显伊薇以前从未做过这个……她根本不懂技巧，对男性的生理结构也所知甚少。不过，这并不妨碍她怀着纯真的热情继续着，轻轻地吻着他身体上那块敏感的突出物，当他呻吟时，她吻得更久了，温暖的手一点也不专业地抚弄着他的睾丸，一边尝试着用嘴亲，用舌头舔，一直吻到他悸动的龟头。接着，她把它放入自己的嘴里，想看看能伸进多少。塞巴斯蒂安用两手紧紧抓住床单，身体微微弓着，像是肉在砧板上。强烈的愉悦感在全身回荡，最后纷纷涌向大脑，他已无法思考。

过去所有女人的记忆都从他的脑海中永远抹去了……他的心中只有伊薇，她的红头发在他的腹部和大腿游移，欢快的手指和调皮的嘴不断刺激着他，他感到周身愉悦，这是一种他从未体验过的感觉。他终于再也无法遏制地大叫起来，她小心翼翼地爬到他身上，双腿叉开跨在他的两侧，像一头日光下的小母狮子那样慢慢向他的上身爬去。他刚扫了一眼她通红的脸，她便挑逗地亲吻着他的嘴。玫瑰色的乳沟垂着，在她披散的头发下若隐若现……她蹭着他结实温暖的男性身体，感觉舒服极了，像猫咪一样呼噜呼噜呻吟着。

他感到她的手伸进他们胯部相交的地方，呼吸顿时停止了。他的反应如此强烈，性器官高高翘起，她只好将它轻轻往下拨，以便等一下伸入她的两腿之间。她将阴茎慢慢放进身体，两片清新红润的阴唇不断撩拨着他无限敏感的肌肤。

“不，”塞巴斯蒂安想到那场打赌，奋力叫道，“现在不可以，伊薇，不——”

“哦，别再反抗了。我们刚结婚的那次我也没有像你那么麻烦，当时我还是个处女呢。”

“可是，我不想啊——哦，上帝。我的上帝啊——”

她已经把他的龟头推进了身体，她的阴唇温润柔软，大小正合适，他感到呼吸困难起来。伊薇扭了一下，手里还握着他的阴茎，想再往身体里送送。

看着她不知如何是好、手足无措的样子，他的性器官更加鼓胀，整个身体兴奋起来，通体红润。然后便是那缓慢的、如梦似幻的滑行，柔软包裹着坚硬。

塞巴斯蒂安一头栽在枕头上，眼睛向上盯着她，强烈的欲望使他疲倦起来。伊薇欢快地哼了一声，闭上了眼睛，全神贯注地将他更深地引入自己的身体。她小心翼翼地移动着身体，由于没有经验，动作根本没有节奏。塞巴斯蒂安激情四溢时每每表现得很安静，可当她丰满的身体一起一伏，当他更深地进入，当阴茎被湿润的阴唇紧紧攫住、压迫时，他咕哝起各种各样的话来，又是昵称，又是恳求，性爱语，甜言蜜语不绝于耳。

他想要她再向前些，离他更近，身体更多地靠在他身上，调整两人之间的角度。伊薇有些不愿意，怕弄痛他的伤口，但他用手抓住她的头。“对，”他颤抖地低语，“就像这样，甜心。对，就这样顶着我……对……”

伊薇感到了两人之间姿势的变化，更有力地摩挲着他的性器官。“哦，”她呼了口气，又猛地吸了一口，“哦，这真是——”她突然不说了，他找到了感觉，顶得更深，一下一下地充满着她。

整个世界仿佛只剩下那块方寸之地，在那儿，他侵袭着她的身体，两块最敏感的肉体融合在一起。伊薇长长的赤褐色的睫毛垂了下来，遮蔽涣散的眼神。塞巴斯蒂安望着粉红色渐渐在她脸上蔓延开来，惊异无比，用身体让她快乐的同时，心里充满着无限的温情。“吻我。”他的喉中轻轻呼唤，将她因兴奋而显得更为饱满的嘴唇送到自己口中，慢慢地用舌头充盈着她的嘴。

她完全放松，浑身颤抖着，不住地呻吟，贪婪地将胯部紧贴着他的身体，它已完全进入她的身体，被阴唇紧紧包裹着。塞巴斯蒂安已不再用力，听任她下体的挤压和引诱，一下下充满肉感的冲撞带他进入无比欢愉的高潮。她慢慢在他身上放松下来，试着让呼吸逐渐顺畅。他用双手拢着她湿漉漉的后背，用指尖撩拨着她，直到丰满外翘的臀部，高兴地看着她蠕动着，夹紧他，不停地呻吟。如果此时他的体力跟从前一样……哦，那样会让她感到多么刺激啊……

可现在，他只能累倒在床上，头昏得厉害。伊薇有些笨拙地移开身子，依偎在他身边。塞巴斯蒂安用仅剩的一点力气，握住她的头发，用这鲜亮的卷发摩挲自己的脸。"你快把我累死了。"他嘀咕着，感到她正亲吻着他的肩。

"既然你打赌输了，"伊薇嗓音沙哑地说，"又已经向韦斯特克里夫老爷道了歉，我们就该想想再用什么别的办法惩罚你。"

听到这儿，塞巴斯蒂安差点一口气下去上不来，在韦斯特克里夫和莉莲离开赌馆之前，他强迫自己向他们忏悔。后来他才发现，唯一比道歉更糟的是被人原谅。还好他特意挑了个伊薇不在的时候。

"莉莲已经告诉我了，"伊薇仿佛读懂了他的心思。她抬起头，懒洋洋地向他一笑，"我在想要用什么新办法惩罚你。"

"你一定会想出办法来的。"他沉着脸说，闭上眼睛，片刻后便沉沉睡去了。

第二天晚上，韦斯特克里夫来到赌馆，得知塞巴斯蒂安已经在主层的赌房后感到很惊讶，这是塞巴斯蒂安中弹后第一次露面。"是不是有点早啊？"韦斯特克里夫问伊薇，两人一起从卧室走到二楼的画廊。堪姆派来看守画廊的伙计紧紧地盯着他们，这是赌馆最近新增的一项安全措施。在布拉德没有抓住之前，要对所有的来客密切监视。

“他一直在给自己施压，”伊薇皱着眉头回答，“不能承受自己无助的样子——觉得他不在，一切都会陷入混乱。”

韦斯特克里夫的深色眼睛里闪过一丝微笑，“看来圣·文森特对这里是真有兴趣。我得承认，一开始真觉得他不愿意承担这样重的责任。这么多年来，他一直无所事事，闲散惯了——严重浪费了他的智力。看来，他所需要的正是一个能发挥聪明才智的地方。”

来到楼厅，两人把胳膊搁在栏杆上，向下望着赌房，里面挤满了人。伊薇看到塞巴斯蒂安古金色的头发熠熠闪光，他半坐在角落边的桌上休息，一边微笑着和围在身边的男人交谈。十天前他救伊薇的壮举赢得了众人的赞赏和同情，《泰晤士报》更是把他描绘成一位英雄。与此同时，和声望卓著的韦斯特克里夫恢复了友情，也让他的人气急剧上升。每天都有大量请柬像雪片一样飞来，邀请圣·文森特夫妇参加各种各样的舞会、聚会和其他社交活动。对此，他们一概以戴孝婉拒。

还有女性写来的大批洒满香水的信件。伊薇不敢拆，也不敢过问是谁寄来的。信就一直堆在办公室里，没人拆也没人碰。这天早上，伊薇再也忍不住了，“你已经有一大堆来信了，一封都没读过，”用早餐时，她对他说，“办公室被占去一半。要怎样处理这些信呢？”

脸上带着调皮的微笑，她又补充道：“你休息的时候，我念给你听好吗？”

他眯起眼睛，“都扔掉吧。或者原封不动地退回去，也许这样更好。”

他的回答让伊薇心头一阵欢喜，虽然她努力地掩饰着，“你和这些女人通信我不会反对的，”她说，“很多男人都这样，没什么不好的——”

“我不想。”塞巴斯蒂安久久地盯着她的眼睛，他有心这样做，想看看她能不能完全理解他，“至少现在不想。”

伊薇站在韦斯特克里夫身旁，带着充满占有欲的神情望着自己的丈夫。尽管食欲已经完全恢复，塞巴斯蒂安看上去还是太瘦了，昂贵的晚礼服松松地垂挂在身上。不过他的肩膀很宽，气色也恢复了，失掉的体重更凸显了他脸上的轮廓。虽然走起路来还须小心，他优雅的姿态还是让女人无限倾心，男人竞相模仿，却每每东施效颦。

“谢谢你救了他。”伊薇对韦斯特克里夫说，眼睛还盯着自己的丈夫。

公爵用眼角瞥了她一眼，“伊薇，是你救了他，就在你提出嫁给他的那晚。我想，这就证明了有时失去理智反而会带来好结果。如果你不介意，我想下楼告诉圣·文森特有关寻找布拉德的最新情况。”

“找到他了吗？”

“还没有，不过快了。我把布拉德手枪上的锁眼盖擦干净后，还是无法识别刻在上面的名字。所以我就把枪拿到曼顿父子店，向他们询问有关这把枪的信息。原来是十年前生产的，那些信息都是他们翻箱倒柜才找到的。今天，他们确定地告诉我，这枪是为贝尔沃斯老爷定制的，他今晚就要回伦敦了，为议会而来。我想早上去拜访他，顺便问问此事。如果能了解布拉德先生怎样得到的枪，说不定能帮我们找到他。”

伊薇担心地皱起眉头，“在一个有着一百万人口的城市里找人无异于大海捞针啊。”

“差不多有两百万了，”韦斯特克里夫说，“不过我确信能找到他。我们有线索，也有决心。”

尽管很担心，伊薇还是忍不住笑了，他的性格和莉莲真像，从不承认失败。见他对自己的笑感到奇怪，抬起了眉毛，她解释道，“我只是在想，莉莲性格那么倔强，你们在一起真是绝配。”

一听到爱妻的名字，公爵眼睛一亮，“我看你和她一样固执倔强，”他回答，粲然一笑继续道，“只不过她嚷嚷得更大声。”

第二十一章

韦斯特克里夫找塞巴斯蒂安谈话的当儿，伊薇回到房间准备舒舒服服洗个澡，在澡盆里加了大量熏香油，好让水柔和些。在水里泡了许久后，皮肤变得很湿润，散发着玫瑰花的芳香。她穿上一件塞巴斯蒂安的丝织天鹅绒勾边睡袍，把袖子卷了好几道，又让女佣把澡盆撤走，蜷起身子，坐在壁炉边，轻拂着一头秀发。一个叫弗兰妮的黑发女佣留在房间里收拾。她把床罩收起来，在床单上放了个暖盆。

"要不要我……要不要我给您铺床，夫人？"女佣小心翼翼地问道。

伊薇低下头，考虑该如何回答。佣人们都知道，即使在塞巴斯蒂安生病前，两人也从不在一间屋子里睡觉。从未同床共枕，一天也没有。尽管尚不清楚该怎样和塞巴斯蒂安提起这件事，不过，经历了那么多，她再也不想和他玩什么游戏了。人的一生变数重重，游戏人生无异于虚掷年华。不能保证塞巴斯蒂安会永远忠于她，除了希望，她别无他法——虽说刚结婚那会儿，这男人并不值得信任，不过经历了那么多事情，他或许会渐渐变好。

“不用了，”她对女佣说，继续用刷子梳理头发，“今晚我还睡在这儿，弗兰妮。”

“好的，夫人。如果您愿意，我就——”

弗兰妮打住了，即将出口的话永远留在了心中，两人都意识到塞巴斯蒂安高大的身体进入了房间。他刚进门便停下，背靠在墙上，注视着自己的妻子。尽管屋里生着火，伊薇还是全身直起鸡皮疙瘩，她身体轻轻一晃，被塞巴斯蒂安挑起的性欲沿脊骨而下。

塞巴斯蒂安显得随意自如，他的领口敞开，黑色的领结松松地垂在胸前。壁炉的火光在高贵的身形前雀跃着，勾勒出只属于为众人顶礼膜拜的远古男神的英俊面容。尽管体力尚未完全恢复，他仍然展现出令人不能自拔的雄性魅力，她的双膝瘫软无力。他一言不发，只是慢慢地用晶亮的眼神凝视着她，使她难以自持，无助地想起指尖曾经触摸过的如丝般的肌肤，他松松的衣服下包裹的结实紧绷的肌肉。伊薇脸红了。

弗兰妮匆忙收拾起伊薇换下的衣服，飞也似的逃离了房间。

塞巴斯蒂安继续望着伊薇，看着她把刷子放到一边，站起身来，低低地唤了一声，不知说了些什么。他从墙边离开，来到她身边，伸出双手，指尖搁在她的胳膊上，隔着睡袍轻轻抚摸着她。伊薇的心开始咚咚直跳。尽管隔着天鹅绒和丝绸，皮肤上还是感到刺痛。她闭上眼睛，由他拉近，亲吻她的眉毛、太阳穴、脸颊。这轻轻的抚摸挑起了他的强烈情欲——还有她的——将他们两人包裹在重重欲望的迷雾中。他们久久地站在一起，几乎没有触碰对方，只是默默感受着这份亲近。

“伊薇……”他的细语吹起了她发线上的几丝碎发，“我想跟你做爱。”

她的血液沸腾起来。最终，她好不容易说了一句：“我、我以为你、你永远不会这样叫它。”

他抬起手，用指尖轻拂着她的脸。她顺从着他的抚摸，沉浸在他皮肤的香气中，这闻似丁香的气息如香熏一般麻醉着她的神经。

塞巴斯蒂安把手向喉咙下伸去，在衬衫里一阵摸索，取出吊在细链子上的结婚戒指。他用力一拉，弄断了本就不牢的链条，链条掉在地上。伊薇呼吸急促起来，看着他拿起她的左手，把戒指套在无名指上。他们两手相对，掌对掌，腕靠腕，就像在结婚仪式上被绑在一起那样。他向她低下额头，轻声说：“我要充满你身体的每个部分……吸入你肺里呼出的气……把手印留在你的灵魂里。我要给你从未体验过的愉悦。伊薇，我们做爱吧，我要对你做的从未对其他任何女人做过。”

她剧烈地颤抖起来，几乎站不住，“你的伤、伤——我们要小心——”

“这个不用你操心。”他用嘴含着她的唇，轻柔的吻几乎使她晕眩。他放开她的手，将她的身体抱得更近，用力摩挲着她的肩、背、臀，直到她紧紧地贴着他。伊薇如此热切地想要他，自己都觉得不可思议。她的嘴努力寻找着他微微抖动的唇，双手急不可耐地乱摸一气，想解开他的衣服，他不由地轻轻笑了起来。

"慢着点,"他轻声说,"黑夜才刚刚开始……我们还有很多时间。"

伊薇的双腿晃悠起来,双手更紧地抓着他的外套,"我快站、站不住了,"她有些幽怨地说。

他粲然一笑,洁白的牙齿闪着光。随即脱下外套,磁性的声音带着感情听上去更显深沉:"亲爱的,去床上躺下。"

伊薇心满意足,顺从地爬上床,半卧着看他脱掉剩下的衣服。横在结实腹肌上的白色绷带提醒她差一点就失去他了。她的脸因动情而收紧。他对她实在太重要了……一想到要和他共度整个晚上,她心中涌起了无比欢乐,这欢乐如此强烈,仿佛剧烈的痛苦一般。他的重量把床往下压了一些,她转过脸来面对他,两人的身体之间只隔了一层睡袍。她伸出手抚摸着他暗金色的胸毛,指尖穿过粗糙的卷毛摸到下面结实的肌肉。

他亲吻着她脸上的每一寸肌肤,急促的呼吸送出一团团热气,在她脸上游移,她无法自制地颤抖起来。"伊薇……过去的几天里,我躺在床上什么也没做,只是不断在思考我穷尽一生想避免的事情。我曾经告诉过你,我不适合拖儿带女。我不想生孩子,如果你……"他犹豫了很久,"但是……事实是……我想让你帮我生孩子。我当时并不知道自己多么想要我们的孩子,直到那一刻我突然想到我也许再也没有机会了。我想——"他又停了停,自嘲的一笑涌上了嘴唇,"见鬼。我并不知道要怎样做丈夫或父亲。不过,既然你对两方面的要求都不高,我还有一半胜算让你满意。"见她面带嘲讽地皱着眉,他露齿一笑,又严肃起来,"我有很多避孕的方法。不过,如果你什么时候感到准备好了，我希望你告诉我——”

伊薇吻他，止住了他的话。在接下来那炽热的几分钟里，谁也无法说出一个字。她感到自己跌入令人沉迷的欢愉中，来到情感和欲望的交叉口，感官无限扩张，直到一点声音，一次触碰，一丝气息都令人难耐地急剧放大。

塞巴斯蒂安用手梳理着她睡袍的边缘，轻轻地握着她裸露的乳房，一下下的轻拂如同飞蛾的翅膀一般。她的乳头发胀变硬，渴求着他的触碰。他将舌头慢慢伸进她火热湿润的嘴里，令她松弛地呻吟着。起初，他只是用舌尖慢慢挑逗她，令她身体向上扭动起来，断断续续地哼哼着。渐渐地，他更用力更深地吻她，舌头舔舐，吮吸着，直到她的下体也随着这节奏一下一下地悸动起来。

此时，她的肉体已经异常敏感，天鹅绒睡袍瞬间变得令人压抑。伊薇急不可耐地想脱去它，用力拉着贴在身上的遮体物，却怎么也拉不下来。塞巴斯蒂安轻轻唤了一声，伸出手去帮她，先脱下袖子，再把衣服从后背和臀部剥离。她轻松地吸了口气，弓着身子贴着他，伸出双臂抱着他裸露的肩膀。他温柔的手轻轻掠过她身体的每一寸肌肤，一点一点地撩拨她极度兴奋的神经，直到她产生无与伦比的快感。她既不能思考也不能说话，只能顺从地回应塞巴斯蒂安的抚摸，任他把她的四肢张开，裸露身体的全部，他的嘴唇游走于她身体的每个角落。

有力的手指游移在她的双腿之间，像是在她兴奋的肉体中探寻着什么。塞巴斯蒂安将指尖嬉戏般地伸进她的阴道，轻轻地绕着圈，将黏稠的分泌物四散开来，伊薇红着脸呻吟着。“塞巴斯蒂安……求你了，我等不及了，我——”她打住话头，感到他将她的身体转过来背对他，把她的臀部贴着他，两人侧卧着蜷在一起。他用手臂搂着她，让她觉得很安全，很温馨，即使他将手移到她的下身，轻轻分开她的双腿，她仍然没有一丝紧张。

伊薇有些疑惑地蠕动着，感到他的性器官顶着她，原来这次他想从背后进入。她猛地吸了口气，将脸埋进了他有力的手掌中。

“放松，”塞巴斯蒂安轻声说，将她耳边和喉咙上的头发拂去，轻吻着她裸露的肌肤。“我们这样试一次吧，甜心。”他的手指搂着她，抚慰着她，摸索着她，直到她渐渐放松下来。他用龟头挑逗着她，只伸进去一点点，正当她以为他要完全进入时，他又抽了出来。她浑身剧烈地颤抖起来，将臀部拼命向后压。当他完全滑入她的身体时，她大叫起来。这种做爱姿势身体移动幅度不大，于是他便专注地，一下下地往里顶，她疯狂地向后弓着身子，想让他更深地进入。

他轻轻的笑声在她的卷发中激起涟漪。“亲爱的，你太心急了，”他低声说，“别太用力……让高潮慢慢到来。来，靠着我……”双手紧紧抱着她的大腿根，在他的膝盖两侧完全张开，又略微支撑着她的臀部。伊薇呜咽起来，感到他越进越深，手指随着阴茎顶入的节奏不断地撩拨她。

伊薇被无限的激情冲击着，收紧全身每一块肌肉，静静地等待他带来的快感。他不断刺激她，每次她一有感觉，他就抽开，让感觉越来越近，让她等了又等，直到她的身体开始一连串的抽动，整个床震颤起来。

离开她的身体时，塞巴斯蒂安的下体仍然坚硬无比。他把伊薇翻过来仰卧着，张开嘴亲吻她平坦的腹部，揉乱的头发闪着古金色的光芒。他弯曲她的膝盖往上推，可伊薇晕眩地摇头拒绝。“我好累，”她低沉地说，“我——等等，塞巴斯蒂安——”

他伸出舌头搜寻着她咸湿的肉体，一下一下地舔舐着，直到她不再反抗。他温润的舌头使她渐渐平静下来，心跳慢得可以数得出来。经过漫长的几分钟，他将她肿胀的阴蒂放进嘴里，不断地亲吻着，吸吮着。他嘴上轻柔的进攻让她不由地抽动了一下。他把她向上推了一点，以固定的模式转动舌头，轻拂着她，双臂环绕她的大腿，紧紧地钳着她的身体。这时，她觉得身体仿佛已经不属于自己，她的存在只是因为要受这快乐的折磨。塞巴斯蒂安……她已经叫不出他的名字，然而他却似乎能听到她无声的恳求，作为回应，他更用力地触碰她，让她感到了一连串的强烈的高潮。每次刚觉得快结束了，又一波快感袭来，直到她筋疲力竭，求他停下。

塞巴斯蒂安在她身上抬起身子，阴影中的脸上一双眼睛亮晶晶的。她挪动身体欢迎他的到来，张开双腿，用双臂环着他有力的后背。他一下子进入了她肿胀的肉体，完全充满了她，把嘴凑到她的耳畔，她的心狂跳起来，几乎听不清他的喁喁细语。

“伊薇，”他低沉地说道，“我想要你做一件事……我想让你再有一次高潮。”

“不要。”她无力地说道。

“一定要。我想让你在我的怀中感到高潮。”

她在枕头上慢慢转动着头，“我不行了……真的不行了……”

"不,你可以。我会帮你。"他的手慢慢地在她身体上移动,一直到他们身体相连的地方,"让我再进来些……更深一些……"

他的指尖触摸着她的下体,继续刺激着她筋疲力竭的神经,她无力地呻吟起来,突然他更深地进入她兴奋张开的身体。"唔……"他低吟着,"就这样……啊,亲爱的,你真是太棒了……"

他的身体被钳在她夹紧的两膝中,在她臀部的环绕中,一下一下有力而又坚定地进入她的身体。她用手臂和双腿包裹着他,脸贴着他滚烫的喉咙,最后大叫了一次,收紧浑身的肌肉,不断地抽动着,这使他感到无比震撼的满足,在她的手臂中颤抖着,紧紧握住她散乱温暖的头发,把自己完全献给她,用每一寸肉体和精神热爱她。

伊薇在大床上独自醒来后,首先映入眼帘的是洁白如雪的亚麻床单上众多淡粉色碎片,仿佛有人把桃红葡萄酒洒在床上。她困倦地眨眨眼,用一只胳膊肘支撑着坐起来,伸出手,指尖轻轻碰了碰一块粉红色的碎片。是玫瑰花瓣,软软的,像是刚从鲜花上摘下,落在床单上。她四下环视着,发现床上到处都是,仿佛刚下了一场玫瑰花瓣雨。她的嘴角微微上扬,躺下睡在芬芳馥郁的床上。

那晚的缠绵悱恻如同一个挥之不去的春梦。她不敢相信自己竟然允许塞巴斯蒂安做了那些事情,他们的身体如此交缠,是她从前想都不敢想的。在激情过后慵懒的几小时里,他把她抱在胸前,他们持续地交谈着。她甚至告诉他自己同安娜贝尔和鲍曼姐妹是怎么交上朋友的。那晚她们在舞会上相遇,坐在一排椅子上。“我们在空白的舞卡上列了一个候选恋人的名单，”伊薇告诉他，“当然，韦斯特克里夫老爷排第一个。你呢，排在倒数第一，因为你明显不是做丈夫的料。”

塞巴斯蒂安声音沙哑地笑着，把光着的腿和她的缠绕在一起，“当时我可是在等你来找我。”

“你从来都没看过我一眼，”伊薇讽刺地说，“你可不是愿意和壁花跳舞的人。”

塞巴斯蒂安捋了捋她的头发，沉默了一会儿。“是，的确如此。”他承认道，“我真傻，竟然没注意到你。如果当时我肯花时间哪怕跟你呆上五分钟，就不会错过你。”他继续挑逗她，引诱她，仿佛她还是当年的壁花，曾经的处女，终于再一次进入，包裹在她颤抖的身体中。

伊薇一边回味着那段柔情蜜意，一边迷迷糊糊地晨浴，穿上真丝勾边的羊毛长裙。接着便下楼去找塞巴斯蒂安，猜想他一定在办公室里检查昨晚的收据。赌馆里很安静，只有几个伙计在打扫，为晚上的生意做准备，还有些包工头在铺新地毯，做木工。

伊薇走进办公室，看到塞巴斯蒂安和堪姆面对面坐在办公桌前，仔细地查看账簿，用崭新的水笔勾去上面的一些条目，在每个大栏旁边作注解。当她跨过门槛时两个男人都抬起了头。伊薇和塞巴斯蒂安四目匆匆一对；经历了前一晚的亲密接触后，她觉得在他身边无法保持平静。他注视着她，对堪姆说了一半便停了下来，不知该说什么。两个人都还没从那历历在目的强烈感受中恢复过来。她轻声道了早安，示意他们不用起身，来到塞巴斯蒂安身旁。

“老爷,吃早饭了吗?”她问。

塞巴斯蒂安摇摇头,眼里闪过一丝微笑。

“我去厨房看看他们准备了什么。”

“等一下,”他恳求道,“我们差不多好了。”

两个男人就生意上的最后几点交换了意见,是关于在詹姆士大街建造市集的投资项目。塞巴斯蒂安拿起伊薇搁在桌子上的手,一边看着桌上的方案,一边无意识地把她的手指背贴着自己的下巴颏和耳朵。尽管他自己对这随意的亲密举动并未留心,伊薇却羞得脸颊绯红,尤其当眼神越过塞巴斯蒂安低下的头与堪姆的眼神相遇时。堪姆假装不悦地扫了她一眼,就像一个保姆抓住了两个小孩玩亲嘴游戏,见她的脸更红了,他粲然一笑。

塞巴斯蒂安对身边所发生的一无所知,他把方案递给堪姆,后者立刻严肃起来。“我觉得这方案看上去不怎么样,”塞巴斯蒂安评论道,“此处未必有足够的客源,尤其租金还那么高。我怀疑要不了一年,这市集就会变成白象。”

“白象?”伊薇问。

从门口传来另一个声音,是韦斯特克里夫。“白象是一种极其罕见的动物,”公爵微笑着,“它不仅价格昂贵,而且还很难服侍。历史上,如果哪个古代君王想要加害于人,就会赐给他一头白象。”韦斯特克里夫走进办公室,弯腰吻了吻伊薇的手,对塞巴斯蒂安说,“我觉得你对该市集的看法是对的。前不久,也有人把这样的方案送到我手上,被我以同样的理由拒绝了。”

"也许最终你我会发现我们的看法不对。"塞巴斯蒂安揶揄地说,"对于女人和她们的购物习惯永远不该安下定论。"他站起来握了握公爵的手,"我和夫人正要进早餐,一起吧。"

"我来点咖啡好了,"韦斯特克里夫点点头,"请原谅我冒昧前来,有些消息带给你们。"

塞巴斯蒂安、伊薇和勘姆全神贯注地盯着公爵,只听他继续说,"今天早上我终于见到了贝尔沃斯老爷。他承认是击倒塞巴斯蒂安那把枪的主人。他还私下告诉我,大约三年前,他用一套决斗用的手枪,一些家族的珠宝首饰和其他小东西贿赂克里夫·伊根先生,希望能宽限一些日子,好让他晚些还欠赌馆的钱。"

听到赌馆前主管的名字,伊薇惊讶地眨了眨眼睛,"这么说是伊根先生窝藏了布拉德先生?"

"有可能。"

"可是为什么呢?这就是说伊根先生指使布拉德先生置我于死地?"

"这个我们会调查清楚的,"塞巴斯蒂安脸色坚定地说,"我想今天就去拜访一下伊根。"

"我跟你一起去,"韦斯特克里夫平静地说,"我能搞到伊根的地址。其实,他住的地方离这里并不远。"

塞巴斯蒂安摇摇头,"谢谢你帮我。不过我真的不想再麻烦你了。我想你太太也不愿意你为我担风险。我带罗恩去就行了。"

伊薇不同意,她知道在这样的情况下,有韦斯特克里夫在会好些。塞巴斯蒂安身上的伤刚刚开始恢复。再说,如果他想做什么傻事,堪姆也不好阻止。毕竟堪姆只是个雇员,还比他小八岁。韦斯特克里夫更了解塞巴斯蒂安,对他的影响力也更大。

没等伊薇开口,公爵便表示同意。“罗恩是个能干的小伙子,”韦斯特克里夫圆滑地说,“所以应该留他在这儿保护伊薇。”

塞巴斯蒂安眯起眼睛刚要反驳,被伊薇紧紧抓着手臂便不做声了。伊薇轻轻地倚靠在他身上劝说道,“我看就这样吧。”

塞巴斯蒂安瞥了一眼她抬起的脸,眼神立刻温柔起来,这让她不禁产生了一种幻觉,仿佛只要她高兴,他什么都愿意做。“好吧,”他有些不情愿地低声说,“如果你要罗恩陪你,那就这么办吧。”

塞巴斯蒂安不愿意和韦斯特克里夫一同去找克里夫·伊根的另一原因是,他们之间实在有些尴尬。毕竟塞巴斯蒂安曾绑架过韦斯特克里夫的妻子,两人在一起总感觉不那么舒服。不过,韦斯特克里夫为此将塞巴斯蒂安打了一顿,塞巴斯蒂安也道了歉,这件事也算是了结了。现在,塞巴斯蒂安已经结婚,甚至愿意为伊薇牺牲自己,看来这令公爵十分动容,并重新审视起他们的关系,也许两人最终还能重栽友谊之树。尽管如此,彼此之间好像隔了一层新的东西,很难恢复到以前那种自如随意的状态了。

曾几何时,塞巴斯蒂安根本不知后悔为何物,而现在对以往很多事情的看法都改变了。不管从哪点来看,绑架莉莲·鲍曼根本是个错误。他真傻,为了个一开始就并不真正想要的女人牺牲了这样一段友情。如果当时能再多考虑考虑,一定会做出更好的选择,也不会错过伊薇,那时她就在眼前。

马车从伦敦西区向郊外缓缓行进,那儿正在新建中产阶级的生活设施。一路上,韦斯特克里夫有说有笑,塞巴斯蒂安也放下心来。克里夫·伊根的住所显然属于家底厚实的人。塞巴斯蒂安不无心痛地想到,伊根那么多年在账目上做手脚,不知贪污了多少钱。他把所知道的一切有关这位前任主管的事都告诉了韦斯特克里夫。这样一来自然谈到了赌馆现在的财务状况以及投资项目的必要重组。能够对韦斯特克里夫畅所欲言实在太好了,像他这样有经济头脑的人全英国没几个,对生意经他也很有一套。两人都意识到,现在所谈论的和过去塞巴斯蒂安常常挂在嘴边的话题相去甚远,那时,他总是喋喋不休地谈论丑闻和桃色事件,每每引来韦斯特克里夫一番居高临下的劝诫。

马车在一个新的住宅区门口停下,身后是新砌的小院子。所有的房子都有三层楼高,极其狭窄,大概顶多不超过十四英尺宽。一个显得十分疲惫的老厨娘把门打开,见他们不由分说地闯进去,便骂骂咧咧地闪到一边。房子只是简单地装修了一下,家具也是现成的,这样的房子常常租给有工作的未婚男人。

整个房子里只有三间房间和一个壁橱,所以要找到伊根并非难事。这位赌馆的前主管坐在客厅壁炉边的一把宽大的椅子上,客厅里充满了浓重的酒味和尿味。两边的窗架上放满了酒,伊根眼神呆滞,两眼通红,毫不吃惊地望着两位来客。他看上去和两个月前被塞巴斯蒂安解雇时一模一样,身体浮肿,头发蓬乱,蛀牙,酒糟大蒜鼻,红红的脸上布满了蜘蛛网般的红血丝。他把一杯烈酒举到嘴边,喝了一大口,露齿一笑,用暗淡的灰眼睛望着他们。

“我听说你脑子被打开花了，”他看着塞巴斯蒂安说，“既然你不是鬼，看来这只是谣言而已。”

“实际上，这消息不假，”塞巴斯蒂安说，眼神冰冷，“不过阎王不要我。”一想到伊根可能就是谋杀伊薇的幕后指使，塞巴斯蒂安真想上前把这个混蛋暴打一顿，只是为了从他口中套出消息，才勉强忍着。

伊根抿着嘴低低一笑，向那排酒瓶挥了挥手，“在这儿别客气，去倒杯酒喝吧。我这儿很少有像你们这样的上流绅士出入。”

韦斯特克里夫镇定地说：“不必了，谢谢你。我们来是想打听一个人，他曾来过这儿，乔斯·布拉德先生。他现在在哪儿？”

伊根又喝了一大口酒，面无表情地望着他，“我怎么会知道？”

韦斯特克里夫从口袋里掏出一把订制的手枪，向他亮了亮。

霎时，醉鬼的眼睛猛地凸了出来，脸上一阵发紫，“你从哪儿弄来的？”他呼哧呼哧地喘着气。

“布拉德那晚用的就是这把枪，”塞巴斯蒂安说，拼命控制着自己，愤怒得每根神经都暴涨起来。“虽然我很怀疑你现在扛在肩上的那颗畸形的轱辘是不是还在转，不过就是用这脑子也能想到这场谋杀同你有关系。想不想尝尝在监狱渡过余生的滋味？这并不费事，只要稍作安排——”

“圣·文森特。”见伊根激动得上气不接下气，韦斯特克里夫轻声警示他。

“一定是他从我这儿偷走的!”伊根大叫道,杯子里的酒洒在地板上,“这个小杂种竟敢偷我东西——我居然没发现。实话告诉你,这件事跟我一点关系都没有!我现在只想过几天太平日子。这小子真他妈浑蛋!”

“你上次见到他是什么时候?”

“大概三星期前。”他把酒喝完,从地上拿起酒瓶,像个嗷嗷待哺的婴儿那样套着瓶口喝,“离开詹纳赌馆后,他没别的地方可以去,所以时不时来住住。他身上出疹子后,他们连鸡窝都不让他呆。”

塞巴斯蒂安和韦斯特克里夫快速交换了一个眼神。“疹子?”塞巴斯蒂安疑惑地问道,很多病都会出疹子,“是什么病?”

伊根鄙视地望着他,“是瘟热病,会让人发疯的那种。他离开詹纳赌馆前就有征兆了……语速减慢,脸发抖……鼻子上凹凸不平还裂口子。你当时瞎了吗,居然没注意到。”

“我的工作不是定期给伙计们检查身体。”塞巴斯蒂安讽刺地说,脑海里思绪纷乱。瘟热病引发的疹子是通过性交传播的龌龊疾病,此病会导致极其严重的症状,医学上称为“麻痹性痴呆”,会使人疯癫,并产生局部麻痹。浑身器官上的肉体都会慢慢地被销蚀掉,包括鼻子上的软组织,形状极其恐怖。如果布拉德的瘟热性疹子已经发展到这个地步,他的确是无药可救了。可是,既然已经如此疯癫,为什么还偏偏把矛头对准伊薇?

“他现在可能已经神志不清了。”伊根有些悲哀地说,举起酒瓶,像是要麻醉自己那样又喝了一大口。酒精下肚后,他微微闭上眼睛,把下巴搁在胸口。“出事那天晚上,那孩子开了枪后到我这里来，嚷嚷地说他杀了你，浑身像片树叶那样晃个不停。他跟我抱怨耳鸣，头痛得厉害。脑子里成天胡思乱想，简直不可理喻。于是我雇人把他送到看护绝症病人的医院。就在通向骑士桥的公路旁。布拉德现在应该在那儿，就是没死也病入膏肓了，我看死了反而解脱了。"

塞巴斯蒂安对此毫不同情，急不可耐地问道："他为什么想杀我妻子？她并没伤害过他啊。"

伊根阴郁地说："他一直憎恶她，这可怜的小杂种。从小就憎恶她。有一次，伊万杰琳到赌馆来，布拉德看到詹纳那么喜欢她，就一直闷闷不乐，连续好几天脾气暴躁。他总是嘲笑她……"伊根顿了顿，脸上残留的微笑掠过了嘴角，"说她是个可笑的东西，满脸雀斑，胆小如鼠，身体圆得像头胖海豚。我听说她现在变漂亮了——真想不出她究竟长成什么样——"

"他是詹纳的儿子吗？"韦斯特克里夫打断了他，脸上毫无表情。

这突然的一问令塞巴斯蒂安感到十分惊讶。他全神贯注地听着伊根回答。

"有可能。他母亲玛利生前口口声声说他是詹纳的孩子。"伊根把酒瓶小心地放在身体一侧，十指交叉放在拱起的胃上，"她在妓院做妓女，一生中最幸运的一晚就是遇到詹纳。他喜欢上了她，付钱给老鸨把她包了起来。有一天玛利来找詹纳，说她怀孕了。詹纳本来就耳根子软，也就将信将疑地相信了她。他供养了她的后半生。那孩子长大后还让他来赌馆工作。玛利多年前死了，临死前告诉布拉德詹纳是他父亲。这孩子就跑去问詹纳，詹纳告诉他，不管是真是假，都必须保密，不能让外人知道。他不愿意承认布拉德是他的儿子。一方面，这孩子从来就不讨人喜欢；另一方面……詹纳除了自己的女儿根本什么都不在乎。他希望死后伊薇能继承一切。所以，布拉德把一切都归咎于伊薇，认为如果不是伊薇，詹纳就会承认他这个儿子，为他做更多，给他更多钱。他这样想也不是全无道理。”伊根郁郁地皱起眉头，“你跟着伊薇来到赌馆时，布拉德已经开始发疹子了……那时候他就有些疯癫了。看来他这痛苦的一生注定了悲惨的结局。”

伊根目光忧郁，神情自得，望着眼前的两个人补充道：“他已经被魔鬼缠身了，如果你们想找这个可怜的疯子报仇，就去托特纳姆医院吧。他现在这个样子，你们想怎样都行啊，不过两位老爷——要我说啊，老天已经给了他最大的惩罚了。”

第二十二章

塞巴斯蒂安离开的这段时间，伊薇在赌馆里里外外地干了不少杂活：整理钱和收据，回信，最后还处理了桌上的那堆写给塞巴斯蒂安的信。她自然免不了拆了几封。信里充满了露骨的挑逗和暗示，有两封来信居然揣测塞巴斯蒂安一定已经厌倦了进门不久的妻子。这些信的目的不言而喻，伊薇禁不住为写信的人感到惭愧。同时，这也提醒她塞巴斯蒂安曾经多么放荡不羁。那时一心只知道招蜂引蝶，寻花问柳。

要信任这样一个男人谈何容易，有时候她甚至觉得自己是不是太傻，太天真了，尤其当意识到塞巴斯蒂安会永远受人青睐，被人觊觎。不过，还是应该给塞巴斯蒂安一个机会证明自己。她有权选择到底要不要给他重新开始的机会——如果她赢得这场赌博的胜利，两人都将从中获得无限裨益。她可以让自己坚强起来，不顾一切地爱上他，向他提要求，为难他。塞巴斯蒂安似乎也很愿意被当做一个平常人来对待——希望有人透过他英俊的外表洞察他的内心，期望除了性爱技巧，自己还能派上别的用场。当然,这并不是说伊薇不满意他的容貌和床上功夫。一想到这些,伊薇兀自一笑。

看着那些信在壁炉里烧成灰烬后,伊薇满意了。她感到有些困倦,便走向主卧室,想去打个盹儿。尽管很疲惫,她却久久不能入睡,总是在为塞巴斯蒂安担心。思绪在脑子里绕了一圈又一圈,终于也乏了,不再烦躁不安,沉沉地睡去。

大约一小时后她醒了过来,塞巴斯蒂安就坐在床边,拇指和食指捏着她的一缕卷发。他出神地凝视着她,眼睛的颜色如同黎明时分的天空。她坐起身来,迷迷糊糊地笑着。

塞巴斯蒂安轻柔地把她蓬乱的头发捋到身后。"你睡觉的样子像个小女孩,"他低语道,"我真想分分秒秒守护在你身边。"

"你找到布拉德了吗?"

"是,也不是。先说说我走了以后你都做了什么。"

"我帮堪姆整理了办公室。那些迷恋你的女士们写的信都被我烧了。火烧得可大了,居然没人去叫消防队。"

他的嘴唇微微上扬,露出一个微笑,仍然紧紧盯着她的眼睛,"那些信你读过吗?"

伊薇满不在乎地耸了耸一边的肩膀,"读了几封。有几位女士想问问你有没有厌倦现任妻子。"

"当然没有。"塞巴斯蒂安的手掌沿着她的大腿轻轻抚摸,"曾经有无数个夜晚,我不断地谈论着那些八卦消息,和女人们不冷不热地调情;现在,我对这一切已经彻底厌倦了,不想再有那些无聊的艳遇,不想再和那些让我无聊透顶的女人在一起,她们对我而言都没有区别,你知道吗,除了你,我从未在乎过任何人。”

“我并不怪她们迷恋你，”伊薇伸出手臂搂住他的脖子，“不过，我可不愿意和别人分享我的丈夫。”

“不会的。”他用手托住她的脸颊，轻快地吻了吻她的嘴唇。

“跟我说说布拉德。”伊薇催促道，手移上来轻轻握着他的手腕。

她静静地听着塞巴斯蒂安叙述遇到克里夫·伊根的经过，包括乔斯·布拉德和他母亲的往事，眼睛睁得大大的，眼里充满了同情。面对这样的出生，可怜的乔斯·布拉德无可奈何，他从小生活在没人关心的环境里，难怪对人如此憎恶。“真是奇怪，”她轻声说，“我一直以来都希望堪姆是我弟弟，却从未想到过乔斯·布拉德。”

布拉德生性好斗，难以接近……可谁又能说这不是伊沃·詹纳造成的呢？毕竟他从未认过这孩子。一生下来就被人抛弃，被这个可能是他父亲的人当做一个耻辱的秘密留在身边……无论是谁都会心怀怨恨的。

“我们去了托特纳姆医院，”塞巴斯蒂安继续说，“那里专门收留罹患不治之症的病人。那是个肮脏的地方，资金极其匮乏。那里的妇女和儿童——”一想起当时的情况，他的脸微微抽搐起来，“我看还是不描述了。托特纳姆医院的一位管理员告诉我，收留布拉德的时候他已经是瘟热病晚期了。”

“我想帮帮他，”伊薇坚定地说，“不管怎么说，我们可以送他去个好一点的医院——”

“用不着了，亲爱的，”塞巴斯蒂安沿着她的手骨抚摸着，“他两天前死了。那个管理员把我们带去一座坟墓，布拉德和另外两个病人就掩埋在那儿。”

伊薇转过脸去，让这个消息在脑子里慢慢沉淀。奇怪的是，她的眼睛湿润了，喉咙也一阵发紧，“这可怜的孩子，”她失声说道，“我为他感到难过。”

“我可不这样想，”塞巴斯蒂安毫不动容地说，“就算从小缺乏父爱，也完全可以像那些千千万万的人一样自食其力。他已经比堪姆幸运多了。作为吉卜赛人，堪姆受过多少不公正的待遇！别哭，伊薇。布拉德不值得你落一滴眼泪。”

伊薇声音颤抖地叹了口气，“真对不起，我并不想如此伤感。只是最近几个星期，我精神上备受折磨。心里的各种情绪如翻江倒海一般，实在无法控制。”

他用肌肉结实的手臂将她搂了过来，紧紧贴着他温暖的胸膛，声音掠过她的发际，“伊薇，亲爱的，不用为此道歉。这段时间你受惊了。就是像我这样没心肝的禽兽也能体会你坦白自己的情感所需要的勇气。”

伊薇的声音从他的肩头模糊地传出，“你可不是没心肝的禽兽，”她颤抖地叹了口气，“也许我这样想不对，虽然为布拉德感到难过，我还是庆幸他已经死了。就因为他，我差点失去你。”

他的嘴在她蓬松的卷发中搜寻，找到柔软的耳廓，“你不会失去我的。”

“别这样。”伊薇说，听到他这轻描淡写的俏皮话却笑不出来。她向后仰头面对他，他的手臂仍紧紧地环绕着她，“这可不是开玩笑的事。我……”她的声音开始发抖，却仍然强迫自己继续,“我没有你活不下去。”

塞巴斯蒂安的大手轻柔地拂过她的后脑勺,让她靠在自己的肩头,他把脸埋在她的头发里。“啊,伊薇,”他轻声说,“我也是有心的……我的心痛得受不了。”

“只有你的心在痛?”她这机敏的一问令他大笑起来。

他把她放倒在床上,眼睛闪着顽皮的光芒。“还有其他部位呢,”他承认道,“作为我的妻子,你的职责就是消除我身上所有的痛苦。”

她举起手臂,拉低他的身体靠近自己。

主顾们对詹纳赌馆主人和伙计的更替毫不在意,依旧每晚涌进赌馆找乐子,赌馆会员名额已满的消息传出以后,人更多了。会员名额限定在两千五百人,可想成为会员的人源源不断地涌来,情愿上候补名单,以求有朝一日有空位出来。

一个是不名一文的子爵,一个是每况愈下的赌馆,两者结合在一起竟然产生了这样奇异的魔力。伙计们如果不像塞巴斯蒂安那样全力以赴地工作,便被毫不留情地解雇。詹纳赌馆呈现出一种从未有过的井然有序的面貌。即使伊沃·詹纳在全盛时期也从未这般铁腕地管理这小小的帝国。

过去伊沃·詹纳内心对贵族的憎恶使他以一种近乎献媚的服从对待赌馆的许多会员们,这令他们隐隐有些不舒服。而如今的主人塞巴斯蒂安身份和他们相同。他野心勃勃,潇洒的姿态更使整个赌馆呈现出一种生机勃勃的气象。只要他在附近,赌徒们笑得更欢,赌得更大,说得更多,吃得更猛。

其他赌馆一成不变地供应着牛排和苹果馅饼,而詹纳赌馆的自助餐变换着花样提供最高档的饮食……热气腾腾的大龙虾沙拉，雉鸡沙锅，芹菜根蓉配对虾，北美鹑塞葡萄配山羊乳干酪和奶油沙司。还有伊薇的最爱——一种黏稠的不含面粉的杏仁蛋糕，淋上覆盆子和厚厚一层蛋白酥皮。詹纳赌馆的饮食和娱乐活动有了如此大的改善，伦敦的太太们纷纷埋怨自己的丈夫总是厮混在赌馆里，害她们夜夜独守空房。

塞巴斯蒂安喜欢操纵人的天性在詹纳赌馆得到了很好的施展。他知道怎样创造让男人感到舒适享受的环境，同时悄无声息地吸走他们的钱。赌局是完全诚实的，尽管赌博在整个伦敦已呈公开之势，可事实上仍是违法的。因此，只有诚信经营才是避免起诉的唯一途径。

起初有些熟人还对塞巴斯蒂安冷嘲热讽，可他们不久便改变了态度，央求塞巴斯蒂安晚些催讨欠款，或免去他们的债务。尽管塞巴斯蒂安从来就没什么钱，可管起钱来却很有一套。堪姆曾不无赞赏地说，塞巴斯蒂安像一头嗅觉灵敏的猎犬，能觉察出任何有问题的银行记录，或是任何影响支付能力的情况。

一天晚上，在主层的赌房内，伊薇站在堪姆的桌边，看塞巴斯蒂安主持一桌赌局，赌兴正酣时，伊薇注意到身边的一位长者。她转过身来，认出此人是霍尔丹老爷，上星期四塞巴斯蒂安刚刚介绍她认识的一位绅士。“老爷，”见他俯身亲吻她的手，伊薇说道，“能再见到您太好了。”

他笑了笑，长着双下巴的脸上一双棕色的眼睛显得很慈祥，“见到您同样高兴，圣·文森特夫人。”

两人都将注意力转到赌桌上，塞巴斯蒂安刚刚说了一通俏皮话来缓解紧张的气氛，人群里传来一阵低沉的笑声。伊薇暗暗惊讶于他如此自如的表现，仿佛天生就是干这一行的。真是奇怪，他似乎比她父亲更得心应手。詹纳容易激动，每每看到哪个特别走运的赌客连连赢钱时便显得很忧虑，塞巴斯蒂安却不然，不管是什么情况，他总是处变不惊。

霍尔丹老爷此时也和伊薇有同样的感受。他盯着塞巴斯蒂安远处的背影，喃喃自语，“我还以为不会再遇到这样的人了。”

“老爷，您这是什么意思？”伊薇微微一笑，塞巴斯蒂安看到她后便朝她走来。

霍尔丹老爷的思绪似乎迷失在过去的记忆里，“在我一生中，只见过另外一个人像他这样在赌馆里穿梭。好像这里是他一个人的狩猎场，而他是其中最有力的掠夺者。”

“那另一个人是我父亲吗？”伊薇有些迷惑。

霍尔丹笑了笑，摇摇头。“老天啊，不，当然不是你父亲。”

“那是谁——”伊薇刚开口便不再言语，塞巴斯蒂安已经来到她身边。

“我的太太，”塞巴斯蒂安低声说，一只手搁在她的腰背部。他对霍尔丹礼貌地一笑，继续对伊薇说，“看来我要警告你，亲爱的……这位老爷可是头披着羊皮的狼啊。”

伊薇担心这位年长的老先生听了会生气，可霍尔丹却高兴地吃吃一笑，虚荣心得到了极大的满足，“你这无礼的小子，要是我年轻二十岁，一定要把她从你身边抢走。别看你现在如此风光，跟我当年比比根本不值一提。”

“您真是越老越有魅力啊，”塞巴斯蒂安粲然一笑，把伊薇从他身边拉开，“请原谅老爷，我得把我太太领到安全的地方。”

“很明显这个诡计多端的小子已经被你牢牢地吸引了。”霍尔丹告诉伊薇，“去吧，赶快安抚一下这打翻的醋坛子。”

“我……我会尽力的。”伊薇有些迟疑地说。不知什么原因，两个男人同时大笑起来。塞巴斯蒂安搂着伊薇走出赌房。

他转过头望着她，边走边问：“一切都好吗，甜心？”

“是。我……”她停了停，笑了起来，有些躲闪地说，“我只是想见你。”

他们在一根立柱后站住，塞巴斯蒂安低下头偷偷吻了她，接着便闪烁着双眼望着她。“要不要去玩一局桌球？”他低声说，见她脸红，他兀自一笑。

当地的报纸更是把赌馆说得天花乱坠，这样一来，赌馆的生意更红火了，以下便是几篇社论：

詹纳赌馆终于跻身为伦敦精英人士的理想去处。每一位贵族绅士都竞相前去一试身手。这座金碧辉煌的宫殿为您打造了最完美的饮食，满足您最挑剔的味蕾；更有品种繁多的美酒供您挑选，适合您最时尚的口味……

另一篇写道：

最新修缮落成的詹纳赌馆奢华高贵，其环境之优雅、设备之齐全令人赞不绝口，为本城身份高贵、才智超群人士的绝佳社交场所。难怪其会员名额供不应求……

还有一篇：

尽管少数人反对，但多数人还是认为詹纳赌馆的振兴得益于一人，此人精通时尚、政治、文学和贵族之道。毋庸讳言，他正是曾经臭名昭著的圣·文森特老爷。如今他摇身一变，成为詹纳的主人。这家十全十美的赌馆有望成为伦敦西区最为重要的娱乐场所。

一天晚上，伊薇坐在办公室里读到了这几篇社论。真没想到塞巴斯蒂安和赌馆会受到那么多的关注。尽管为塞巴斯蒂安取得的成功感到高兴，她还是禁不住想到，一旦戴孝期满，他们就要开始参加伦敦的社交活动。到时一定会广受邀请。问题是，这位曾经的壁花并没有多少社交经验。所以，她必须克服羞怯，改变忸怩的姿态。必须学会如何巧妙地应答……必须变得充满自信，魅力十足——

"甜心，为什么皱着眉头？"塞巴斯蒂安走过来坐在书桌上，俯视着她，脸上带着探寻的微笑，"是读到什么新闻让你难过了吗？"

"恰恰相反，"伊薇闷闷不乐地说，"所有的人都对赌馆狂热不已。"

"我明白了。"他用食指轻抚着她的下巴边缘，"这让你担心了，原因是……"

伊薇脱口而出，"因为你已经变、变得很有名了——这就是说，就算你不去主动找别的女人——她们也会来找你。我的戴孝期总有一天会结束，到那时候，我们就要去参加各种舞会和聚会。我还是会忍、忍不住躲到角落里。你是知道的，我还是个壁花啊。我必须学会怎样保持优雅的姿态，机智幽默地跟别人讲话。要不然你会厌烦我的，我更担心的是，你会把我当成你的耻辱——”

“伊薇，停下。我的天哪……”塞巴斯蒂安用脚钩住附近的一把椅子拖到她身边，在她的对面坐下，分开腿，用膝盖扣住她的，“你的脑子为什么不能歇歇，怎么每过二十分钟就给自己找些烦心事？你只要做你自己就好了呀。”他俯下身子亲吻她的手。当他抬起头时，脸上的微笑消失了，一双眼睛含情脉脉地望着她。他用拇指抚摸着那枚婚戒的表面，轻轻地摩挲着上面的刻字。

“我怎么会把你当成耻辱呢?”他继续道，“我才是个彻头彻尾的混蛋呢，而你却连一件错事都没做过。说到优雅和礼节……我倒希望你永远不要像那些肤浅的白痴那样，整天说个不停，唠叨的尽是些无聊透顶的事。”他把她拉到身边，轻轻地吻着她长裙真丝勾边上方裸露的脖子，添舐着，贴着这潮湿之处喁喁细语，她禁不住颤抖起来，“你可不是壁花。不过我允许你藏在角落里，甜心——只要你带上我。实际上，我情愿你这样。得提醒你，在这种场合下我可是为所欲为，极尽猥琐之能事——可以在任何地方对你图谋不轨，露台里，阳台上，楼梯底下，或者躲在各种植物里。如果你有半句怨言，我只能说，这都怪你自己，谁让你之前没好好考虑清楚，嫁给了我这个道德败坏的浪荡子。”

伊薇的喉咙被他轻柔的手指摸得弓了起来，“我绝无半句怨言。”

塞巴斯蒂安微微一笑，吻了吻她的侧颈，“真是个尽责的小主妇，”他低声说，“看来我把你带坏了。现在你何不吻我一下，然后上楼去洗个澡。慢慢洗，我马上就来。”

伊薇走进卧室时，洗澡水刚刚放了一半。弗兰妮和另一个女佣人一人提了两个水罐，准备再下楼一趟。被塞巴斯蒂安吻过以后，伊薇浑身暖洋洋的，她慢慢解开衣袖，恍若在梦境中一般。

“我再提一桶水上来就帮您脱衣服，夫人。”弗兰妮主动说。

伊薇朝她笑笑，“谢谢你。”她恍恍惚惚地走到梳妆台前，拿起一瓶香水。这是莉莲最近给她的礼物。莉莲的嗅觉异常敏感，总是喜欢让自己香气弥漫，最近更是迷上了自己研制不同的香水组合。这种香水芬芳馥郁，香气四溢。由玫瑰和冲鼻的木质香料在琥珀中混合而成。伊薇小心翼翼地用金勺倒了几滴在洗澡水中，扑鼻的香气随着水蒸气袅袅上升，伊薇深吸一口，陶醉极了。

她回到梳妆台前，坐在一把小椅子上，弯下腰脱去鞋子和长筒丝袜，又把手伸进裙子里解开吊袜带。她垂着头，根本看不到眼前发生的一切……却突然感到脊骨一阵发冷，有人轻声走在地毯上，惊得她浑身的汗毛倒立起来。一个人影飞快穿过地板，伊薇立即直起身子，目光跟随人影，想看看究竟是谁。只见一个衣衫褴褛的人向她走来，她不由地惊叫了一声，从椅子上一跃而起，匆忙中将椅子绊倒在地。她呼地转过身面对闯入者，只听那人用令人恐惧的声音说道：

"别出声,要不然切断你的脖子。"

他的手里握着一柄长长的尖刀,已经站得很近了——向前一跃就能碰到她。

所有噩梦中的恐怖情景和童年时令她备感恐惧的恶魔形象加在一起都无法同眼前这个闯入者丑陋溃烂的身体相提并论。伊薇慢慢向浴盆靠近,想用它挡着这个疯癫之徒。他身上穿的简直就是一堆破布,身体向左边倒,样子非常奇怪,像只失去平衡的提线木偶。他身上每一寸暴露的皮肤——手、脖子和脸——无不溃烂,向外冒着脓水,烂得几乎能看到骨头了。然而最恐怖的是,那曾经的鼻子已经烂得不成样子。他看上去就像是一头怪兽,由一堆肉身、四肢和各种器官混乱组合而成。

眼前这个人肮脏不堪,全身溃烂,不成人形,伊薇还是认出了他。恐慌充满了每一根血管,她还是尽了最大的努力保持镇定。"布拉德先生,"她嗓音粗哑地说,"医院的人说你已经死了。"

布拉德的头怪异地向肩上倒了倒,仍然紧紧地盯着她,"终于逃离了那个该死的地狱,"他咆哮道,"我打破了一扇窗,晚上逃了出来。那些疯子尽给我灌那该死的药汤,我受够了。"他跌跌撞撞地朝她走来。伊薇慢慢地绕着浴盆走,一颗心咚咚直跳。"不过,我可不会就这样死在那个见鬼的地方,就算要下地狱,我也要拉你陪葬。"

"为什么?"伊薇轻声问,努力不朝门口望去,她用余光看到那儿有动静。一定是弗兰妮,她急得快要发疯了。这模糊的身影没发出一点声音又消失了。伊薇暗暗祈祷她是去找人帮忙了。与此同时,她唯一能做的就是尽量与布拉德保持距离。

“你把我的一切都夺走了,”他咆哮道,像一头被困在牢笼中的猛兽一般拱起肩膀,“他把一切都给了你,这该死的杂种——他只要你这个丑陋的小结巴,而我是他的儿子,他的儿子。他一直不认我,把我藏着掖着,好像我是个肮脏的尿壶。”他的脸扭曲了,“他让我做什么我就做什么……只要他高兴,我情愿为他去死……可这一切都没有用,他心里只有你,你这个该死的寄生虫!”

“对不起,”伊薇说,她真诚的歉意一时间令他不知所措。他停了下来,望着她,仍然怪异地垂着头。“布拉德先生……乔斯……我父亲真的在乎你。他临终前还要我们好好照顾你。”

“现在说这个太晚了!”他喘着粗气,举起双手抱着头,一只手里还握着刀,好像头痛到了极点,“老天……啊……让他见鬼去吧……”

看到有机会逃跑,伊薇立刻向门口冲去。布拉德立刻抓住她,朝墙上狠命一甩。她的头重重地撞在墙上,脑子像是要裂开了一样,眼冒金星,视线碎成一片片蓝色和灰色。她拼命眨眼,急促地喘着气,想要尽快缓过来。她感到胸口上重重地压着什么,喉咙口被什么东西刺着。慢慢地,她意识到布拉德的手臂箍着她的脖子,手上的刀和手臂正好环成一个圈。随着每一次呼吸,锋利的刀柄就刮一下她的喉咙。布拉德上气不接下气,肺里呼出的尽是污浊和腐烂之气。他浑身颤抖着,使劲屏住浑身肌肉让自己镇定。“我们一起去见他吧。”他凑近她的耳朵说。

“见谁?”伊薇咕哝道,视线渐渐变得清晰起来。

“我们的父亲。我们一起去地狱见他……你和我。”他的喉咙里传出咯咯笑声，“他一定在和魔鬼打牌。”他把刀紧紧地抵着她，好像很享受她发抖畏缩的样子，“我先宰了你，”他咕哝道，“然后再把自己解决了。看到我们手挽着手，你说詹纳会怎么想?”

伊薇搜索枯肠，拼命想该说什么话才能让他暂时恢复理智，这时，门口传来一个沉静的声音。

“布拉德。”

是塞巴斯蒂安，他看上去如此镇定自若，令人惊讶。尽管所面临的危险并没有丝毫减轻，塞巴斯蒂安的出现令伊薇瞬间放下心来。他慢慢走近房间。“看来托特纳姆医院的病人记录需要修改了，”塞巴斯蒂安评论道，看也没看伊薇一眼。他紧紧盯着布拉德的脸，眼神迷离，令人昏昏欲睡。

“我以为一枪打死了你。”布拉德粗暴地说。

塞巴斯蒂安漫不经心地耸了耸肩，“只是一点皮肉伤而已。告诉我……你是怎么进来的？我们在每个入口都有人把守。”

“是煤窑。那儿有个垃圾道通向罗格巷。这个没人知道。就连那个杂种罗恩也不知道。”塞巴斯蒂安向前迈了一步。

“退到后面去，要不然我一刀捅死她。”

塞巴斯蒂安的眼神向那把刀扫去，布拉德紧紧握着，就要刺进伊薇的胸膛。

“好吧，”塞巴斯蒂安立即向后退去，“别激动……我听你的。”他声音柔和，显得很友好，脸上的表情自然镇定，可脸颊两侧汗涔涔的，汗滴不断往下淌，“布拉德……乔斯……听我说。

我不会害你的。我们都是朋友嘛。我和你……你姐姐想做的不过是遵从你父亲的遗愿帮助你。你想要什么尽管告诉我。我可以弄来吗啡减轻你的痛苦。你可以住在这儿，想住多久就住多久，睡在干净的床上，还有专人照顾你。这些全都是你的，你想要什么就有什么。”

“你在蒙我。”布拉德怀疑地说。

“我没有。我发誓我说的是真的，我会把一切都给你。可是，如果你伤害了伊薇——那我可就帮不了你了。”塞巴斯蒂安边说边向窗户靠近，布拉德不得不转过身来，“放了她吧，然后——”

“别动，”布拉德发怒了，不耐烦地晃动着脑袋。他浑身颤抖起来，发出了一声野兽般的呼号，“这该死的耳鸣……”

“让我来帮助你。”塞巴斯蒂安耐心地说，“你需要药物。还要好好休息。把手放下，乔斯……不需要伤害任何人。这里属于你。快把手放下，让我来帮助你。”

伊薇感到布拉德松了松手，真叫人难以相信。他显然被塞巴斯蒂安抚慰的话语吸引了。只见他转过头去，全神贯注地盯着塞巴斯蒂安。

一声震耳欲聋的巨响划破了空气。伊薇被猛地放开了，巨大的冲力让她向后倒去。她感到一片晕眩，只记得堪姆站在门边，慢慢放下手中冒着烟的手枪。原来，塞巴斯蒂安故意进房间把布拉德引向易于瞄准的位置，这样堪姆才能一枪击毙他。

还没来得及看一眼地板上的一摊肉泥，伊薇就被攫住转过身来，倒在塞巴斯蒂安怀里。塞巴斯蒂安剧烈地颤抖着，前一分钟体内积聚的紧张情绪完全释放了出来。他紧抱着她，抚摸她身体的每个部分——背，四肢，发卡中散落而下的一把把头发。她呼吸急促说不出话来，只能无力地靠着他，听他在她的秀发中不住地咕哝抱怨着。

脉搏似乎慢不下来。“是弗兰妮把你找来的吗?”最后，她好不容易开口说道。

塞巴斯蒂安点点头，把双手伸进她如丝如缕的头发中，十指交缠拢住她的后脑勺。“她告诉我你房间里有个男人，但没认出他来。”他转过她的头，看到刀锋在喉咙口划出的小口子，顿时大惊失色，布拉德划出的这条刀痕离主动脉已经很近了。他弯下腰亲吻这细细的口子，接着嘴唇疯狂地漫过她的脸庞。“我的上帝啊，”他轻声说，“伊薇，伊薇，我受不了这个。”

她转过身子，看着堪姆。只见他脱下外套，罩住布拉德的头和肩膀。“堪姆，你没必要杀了他啊，”她声音含混地说，“他正准备放了我，手也慢慢放下了——”

“不能冒这个险，”男孩机械地说，“一有机会就要下手。”他的脸一片茫然，金色的眸子闪着光，泪水在眼眶里打转。伊薇知道，他也是迫于无奈才杀了这个同自己一起长大的男人。

“堪姆——”她同情地说，可他却摇摇头，示意她别再说下去。

“这样对他反而好些，”他并没看她，“没有人该这样遭罪。”

“说的没错，可是你——”

“我没事。”他说，收紧了下颚。

他并不好受，金棕色的皮肤苍白起来，看上去如此支离破碎，她忍不住走上前去，像母亲似的伸出双臂抱住他。他由她抱着，并没有抱她，身体渐渐平静下来，双唇极短暂地贴了贴她的头发。

这似乎是塞巴斯蒂安所能忍受的极限了。他走上前来，把伊薇拉开，对堪姆粗声粗气地说："把收尸的人找来。"

"好的。"男孩似乎心不在焉地回答。他犹豫了一下，"他们在楼下可能也听到动静了，我们得想法儿解释一下才行。"

"就说在清洁枪支，枪走火了。"塞巴斯蒂安说，"告诉他们没人受伤。收尸的人来了以后把他从后门带上来。给他点钱让他别乱说话。"

"知道了，老爷。可是如果有警察来问话——"

"带他来办公室——我会在那儿处理。"

堪姆点点头便消失了。

塞巴斯蒂安把伊薇拉出房间，把门锁好，将钥匙扔进口袋，领她沿着过道向另一间卧室走去。她有些晕眩地跟着他，似乎想搞清楚究竟发生了什么。塞巴斯蒂安一言不发，绷着脸，努力保持镇定，侧影有如花岗岩一般坚硬。他加倍小心地将她带进卧室。"呆在这儿，"他说，"我去找个女佣来照顾你。你得喝一杯白兰地——必须全部喝完。"

伊薇抬起头焦虑地望着他，"你等会儿会来吗？"

他简短地点了点头，"我先要处理一些事情。"

那晚塞巴斯蒂安没有回来，伊薇等了很久仍见不到他，只好悻悻地独自上床睡觉。这一觉醒了好几次，每次一醒来就急不可耐地在身旁一阵乱摸，想触碰到塞巴斯蒂安温暖的身体，却每次都失望地收回手。早晨醒来后，她又担心又疲惫，双眼无力地望着女佣进来点燃壁炉。

"今天早上看到圣·文森特老爷了吗?"伊薇嗓音沙哑地问。

"看到了,夫人。老爷和罗恩先生大半夜都没睡,一直在谈话。"

"去告诉他,我要见他。"

"是,夫人。"女佣把一大罐热水放在盥洗盆上,离开了房间。

她爬下床,开始洗漱,轻轻地梳理缠结的头发,发刷、梳子和发卡都在另一间卧室里,那儿——

一想到昨晚发生的事情,她便忍不住颤抖起来,感到既痛苦又同情。幸好父亲没看到可怜的乔斯·布拉德的悲惨下场。她很想知道,对这个青年男子,父亲的真实情感究竟是什么,到底他心里有没有承认过布拉德是他的儿子呢。"爸爸……"她低语道,望着镜中的蓝色眼睛。那是伊沃·詹纳的眼睛。一生中那么多秘密他从未做任何解释,而是直接带进了坟墓。她真为没能好好了解他感到悔恨,这悔恨将伴随她一生。幸好有些事还能给她带来点安慰,詹纳赌馆终于取得了他一直希冀的高度,自己的女儿也开展了一系列旨在振兴赌馆的活动,他若泉下有知必定很欣慰……

刚想到塞巴斯蒂安,他就走进了房间,身上还穿着前一天晚上的衣服。金色和琥珀色的头发缠结在一起,黯淡的眼睛下面是深深的黑眼圈。他看上去很疲惫但也很坚定,看来是做出了什么痛苦的决定,并决心坚守。

他凝视的眼神向她袭来,"你好吗?"

伊薇真想向他飞奔而去,却被他眼神中的某种东西制止了。

她站在盥洗盆边，好奇地盯着他，“有些倦了吧，不过不像我想象的那样疲惫。女佣说你大半夜都没睡，到底和堪姆两个人在说些什么？”

塞巴斯蒂安抬起手摸了摸后颈，“他一时无法接受昨晚发生的事情。不过他会没事的。”

伊薇有些犹疑地站在他面前，不明白他为什么有意与她保持距离。然而，他的眼神掠过她睡裙包裹的身体时闪着光，流露出无法掩饰的渴望，这给了她信心。“过来。”她低低地说。

塞巴斯蒂安并没有照做，他走到窗子边，离她远远的，默默地望着车水马龙的街道。

伊薇被他的举动弄糊涂了，望着他的背影——颀长流畅的线条，紧绷结实的肩膀。

最后，塞巴斯蒂安转向她，尽力抑制自己的情感，“我受够了，”他说，“你在这儿不安全——我一开始就这么说了。这次的事件又一次证明了我是对的，这本不该发生。我做了个决定，不容更改。明天就把你送到我郊外的住所，你在那儿住一段时间。我父亲也想见见你。有他陪伴你不会闷的，当地还有几户人家，我们互相认识，你也可以经常去串串门——”

“那你要住在这儿吗？”伊薇皱着眉头问。

“是的。我要打理赌馆，不过我会经常去看你的。”

伊薇瞪圆眼睛，怒视着他，简直不敢相信他要和她分居。“为什么？”她有气无力地问。

他一脸严肃，“我不能再让你呆在这里了，分分秒秒都要担心你又怎样了。”

“就是在郊外也会有事的。”

“我不想和你争论这个，”塞巴斯蒂安生硬地说，“我让你去哪儿你就去哪儿，就这么决定了。”

从前的伊薇一定会畏惧于此，虽然感到很受伤，但仍然会服从，不再说什么。不过现在的伊薇可强硬多了……更因为她已经为爱奋不顾身了。“我不能离开你，”她语气平静地说，“尤其是，我还不明白你这样做是为了什么。”

塞巴斯蒂安努力保持的沉静外表似乎裂了条缝，脸红到了脖子根。他把十指伸进头发，将已经很乱的闪亮卷发揉得更乱了。“最近我总他妈的心神不宁，什么都决定不了。我无法思考。胃里好像有一团烂稻草，胸口总是疼，还有，一看到你跟别的男人讲话，对他们笑，我就妒忌得要发疯。我不能再这样下去。我——”他停了下来，不敢相信地盯着她，“天哪，伊薇，你究竟在笑什么？”

“没什么，”她抿着嘴，收拾起脸上的笑容，“只是……你像是在说你爱上了我。”

这个字似乎镇住了塞巴斯蒂安，“不，”他有力地说，脸又红了，“我没有爱上你，我不能爱上你。这不是我要说的。我只是要想个办法来——”见她走来，他停了下来，快速地吸了口气，“伊薇，别这样。”她的手触碰他的脸颊，手指轻柔地停在他的皮肤上，他不由地一个激灵，“不是你想的那样。”他声音打颤。她听出这声音里有一丝恐惧，是一个小男孩在失去心爱的女人时的恐惧，浑身充斥着难以排遣的躁动。她不知道要怎样让他平静下来，也不知道该怎样抚慰他长久以来的痛苦。她踮起脚，用嘴唇搜寻他的。他的手扶着她的两肘,像是要把她推开,却迟迟无法说服自己这么做,便转过脸去,呼吸火热而急促。她无所畏惧地亲吻着他的脸、下颚和喉咙。他低低嗔怪了一句,"你真讨厌。"又急不可耐地说,"我必须把你送走。"

"你这不是在保护我,只是在保护你自己。"她紧紧地贴着他,"其实你可以强迫自己不顾一切地去爱一个人,是不是?"

"不是。"他轻声说。

"是,你必须如此。"她闭上眼睛,贴着他的脸,"因为我爱你,塞巴斯蒂安……我需要你回应我的爱。我要你百分之百地爱我,不是打了折、折扣的爱。"

他的齿缝里传出嘶嘶的呼吸声,手爬上了她的肩头,又很快地缩了回来,"你必须让我自己决定什么该做什么不该做,否则——"

伊薇抬起双唇,慢慢地亲吻他。她有意这么做,直到他呻吟着屈服了,双臂紧紧地箍着她,迫不及待地回应着她的吻,直到她欲火丛生。他把双唇从她口中猛地抽了出来,大口喘着粗气。"打了折扣的爱。我的上帝啊。我对你的爱汹涌澎湃,都快被淹没了。我无法抵御这爱,简直不知道自己是谁了,只知道,如果完全放纵地去爱——"他试图平息失控的呼吸,"你对我来说太重要了。"他喘着气说。

伊薇用手掌轻柔地在他结实的胸膛上划着圈。她理解他的焦虑,这强烈的情感如此陌生如此震撼几乎令他无法自持。她想起安娜贝尔曾透露过,他们结婚伊始,亨特先生也很不习惯对她如此强烈的爱意,过了很久才慢慢适应。"塞巴斯蒂安,"伊薇壮着胆子说，“听我说，不会一直这样的。过一阵子，这……这一切会慢慢地变得更自然，更舒服。”

“不，不会的。”

他说得那么肯定，态度那么强硬，惹得她伏在他的肩头偷笑起来，“我爱你，”她又一次说道，他的身体颤抖着，被渴望燃烧起来，“你可以让、让我走，可是你无法阻止我逃回来。我要天天和你在一起。我想看你早上刮胡子，想和你一起喝香槟，一起跳舞。我想帮你补袜子，每天晚上睡在一张床上，替你生孩子。”她停了停，“你以为我就不害怕吗？也许哪天早上你醒来时突然对我说你已经厌倦我了。也许现在你完全不在乎的事情有一天会变得难以忍受——我的口吃，我的雀斑——”

“你真傻，”塞巴斯蒂安大声打断了她，“你的口吃绝不是问题。还有，我爱你脸上的雀斑。我爱——”他哽咽起来，紧紧地抓着她，“见鬼，”他咕哝道。过了一会儿，他费了很大的劲，痛苦地说，“我真希望变成另外一个人。”

“为什么？”她含混地问道。

“为什么？因为我的过去不堪回首，伊薇。”

“这我早就知道啊。”

“我不知道该怎样为曾经的所作所为忏悔。上帝，真希望能从头来过。我一定会做个好男人，做个配得上你的男人——”

“你只要做你自己就好了。”伊薇抬起头望着他，眼里闪着晶莹的泪珠，“你之前不也是这样劝我的吗？既然你可以毫无条件地爱我，我为什么不能为你这么做呢？我知道你是怎样的人。我们对彼此的了解胜于对自己的了解。你别再想把我送走，你这个胆、胆小鬼。除了你，谁会爱我的雀斑？谁会在意我的脚有没有受冻？谁会在桌球房里欺负我？”

他的防御渐渐崩溃了，身体起了变化，渐渐放松下来，肩膀向她弯曲着好像要把她吸进身体里去。他轻声呼唤她的名字，把她的手移到自己的脸上，狂热地亲吻着她的手掌，双唇亲抚着温热的金色婚戒。“你是我的爱。”他低语着……她明白她胜利了。这个虽不完美，但特立独行、激情洋溢的男人是她的了，他把整颗心都交给她保管。她永远不能辜负这份信任。伊薇终于放下心来，心里充满了温情。她搂着他，一滴眼泪从眼角滑落。塞巴斯蒂安用手指将它轻轻拂去，盯着她扬起的脸。望着他泪光闪闪的眼睛，她的呼吸似乎停止了。

“呃，”塞巴斯蒂安声音颤抖地说，“关于桌球室，你还真没说错。”

他用手臂将她抱起，向床走去，她笑了。

后记

冬天即将结束。伊薇戴孝期间恰逢安娜贝尔怀孕，两人都无法参加诸如舞会和晚宴之类的社交活动，所以常常呆在一起。尽管如此，两人却很享受这样的时光，因为圣诞节以来，天气一直严寒，春天似乎迟迟不肯到来。不能上市区逛，她俩就呆在亨特家豪华的酒店套房里，簇拥在壁炉旁。不过更多时候，她们会在韦斯特克里夫马斯顿大道住所温馨的会客厅，同莉莲和黛西聚在一起，一边随意品茶，一边读书，闲聊，做女红。

一天下午，莉莲坐在角落里的书桌前，认真地给一位嫂子写信；黛西倒在长沙发里看小说，她娇小的身体上裹着羊绒保暖毯。安娜贝尔坐在壁炉边的椅子上，一只手搭在日渐突出的腹部，闪耀的火光映照得她暖洋洋的。伊薇坐在她跟前的凳子上，揉搓着她酸痛的双脚。安娜贝尔痛得不时龇牙咧嘴，长吁短叹，忍不住低声说，“哦，这真是太舒服了。没人跟我说过怀孕时脚会那么酸。不过，我早该料到这点，毕竟身上多了那么多肉。谢谢你，伊薇。你真是世上最好的朋友。”

角落里传来莉莲嘲讽的声音:“伊薇,上次我帮她按脚的时候,她对我说过同样的话。她对你的感情只能持续到下次有人给她按脚。快承认吧,安娜贝尔——你这见异思迁的家伙。”

安娜贝尔慵懒地露齿一笑,“亲爱的,等到你自己怀孕的时候就知道了。只怕到时候你会到处求别人帮你按脚。”

莉莲刚要张嘴,想了一想又把到了嘴边的话咽了回去,拿起桌上的玻璃杯喝了口红酒。

黛西说,“哦,你还是告诉她们吧。”她仍盯着小说,并没抬头。

安娜贝尔和伊薇双双转过头盯着莉莲,“告诉我们什么?”她们齐声问道。

莉莲有些尴尬,极快地耸了耸肩,扭过头粲然一笑,有些害羞地说,“今年盛夏,韦斯特克利夫终于要有继承人了。”

“除非是女孩,”黛西补充说。

“恭喜你,”伊薇惊呼起来,一时间把安娜贝尔扔在了一边,她走上前去欢天喜地地拥抱莉莲,“真是个特大喜讯啊!”

“韦斯特克利夫高兴得发狂了,不过还是努力地克制着,”莉莲说,也拥抱着伊薇,“我敢肯定他这会儿一定告诉了圣·文森特和亨特先生,简直把这当成他一个人的成就。”

“不过,他的贡献也是必需的,你说是不是?”安娜贝尔风趣地指出。

“话是不错,”莉莲回答道,“可大部分的活还得我干啊。”

安娜贝尔在房间另一头向莉莲露齿一笑,“亲爱的,你一定能做得很好。请原谅我不能从房间这头飞奔过来向你祝贺;只要你知道我是真心为你高兴就行了。我就是希望我们的孩子是一男一女，那以后就可以让他们结婚了。”接着她半怨半哄地说，“伊薇……快回来。你不能只按了一只脚就把我扔下啊。”

伊薇微笑着摇了摇头，回到了壁炉边的凳子上。她瞥了一眼黛西，注意到她欢喜地凝视着自己的姐姐，若有所思，接着又面露忧愁之色，伊薇边按着安娜贝尔的脚边说：“看我们尽顾着说丈夫啊，孩子啊，差点忘了给黛西找如意郎君了。”

深发女孩深情地粲然一笑，“伊薇，你真好。不过，我不介意慢慢等待缘分。毕竟，总得有人做这最后一朵壁花。只是，我不禁开始怀疑到底能不能找到合适的男人。”

“当然能，”安娜贝尔条分缕析地说，“黛西，我看这一点问题都没有。我们的熟人圈子又扩大很多，一定会尽全力帮你找到完美的丈夫。”

“别忘了，我可不想嫁给韦斯特克里夫老爷这样的男人，”黛西说，“太专横。也不要圣·文森特老爷这样的，太善变。”

“那么亨特先生这样的呢？”安娜贝尔问。

黛西坚定地摇摇头，“太高了。”

“你的要求太苛刻了吧？”安娜贝尔温和地指出，眨了眨眼睛。

“一点也不苛刻。我认为我的要求很合理啊。我就想找个脾气温和的男人，喜欢散步和阅读。这样的男人狗狗喜欢，小孩子也喜欢——”

“还要所有的高级水生动植物喜欢才行，”莉莲揶揄地说，“告诉我，亲爱的，我们在哪里才能找到这样十全十美的男人？”

“我去过的那些舞会上是不可能了，”黛西不悦地回答，“根本没见过合适的。还有，今年舞会上的那些未婚男子甚至比去年的还糟糕。依我说，适合婚嫁的男人不可能出现在那种场合。”

“我看你说得有道理，”莉莲说，“那些场合竞争太激烈了——舞会上最好的货源都已经被搜罗光了。现在得开辟新战场。”

“赌馆办公室的档案里有所有会员的信息，”伊薇主动提出，“差不多有两千五百名身价不菲的绅士呢。当然，其中大部分都已经结婚了——但我确信一定能找到不少适婚男子。”

“圣·文森特老爷会让你动这些私人信息吗？”黛西有些怀疑地说。

莉莲古灵精怪地回应道，“他有不答应过她的任何要求吗？”

她们都知道塞巴斯蒂安对伊薇一往情深，于是常常拿这个打趣。对此，伊薇轻轻一笑，向下瞥了一眼婚戒，它在炉光的映照下熠熠生辉。“的确很少。”她承认道。

这又引来莉莲戏谑的一笑，“说真的，得有人告诉圣·文森特，他真是古语的完美再现。他所做的一切活生生地印证了人们常说的浪子回头金不换。”

安娜贝尔仰倒在椅子上，问伊薇，“亲爱的，他真的改过自新了吗？”

想到正在楼下等候她的丈夫，那个温柔深情、不失邪恶的男人，伊薇忍不住露齿一笑，“算是吧。”她柔声答道，不再多言。